A VIDA online COMO ELA É

Baseado em histórias reais

BIA WILLCOX

A VIDA *online* COMO ELA É

Baseado em histórias reais

MATRIOSKA
EDITORA

Publisher – Editorial: Luciana Félix
Publisher – Comercial: Patrícia Melo
Copidesque e preparação de texto: Ana Moura
Revisão: Equipe Matrioska Editora
Editoração e capa: Marcelo Correia da Silva

Matrioska Editora
Atendimento e venda direta ao leitor:
www.matrioskaeditora.com.br
contato@matrioskaeditora.com.br
facebook.com/matrioskaeditora
instagram.com/matrioskaeditora

Dados Internacionais de Catalogação na Publicação (CIP)
(Câmara Brasileira do Livro, SP, Brasil)

Willcox, Bia
A vida on-line como ela é : baseado em histórias reais / Bia Willcox. -- São Paulo : Matrioska Editora, 2024.

ISBN 978-65-84999-26-8

1. Crônicas brasileiras I. Título.

23-176028 CDD-B869.8

Índices para catálogo sistemático:

1. Crônicas : Literatura brasileira B869.8

Eliane de Freitas Leite - Bibliotecária - CRB 8/8415

Impresso no Brasil
2024

Prefácio
Blues para Bia

Lendo e relendo as narrativas antibacterianas – eficazes como Benzetacil – deste livro da Bia Willcox, penso num desabafo de Cecília Meirelles (1901-1964), aquele em que ela dizia: "Ninguém abra a sua porta para ver que aconteceu: saímos de braço dado, a noite escura mais eu. Ela não sabe o meu rumo, eu não lhe pergunto o seu: não posso perder mais nada, se o que houve já se perdeu". Cecília me vem à cabeça porque as histórias de *A vida online como ela é* são um salto de trapézio, sem rede, nessa tal noite escura, aquela na qual os mistérios do querer acontecem.
De prosa com Bia, chego também a um filme, "Folhas de Outono" ("Fallen Leaves"), do diretor finlandês Aki Kaurismäki. Um filme que ela viu, gostou e aplaudiu. É a história de duas solidões que se aguardam e se encontram, numa Europa fria. Repleto de alusões à filmografia de Charles Chaplin (o deus de Kaurismäki), seu roteiro segue os dilemas de Ansa (a atriz Alma Pÿsti). Primeiramente, ela nos é apresentada no cargo de funcionária de supermercado. Depois disso, vira faxineira de bar e, por fim, torna-se operária de fábrica. Sua vida é monótona, solitária e embolorada. Até as lasanhas congeladas que compra dão mofo. Sua vida é... como ela é, ponto. Mas, seu cotidiano muda quando ela se encanta por um homem que conhece num karaokê, Holappa, vivido pelo brilhante Jussi Vatanen. Ele também se encanta por ela, vive só e carece de um benquerer pra chamar de seu. Seu problema: ele bebe. Bebe muito. Na ciranda entre o álcool e uma paixão

verdadeira, o personagem de Vatanen sofre uma reeducação afetiva. E a gente senta no banco escolar da empatia com ele, num filme de que dificilmente se esquece.
Lembro de ter conversado com Bia sobre essa produção, laureada com o Prêmio do Júri de Cannes, em 2023, e ela ter falado: "Como o cinema consegue expressar tanto, com tão pouco, de poucas palavras". Curioso, Bia: isso é exatamente o que você sempre faz. Transforma o menos da vida no mais da arte. Faz a gente achar que o mundo é poema da Cecília ou filme do Kaurismäki: agridoce, mas, saboroso.
Este livro é um amontoado de fatos da vida. Uns parecem de verdade. Outros parecem de mentira. Como é o nosso dia a dia, onde o assombro nos aguarda a cada curva. O que a Bia faz é cartografar essas curvas pra gente e seus quebra-molas.
Dica de leitura: primeiro de tudo, você vai no YouTube, ou na velha vitrolinha, e deixa Maria Bethânia miar "Carta de amor", pra falar da relva que cresce livre, verde, longe da cegueira dos que temem e se acomodam. Depois você começa a ler. Aí, agarre-se à confiança que cada letra, cada verbo, cada frase exige. As páginas a seguir vão te falar de dores e de perebas. Lista escolioses, lordoses, cáries, aftas, tosses, tuberculoses, cândidas do reino fungi, moneras e salmonelas, anelídeos e enxaquecas. Mas essas páginas também trazem mel de abelha e caninha da roça. Juntam charme ao abismo ao conjugarem "perder" e "achar(-se)" em múltiplas desinências, sobretudo as femininas. Mas os meninos são tratados com respeito aqui. Sabe bem que no peito do Homem de Aço bate um coração que usa óculos. Só o sexismo é que não se cria.

Bia não quer ser Nelson Rodrigues, ao contrário do que o título pode sugerir, mas sabe pegar emprestado do autor de "A Dama do Lotação" o olhar atento para as microfísicas do poder que, muitas vezes, fazem desandar a vida a dois ou a três. Com sua escrita leve, besuntada de curiosidade pelas estratégias de sobrevivências de gentes como a gente, Bia mostra que um abraço pode ser um abrigo quando a gente mais precisa.

Na gramática de Bia, rola de A a Z um tatu-bola chamado paixão. Um bicho que ora é encontro e ora é desencontro. Mas aqui, nos parágrafos deste livro, polos opostos se acham e se aceitam.

Linda leitura.

Rodrigo Fonseca
Crítico de cinema, dramaturgo e roteirista

85 77

Depoimentos

Li *A vida online como ela é* de uma vez só, assustado. A primeira comparação que fazemos, logo descartada, é com Nelson Rodrigues, com suas histórias possíveis, mas distantes da maioria da realidade atual de seus leitores — que traz a sensação do tragicômico pela inverossimilhança no mundo contemporâneo. Já as suas nos tomam de pavor justamente pelo contrário: nos reconhecemos nelas, principalmente pela ambiguidade que não traz culpados nem inocentes. É essa linha tênue, quase inexistente nos dias de hoje, entre a vida online e analógica, que você explora com a leveza literária esperada em uma leitura que nos traz reflexões complexas e filosóficas sobre os dias que vivemos. Todos os leitores em algum momento se perceberão dentro de alguma história. Por isso, o espanto. Seu livro deveria estar catalogado nas prateleiras de terror. Em um mundo em que a literatura biográfica e realista está cada vez mais em voga, onde já se contou praticamente tudo sobre o fantástico, nos deixa um arrepio incômodo na espinha ler um livro de ficção e encontrar nele um paralelo com nossas próprias vidas. Enquanto escrevo essas linhas no celular, já não sou o mesmo. Há o antes e depois de ler *A vida online como ela é* em todos nós que nos percebemos como personagens de Bia Willcox.

Raphael Vidal
Escritor e produtor cultural com o umbigo no balcão

Quem tem a oportunidade de conhecer o trabalho e a personalidade de Bia Willcox, logo se encanta com seu espírito curioso e contestador sobre as mais diversas questões da nossa sociedade. Sua maneira original e bem-humorada com que observa o cotidiano e as relações humanas já era característico de suas colunas no rádio e no jornal, mas ganha agora outra dimensão com *A vida online como ela é*. Misturando histórias pessoais com reflexões a partir de seu senso de observação, Bia aborda questões urgentes, como privacidade, vaidade e ética, levando o leitor a se reconhecer e a se questionar sobre suas próprias atitudes no mundo virtual. *A vida online como ela é* é um livro que nos inspira e nos desafia a repensar nossa relação com a tecnologia, com os afetos e com o mundo.

Paulo Henrique Fontenelle
Cineasta e documentarista

A vida online como ela é nos leva numa jornada fascinante e provocante pelo universo das relações digitais. Com histórias inspiradas em eventos reais, este livro oferece um vislumbre das complexidades, desafios e surpresas da vida na era digital. As narrativas são um espelho da sociedade contemporânea, onde o virtual e o real se entrelaçam de maneiras inesperadas, revelando verdades ocultas e desejos não confessados. *A vida online como ela é* é uma leitura essencial para quem busca compreender os labirintos do coração humano na era da conectividade. Perfeito para os amantes da literatura moderna, este livro é um convite para explorar as nuances das relações humanas no século 21. Cada página é um mergulho profundo em histórias que poderiam ser as nossas, narradas com uma inteligência e criatividade que cativam e surpreendem. Prepare-se para ter suas percepções desafiadas e seu coração tocado por este retrato autêntico e descolado da vida online e do amor 4.0.

ChatGPT 4.0
Janeiro de 2024

Quando conheci a Bia como ela é, fiquei impressionada. É pop, mas é clássica, mas é contemporânea, mas tem um passado de experiências incríveis, e ainda é jornalista, e educadora, e inteligente, e escritora, e antenada. Ligada, de tela em tela, na tecnologia, na arte, na comunicação, no pensamento, na família, nos relacionamentos, e no que mais aparecer.
A Bia consegue ser como é, aceitando elegantemente os acontecimentos. Observando a vida em curso. Compreendendo. Quebrando preconceito. E, o principal, sendo sempre ela mesma.
Quando li *A vida online como ela é*, enxerguei a Bia de cara. E me enxerguei, e enxerguei todo mundo, nós aqui no meio da grande transformação que o tempo veio carregando até este tempo agora em que estamos vivendo.
De todas as características que admiro na Bia, destaco o exercício do não julgamento.
Sem muita filosofia.
Na prática.
Da vida.
Como ela é.
Virtual ou real.
Obrigada por este manual aqui, Bia.

Adriana Falcão
Roteirista e escritora

P3ns4r v1d4 d1g1t4l é urg3nt3 e 4 Bi4 é um4 p3ns4dor4 4pr3ss4d4.
Inventamos a vida digital como ela é ou somos reinventados por ela? Bia propõe uma reflexão sobre relacionamentos modernos, ética e privacidade, hipocondria digital e saúde mental através de uma linguagem divertida e sarcástica.

Bruna Trindade
Roteirista, diretora, preparadora de elenco e atriz

Quer saber sobre traição e paixão? Vai ter que pensar nas dm´s do Instagram e nos aplicativos de relacionamento. Já não é mais possível separar o universo online do offline. Nem tente!
O olhar sobre as virtudes e imperfeições humanas ganha uma nova roupagem com a mediação das emoções pela tecnologia.
A criatividade da escrita de Bia Wilcox é fruto desse profundo senso de observação do que acontece ao nosso redor. Nelson Rodrigues e Zygmunt Bauman dividiriam, com prazer, uma mesa com ela.

Alexandre Roldão
Jornalista e pesquisador no ramo de inovação e tecnologia

Em um exercício involuntário de contradição, eu sempre me pego pensando em como sobrevivemos (tempo pretérito perfeito) em um mundo offline e em como sobrevivemos (tempo presente) em um mundo tããããoooo online. A adaptação foi tão natural que, tudo o que chegou de novo, entrou para as nossas vidas e, sem percebermos, ferramentas e redes mudaram completamente nossa forma de ser, de ver e de viver o mundo (e, principalmente, de trabalhar e nos relacionarmos). Para quem sabe usar, são um adianto de vida. Para quem se deixa levar, geram crises de ansiedade. Histórias relacionadas ao tema nos levam a reflexões... e risadas, porque também estamos aqui para nos divertir (nem que seja às custas das nossas próprias tragédias). É isso que o livro *A vida online como ela é* faz, com as crônicas e os casos reais colecionados por Bia Willcox e distribuídos nesse seu novo trabalho. Enquanto lê, a ordem é: não caia na real, mas no virtual!

Chris Fuscaldo
Jornalista, pesquisadora musical e biógrafa

Sumário

Para assistir - Ficção

Para pensar - Não ficção

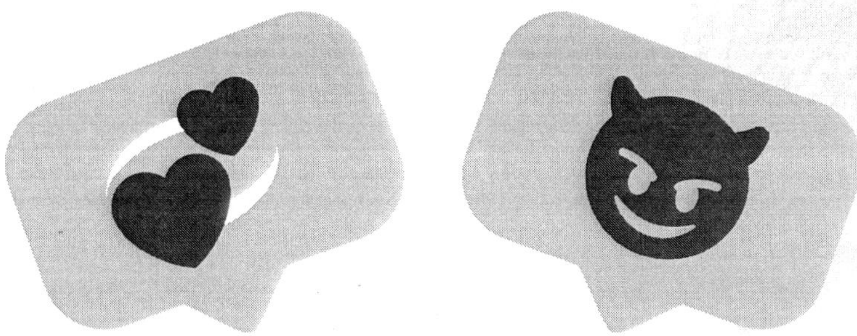

Para encerrar - Um relato

< Para assistir

Ficção

1

Todo nude será castigado

Sofia e Clarice sempre foram irmãs muito próximas. Eu diria que, independentemente dos laços de sangue, elas são amigas de verdade. É bonito ver como se apoiam, como se falam a toda a hora e como são confidentes mútuas.

Sofia é casada com Cláudio, com quem tem uma menina fofa, chamada Helena.

Clarice não se casou e não sei se vai se casar. Sabemos que não é tão fácil achar material matrimonial masculino, mas, mesmo que fosse fácil, não sei se ela apostaria em casamento pra si própria. Ela tem uma alma livre, gosta de começar relacionamentos, seduzir e, sobretudo, encarar cada homem que aparece em sua vida como um desafio novo a ser conquistado. Sempre teve ideias avançadas sobre relacionamentos, e cabeça aberta para experimentar coisas novas.

Sofia sente um misto de admiração e inveja de algumas atitudes da irmã, mas em algumas situações sente um enorme alívio por ter outro estilo de vida, por ter um marido que ela ama e uma família que a preenche. Independente do que sinta, quando está com Clarice sente um amor profundo e uma afinidade ímpar. Que sorte de ambas — mais que irmãs, são amigas verdadeiras.

Agora, vamos à vida de Sofia. Ela e Cláudio moram em Vila Mariana, num apartamento pequeno, mas dentro de um condomínio completo, onde a pequena Helena tem espaço para brincar num *playground* divertido, além de terem quadra, piscina, aulinhas diversas para as crianças e academia de ginástica para os adultos. A vida social deles, em parte, é no condomínio.

Ambos trabalham bastante — Sofia numa empresa de seguros e Cláudio como analista numa fintech, uma empresa digital dessas que funcionam em plataforma e oferecem produtos digitais na área financeira. Pois bem, Cláudio trabalha de forma híbrida e mais em casa do que no escritório da empresa. Sofia trabalha na rua, visitando clientes e *prospects,* futuros clientes num cenário positivo.

Os dois têm um casamento admirável, com parceria, apoio mútuo, compreensão e carinho. Cláudio não parece tão apaixonado por Sofia e nem Sofia por ele, em especial quando falamos de desejo e sexo. Mas muitos dizem que isso não é o mais importante para o sucesso de um casamento. Eu concordo. Aparentemente, os dois também. Não há segredos, não há crise de ciúmes, não há insegurança, nem grandes momentos de sedução ou de conquista. É uma relação tranquila, sem muita pimenta, mas com muito afeto, cuidado e carícia mútua. Não é raro vê-los de mãos dadas ou ver Cláudio mexendo carinhosamente no cabelo de Sofia. Brigam pouco. O casamento deles é daquele que faz a gente acreditar que esse negócio de casar funciona e traz felicidade.

Há algumas semanas, Sofia desceu para brincar com Helena no *playground,* e Cláudio precisava confirmar o telefone do cardiologista da família para marcar uma consulta de rotina. Procurou Sofia e não achou, deduziu que ela tivesse descido com Helena e não o avisou, pois ele estava trabalhando no quarto de porta fechada.

Quando viu o celular de Sofia na mesa de jantar, naturalmente o desbloqueou com a senha que sabia de cor (eles têm a senha um do outro, algo bastante comum entre os casais de hoje). Enquanto estava procurando o contato do cardiologista, viu subir uma mensagem da cunhada, Clarice.

Irmã, aquele carinha que te falei tá caidinho por mim, falando um monte de sacanagem e dizendo que quer me comer o dia todo. E nem transamos ainda. Vou mandar essa foto pra ele, vê se tá boa.

Chega uma foto da Clarice com uma calcinha azul-marinho bem pequena, com alguns bordados de *strass* pequeninos compondo uma linda paleta de cores, já que sua virilha e suas pernas são cor de mel. Na foto que Clarice enviou, os seios estavam à mostra — lindos, redondos, mamilos rosa pastel e superentumecidos. Cláudio não podia abrir a mensagem, mas não se conteve e abriu rapidamente, pois um calor estranho começou a arder sua pele, deixando-o excitado e tenso ao mesmo tempo. Viu a foto, fechou rapidamente o aplicativo, colocou a mensagem como não vista e fechou tudo de vez. Àquela altura, nem se lembrou do cardiologista mais.

Claro que ele se atrapalhou. Clarice viu a mensagem visualizada e perguntou:

Sofia, responde! Gostou da foto? Posso mandar?

Cláudio nunca tinha visto a cunhada assim antes. Ele estava tão zonzo, que nem estranhou ver sua mulher como *coach* de envio de nudes e mensagens para *crushes*.

Foi pro banho literalmente esfriar o corpo. "Conto pra Sofia que vi a mensagem? Claro, né? Não temos segredos. Posso contar com naturalidade, sem susto ou estranheza."

A ducha o ia acalmando e trazendo razão aos pensamentos um tanto irracionais dele. "Acho que vou ficar quieto só por hoje. Tô com vergonha de ter visto."

Essa desculpa foi a que ele usou para convencer a si próprio do porquê de não contar que viu a mensagem da cunhada. Vocês entenderão em breve o que digo.

Sofia chegou em casa com Helena, levou-a para o banho e deu-lhe o jantar. Só depois foi olhar o celular. Havia muitas mensagens de Clarice. Sofia explicou que não respondeu, porque esqueceu o celular em casa quando desceu para o *play* e não percebeu que em algum momento das mensagens alguém entrou no seu WhatsApp.

Sorte de Cláudio.

Mana, a foto tá linda, a luz incrível, adorei a lingerie, mas... você sabe algo desse cara?

Sei, sim. Tenho uns amigos que conhecem ele. Não é um psicopata, não. Estamos só brincando. Ele também me manda fotos. E você reparou que não dá pra ver meu rosto direito?

Sim, não dá não. Faça sempre assim. Manda e me diz o que ele falou. É o primeiro nude que você manda?

O primeiro de muitos. Vou enlouquecer esse homem até a gente se encontrar. Ele trabalha em Belo Horizonte, e só nos veremos sábado.

A noite transcorreu normalmente. Sofia e Cláudio jantaram e conversaram como sempre. Falaram sobre a vidinha de Helena e sobre frivolidades.

— Amor, como estão seus pais? Quando vamos visitá-los?

— Estão bem. Papai reclamando de mamãe e mamãe reclamando de papai. Normal, haha. Pois é, pensei em visitá-los no final do mês. O que acha de passar o final de semana lá? — Os pais de Sofia e Clarice moram no interior do estado de São Paulo, numa bela e confortável casa em Itu.

— Topo, só não sei se no final desse mês ou se mais pra frente, ando cheio de trabalho pra fazer em casa. Sua irmã tem ido vê-los?

— Não muito. Ela tá pegada de trabalho, chega em casa tarde e acaba jantando e dormindo. Acorda cedo pra malhar e no fim de semana acaba querendo descansar. E namorar de vez em quando, né? Haha.

— Ela dorme antes de você? Porque você dorme supercedo.

— Sim, a gente se despede um bom tempo antes de eu dormir.

Nesse momento, Cláudio entendeu que Clarice não manda mensagens para Sofia de madrugada e que, tarde da noite, hora que só ele está acordado, é possível ver o que a cunhada já mandou, sem ter o perigo de abrir o que não foi visualizado ainda.

Naquela mesma noite, viu Sofia no celular, já deitada na cama. Ela fechou o WhatsApp, desligou o abajur e deu em Cláudio um beijo carinhoso de boa-noite, como sempre.

Cláudio é que não estava tranquilo como sempre. O nude da cunhada não saía de sua cabeça — era mais forte que ele. Era um impulso incontrolável, uma adicção.

Ele esperou Sofia pegar no sono mais profundamente, e com todo o cuidado pegou o celular dela. Quando abriu o WhatsApp e viu o nome da cunhada, seu coração disparou.

"Como nunca prestei atenção em Clarice? Eu estou sendo horrível com a mulher que amo ao invadir a privacidade dela, mas juro que é quase como um inofensivo pensamento: não vou falar com ninguém sobre isso e nem fazer mal a ninguém. É um segredo meu."

Abriu as mensagens.

Mana, mandei a foto de calcinha. Ele amooou. Me mandou uma foto do pau dele. Lindo e gigante, se é que é o dele mesmo, né? Vai que pegou uma foto na internet pra me impressionar, haha. Verei em breve.

"Mandei mais uma foto, olha."

Era uma foto de espelho. Clarice ficou de quatro com o traseiro virado para o espelho, usando calcinha vermelha. Tirou uma *selfie* de peitos de fora, onde, pelo espelho, se via a sua bunda. Uma bunda redonda e bronzeada. Uma bunda de respeito. Na *selfie,* batom vermelho e olhos maquiados. Linda.

Claudio começou a suar. A verdade verdadeira é que aquilo tudo era muito mais excitante que filme pornô para ele, até pelo fato de ser escondido, proibido. Um cara tão pacato estava vivendo um momento de loucura solitária.

Deitou-se na cama e não conseguia dormir. Ficou com muito tesão e tentou acordar Sofia. Ela resmungou que estava tarde e se virou pro lado. Cláudio acabou dormindo depois de passar algum tempo no banheiro. Podemos imaginar o porquê.

Dias e meses se passaram. Clarice vivia novos romances virtuais e Cláudio se viciou completamente em ver as mensagens, sempre de noite, depois que as duas dormiam.

Um dia, no café da manhã, Sofia resolveu puxar um assunto até então não tocado por ela.

— Cláudio, tô te achando mais tarado, amor. Ou é impressão minha? Às vezes tô dormindo, e vem você no meio da noite querendo transar. Tô mais gostosa, é?

— Você é meu amor, e eu vou sempre te desejar.

Os dois se beijaram rapidamente, e Sofia saiu para trabalhar, levando Helena para a creche.

"Eu preciso acabar com esse vício de olhar o celular da Sofia. Isso vai dar merda, e ela não merece. Eu não mereço. Tô agindo que nem um viciado em *crack*."

A questão é que Cláudio agora passava o dia pensando nas fotos que veria da cunhada e ficava até mesmo ansioso pelas madrugadas solitárias no celular de sua mulher. Clarice estava ocupando muito dos pensamentos de Cláudio.

"Meu Deus, o que eu faço? Hoje não vou entrar." Mas, quando dava meia-noite, ele não se aguentava e ia espiar o celular de Sofia. Era um vício do qual ele não se livraria facilmente. Quase não encontrava a cunhada, mas e quando a visse? Conseguiria agir com naturalidade?

Um dia, Cláudio viu no celular de Sofia uma foto absolutamente deslumbrante de Clarice totalmente pelada no banho. Ele começou a tremer. Podia não ter a dimensão disso, mas estava ficando doente.

E depois de todo esse tempo, finalmente chegou o fim de semana de visitar o sogro e a sogra em Itu. E a surpresa foi que Sofia convidou a irmã para ir no carro deles, já que ela estava muito cansada para dirigir. Cláudio estava muito tenso. "Ferrou. Não posso dar bandeira."

Sua vida se tornou um inferno. Uma cunhada que até então nada significava passou a ser a musa de seus sonhos mais eróticos. E ele queria fugir disso, mas não conseguia.

A família se divertiu em Itu. Teve passeio, piscina, jogos de tabuleiro, bolo caseiro e boas risadas. Cláudio conseguiu relaxar um pouco, apesar de ter ficado extremamente perturbado na piscina, perto da cunhada de biquíni.

"Chega. Eu tenho uma mulher legal, uma vida legal, e não vou estragar tudo com essa porcaria de celular. Minha vida é real, e não uma daquelas histórias de Nelson Rodrigues. Eu não vou trair minha mulher e nem tentar comer minha cunhada. Acabou."

Quando chegaram a São Paulo, de volta do fim de semana, deixaram Clarice em casa. As duas irmãs se despediram do lado de fora do carro com um afetuoso abraço. Ao se sentarem à mesa para um rápido lanche de domingo, Cláudio resolveu orientar Sofia sobre medidas de segurança urgentes:

— Amor, tive um vazamento de dados no meu PC esta semana, e mexi em todas as minhas senhas, por precaução. Bancos, redes sociais, e-mail. Peço que você faça o mesmo. Os *hackers* não estão dando sossego. Inclusive, troque a senha de desbloqueio do seu celular. E logo.

— Não sabia que estava perigoso assim. Vou até avisar a Cla. Ela tem tantos aplicativos naquele celular dela. — *(Nós aqui sabemos o que ela tem medo de que vaze no celular irmã, certo?)*

— Mude logo tudo.

— Ok, amor. Que nervoso essa sua preocupação. Acabando aqui, eu faço isso. Depois te passo as senhas.

— Sem pressa. O importante é trocar, depois passamos um pro outro com calma.

Naquela madrugada, Cláudio foi ao celular de Sofia no modo automático e, graças a Deus, não conseguiu desbloquear a tela: ela já havia trocado a senha. "Ufa." Ele abriu um sorriso de alívio e logo depois chorou muito. Era um misto de lamento, alívio e sensação de ter voltado à normalidade e ter feito a coisa certa. Imaginar-se apaixonado perdidamente pela cunhada por causa de seus *nudes* e jogar fora tudo o que ele e Sofia construíram juntos era uma culpa que estava lhe corroendo os dias.

Enfim acabou. Pelo menos por enquanto.

A relação dele com Sofia não é mais a mesma, os *nudes* de Clarice mudaram muita coisa dentro de Cláudio. Mas quem disse que mudança em casamento é sempre para pior?

— Gatinha, Helena vai dormir na casa da amiguinha da creche. O que você acha da gente tomar um vinho e dançar pelado à luz de velas?

— Nossa, que convite *sexy*. Vamos, sim.

2

Dom Casmurro 4.0

Às vezes eu me pego pensando se Bentinho vivesse seu romance com Capitu nos dias de hoje. Já imaginaram uma curtida de Capitu nas redes sociais de Escobar com ele na praia ou nas montanhas? Bentinho piraria por pelo menos alguns dias. E se Capitu postasse uma foto com pernas à mostra e Escobar comentasse? Meu Deus, o céu desabaria sobre Bentinho. E há quem pense e diga que Bentinho não estaria de todo errado em ficar com as orelhas em pé. Bentinho começou a namorar Capitu escondido, certo? Por que não considerar que quem faz uma, faz duas? Por que não suspeitar que ela também se encontrasse escondido com Escobar? Aliás, e se Escobar e Capitu se falassem "escondido" pelas mensagens diretas do Instagram, na versão Dom-Casmurro-século-21? Quem chamaria de traição? Bentinho ciumento? Ou tem muita gente aí que põe as barbas de molho com o grude de seus parceiros no Instagram? Bem, se Bentinho vivesse hoje, ele teria meios de descobrir com precisão se Capitu se encontrava com Escobar, e por quanto tempo e onde isso acontecia.

Existem muitos Bentinhos e Bentinhas hoje. E suas versões 4.0 têm pulgas gigantescas atrás da orelha. Afinal, são muitas as janelas de oportunidade que provocam, atentam e facilitam as traições. E ainda convivemos com a banalidade das traições virtuais, que, para muitos, não deixam de ser traições.

A história que conto agora é de um Bentinho repaginado, jogador de futevôlei e desenvolvedor de *softwares*.

Bernardo (olha aí a coincidência das iniciais) é casado com Aline, uma arquiteta para lá de interessante no jeito de se vestir, de se expressar e de se movimentar no tempo e no espaço. É uma mulher alegre, risonha e *sexy* (sem ser vulgar, eu diria), com coxas grossas, bumbum avantajado, seios fartamente naturais e bonitos de se ver. Bernardo não é diferente: chama a atenção de todos — alto, forte, de olhos grandes e cabelo cacheado.

Aline também tinha cachos largos cor de mel, além de olhos redondos e vivos, que pareciam ter sede de entender as coisas ao seu redor. Essa sede incomodava veladamente Bernardo. Acho que ele preferia que a volúpia dos olhares livres de Aline fosse direcionada unicamente para ele.

Aline e Bernardo moram em Niterói e ambos trabalham no Rio de Janeiro, coisa comum para os moradores da Terra de Arariboia — Niterói é também chamada assim, conhecida por cidade-dormitório. Eles ainda não têm filhos, o que lhes permite enfiar a cara no trabalho como se não houvesse amanhã. Pelo tipo de trabalho e também pelo cargo, Bernardo trabalha de forma híbrida: alguns dias na empresa e outros em casa. Já Aline, empreendedora voraz, tem sua própria empresa com alguns sócios e, por atender muitos clientes e visitá-los em seus espaços, vai todos os dias para o Rio de Janeiro.

Bernardo não tem muitos amigos, e os que tem são do tempo da escola e do futevôlei. Ele está muito satisfeito com os não muito amigos que tem. É caseiro e gosta da vida diurna, do esporte, do sol e do tempo que fica com Aline — preparando pratos, vendo filmes e séries, saindo para encontrar amigos e se divertir... principalmente com ela, claro. Bernardo é louco por Aline, desde o tempo de Ensino Médio, quando eram vizinhos (moravam na mesma quadra de Icaraí, bairro tradicional da cidade) e voltavam para casa juntos. Foi o primeiro homem dela, o que faz dele um cara para sempre especial.

Bernardo e Aline têm um tesão imortal um pelo outro. Há anos que o sexo dos dois não empalidece, não enfraquece. Não é um sexo-show nem tem malabarismos incríveis como no *Cirque Du Soleil*, é melhor que isso: é aquele sexo orgânico, gemido, suado, sentido, lacrimejado, mordido, onde sentimos o desejo mútuo nas nuances e na nossa imaginação. Invejável a vida sexual do casal.

Bem, posso acabar a história aqui, certo? Sexo perfeito, vida perfeita, sem conflitos e sem mais o que contar por aqui. Final feliz.

Errado! A cada dia dos cinco anos de namoro e quatro anos de casados de Bernardo e Aline, ele se sente mais enciumado e inseguro.

Ah, esqueci de contar. Aline tem um sócio específico que é muito próximo dela. Eles vivem juntos, fazem dupla nos projetos da empresa e estão sempre se falando — por telefone, por WhatsApp, e até mesmo passando o dia de trabalho juntos.

Carlos André é um cara divertido, sagaz, criativo e muito afetuoso, o que deixa Bernardo incomodado em segredo, em especial nos dias quando Aline chega do trabalho falando muito dele. Demasiadamente, para ser fiel à realidade.

As caraminholas da cabeça de Bentinho se instalaram na cabeça de Bernardo gradualmente. E foram aumentando também de forma progressiva. Tudo começou quando Aline começou a chegar mais tarde que o usual, vez ou outra. É que ela passou a ir de carro para o trabalho porque tinha muitas obras para visitar, e o carro de seu sócio, Carlos André, estava no conserto depois de uma batida que destruiu a frente do veículo. Natural que ela fosse com o dela — trabalho é trabalho, ninguém discute.

Como a ponte Rio-Niterói fica parada no horário do *rush*, Aline fazia hora no escritório da empresa, alegava ela. Uma vez, tudo bem.

Duas ainda passam. Mas na terceira vez que Aline chegou tarde em casa, Bernardo demonstrou insatisfação.

— Você não acha exagero tanto tempo fora de casa? Não há outro solução pro seu trabalho não detonar nossa vida? Nem jantamos mais juntos!

— Detonar? Tô suando a camisa pra fazer dinheiro, aumentar número de clientes, fidelizar os que temos, e o que ouço é que vou detonar nossas vidas? Se não temos parceria nem apoio pras nossas vidas profissionais, por que estamos juntos?

— Aline, vida profissional é importante e eu sempre te apoiei, mas se ela ocupa todo o tempo sem sobrar nada pra nós, então tem algo errado.

— Não tem. Não vai ser sempre assim. Se eu voltar cedo pra casa, eu também vou chegar tarde porque fiquei na ponte, paradinha. Vamos sair de Niterói? É você quem sempre quis morar aqui! Qualidade de vida, família... Eu por mim já tava do outro lado da baía.

— Não mete essa agora não, Aline. Tá saindo do assunto. Não sou bobo, não. O que você fica fazendo até essa hora? Vai dizer que fica trabalhando nos projetos até oito e tanto! Acha que eu sou otário? Que acredito em qualquer historinha?

— Bernardo, eu às vezes fico trabalhando, sim. Outras vezes desço pra fazer um lanche. Dia desses fui ao shopping perto do escritório pra comprar uns produtos de *skincare*. Que diferença faz pra você? Você também tem seus momentos de não se preocupar em me explicar onde tá. E eu não pergunto, porque pretendo manter um casamento saudável. Aff!!

— E você tem ficado sozinha sempre?

— Sim, por quê?

— Sempre? Fala a verdade.

— De vez em quando Carlos André fica comigo, me fazendo companhia...

— Claro, né? O cara não tem mulher. É soltinho, soltinho. Vai fazer companhia à sócia querida dele.

— Bê, você tá com ciúmes do Carlos André? É sério isso?

— Você me diz se tenho motivo pra desconfiar de tantos dias juntos. A gente se envolve até sem querer, pô. Engraçado que parece até que eu sou um maluco. Que nem tem história de romance no ambiente de trabalho. Todo mundo sabe que é no trabalho que as coisas mais acontecem. Até sem intenção no começo.

— Todo mundo pode saber, mas isso não está acontecendo. Eu e Carlos André somos sócios e parceiros, e eu não vou mudar em nada porque você resolveu encrencar e desconfiar. Bom você saber. Vamos aproveitar o que restou da noite pra jantar? Vou pedir um mexicano. Você adora. Anima?

— Sim, animo.

Aline ligou para o restaurante onde já está acostumada a pedir e, depois de fazer o pedido, foi ao encontro de Bernardo no sofá, segurou o rosto dele com as duas mãos e deu um beijo longo e profundo no marido.

— Não pira, não, Bê. Te amo, viu?

— Não tô pirando, não. Também te amo.

Os dois jantaram e riram, como sempre. Beberam uma taça de vinho. Foram para a cama e treparam. Gozaram, como sempre.

Nos dias que se seguiram, Aline conseguiu chegar mais cedo em casa. Para isso, saiu mais cedo do escritório. Bernardo ficou aliviado e feliz. Mas a felicidade durou pouco. Na semana seguinte, já sem o problema do carro e do engarrafamento da ponte, Aline chegou tarde, voltando de barca para Niterói. Alegou que ficou presa com um cliente no escritório.

Pronto. Qual foi o raciocínio de Bernardo? "Aline chegou cedo depois que eu demonstrei desconfiança pra me deixar tranquilo. Agora voltou a ficar com Carlos André até mais tarde, como antes." Faz sentido pra você? Para Bernardo fazia todo sentido. Todas as peças se encaixavam.

Naquela noite em que Aline voltou a chegar tarde, não teve clima para carinho nem sexo. Aline parecia de saco cheio de Bernardo e de suas desconfianças, e foi se deitar logo. Ele ficou na sala vendo uma série até bem tarde.

Quando foi para o quarto para dormir, Bernardo viu o celular de Aline na cabeceira e ficou muito perturbado. Sabia a senha do aparelho, já que eles tinham o acordo de um saber a senha do outro em caso de emergências. Ele se deitou, e não conseguiu se acalmar e dormir. A ideia de checar o celular de Aline para ver o que ela realmente tinha com Carlos André se tornou rapidamente uma obsessão. O mal venceu o bem, para quem quiser classificar a atitude de Bernardo: ele pegou o celular de Aline e digitou os seis números da senha dela. Seu coração estava disparado. Sentia uma pressão horrível na cabeça, o que me faz pensar se realmente vale saber a senha dos parceiros. Afinal, o que os olhos não veem literalmente o coração não sente nem dispara.

Mas ele fez: digitou silenciosamente os dígitos e... deu erro: o celular de Aline não desbloqueou. "Ué, ela teria que ter dito que trocou a senha. Pode ter sido por razões de segurança, mas o combinado é manter o outro a par da troca de senha."

Foi a pior ideia que Bernardo poderia ter. Ele agora estava numa sinuca de bico: não poderia indagá-la sobre a troca de senha sem contar nada, porque teria que dizer também que tentou abrir o celular, e o pior de tudo: enquanto ela estava dormindo. Bernardo assumiria sua insegurança e seu ciúme a princípio descabido. Não poderia fazer isso. Por outro lado, nunca saberia de nada se não conseguisse entrar no celular dela. Ele teve uma das piores noites de sua vida.

Amanheceu, e Aline saiu cedo pra trabalhar, mas, antes de sair, perguntou:

— Bê, você hoje trabalha de casa ou vai para a empresa?

— Vou para a empresa.

— Por que não nos encontramos no final do dia, antes de voltar pra casa? Posso ir pro Centro e te encontrar pra gente se sentar em algum bistrô por ali.

Aline trabalha em Botafogo, bairro da Zona Sul do Rio de Janeiro, enquanto a empresa onde Bernardo trabalha fica no Centro do Rio.

— Vou ver como fica o dia, Aline. Talvez volte cedo, antes do *rush*. Quero treinar na academia e jogar futevôlei na praia.

— Tá bem. Se não sair cedo, me dá um toque pra nos encontrarmos. Tem um jazz ali perto de você que dizem que é muito bom.

— Você já foi?

— Passei uma vez voltando pra casa, Bernardo. Nunca vi os caras tocando nem uma música inteira.

— Ok, bom trabalho.

Coincidentemente nesse dia, Bernardo, que trabalha com programação e é fera em tecnologia, ouviu um papo no café que lhe interessou.

— Brother, a mulher dele descobriu o lance da amante por aplicativo? É sério isso?

— É um microrrastreador. A mulher dele deve ter comprado nas Americanas ou na Magalu, haha. Colou na pasta do cara, ele não viu (até porque o treco é pequenininho), e aí ela começou a acompanhar os passos dele. Ferrou, né?

— O que ela pegou exatamente?

— Ele dizia que tinha ficado em reunião com a equipe pra bater metas, e ela viu ele no Leblon às seis da tarde. Achou o endereço e pesquisou: prédio residencial. Foi até lá no dia seguinte e fez um teatro pra saber se tinha apartamento pra alugar, perguntou quantos quartos. Perguntou se tinha mulheres sozinhas morando ali, se tinha portaria 24 horas. A mulher fez um teatro perfeito.

— E ela contou pra ele?

— Nada. Continuou acompanhando e viu que ele ia pra lá quase todos os dias. Quando chegava em casa, dizia que tinha tido problema na empresa. Um belo dia ela apertou ele e falou que sabia de tudo. Não contou como. Pediu o divórcio com um dos melhores escritórios da cidade. Deixou o cara de cueca.

— Que história. Mermão, dá medo.

— Sim.

Na mesma hora Bernardo começou a pesquisar os minirrastreadores. Comprou um. Em breve teria confirmação de suas suspeitas.

Assim que o pedido chegou à empresa (ele não colocou o endereço de casa para entrega, claro), Bernardo levou para casa e fixou na mochila que Aline sempre usa para o trabalho. Fez direitinho: seria muito difícil ela achar.

O dia foi tenso. Bernardo não conseguia se desligar da hora nem do rastreador.

Finalmente o dia terminou. Ele chegou a desejar não ter comprado e pensou em não olhar o aplicativo. É que querer saber, rastrear e invadir contas, no fundo traz mais angústia que qualquer outra coisa. A sabedoria popular tem seu valor: melhor não saber, porque assim não vai haver sofrimento.

Mas o diabinho em seu ombro esquerdo venceu o anjinho do ombro direito, que tentava demovê-lo dessa ideia: Bernardo abriu o aplicativo. E lá estava ela, às 19h45 na empresa. Nos dias que se seguiram, a mesma coisa.

"Esse rastreador de bosta não vai me ajudar em nada. Preciso de outra ferramenta." O pudor de Bernardo consigo mesmo havia acabado. Ele agora queria assumidamente escancarar toda a privacidade de Aline e descobrir se ela tinha mais que uma sociedade ou amizade com Carlos André.

E foi então quando veio mais uma ideia que para um *nerd* como ele não seria nada difícil: hackear o sistema de segurança de câmeras da empresa de Aline. Bernardo sabia qual era, pois ajudou a escolher.

Dessa vez não houve dilema nem sentimento de culpa. Ele entrou no sistema e começou a acompanhar todo o movimento da empresa de sua mulher. Viu os poucos funcionários indo embora, bem como os dois outros sócios. Aline e Carlos André ficaram sozinhos. Fizeram um café, riram e se tocaram muito, revelando uma enorme intimidade. Aline foi até a mochila, colocou o cartão e a chave no bolso da jaqueta e desceu com o colega de trabalho.

Só voltaram para pegar as coisas um bom tempo depois. Despediram-se com um carinhoso e longo abraço, desligaram as luzes do escritório e foram embora, juntos. Dali em diante, o GPS do rastreador mostrou o caminho para Niterói.

Bernardo não gostou do que viu. Não havia nada de concreto, nem um beijo na boca, mas ainda assim não lhe caiu bem ter visto o vídeo. Aquela noite ele passou em claro, pensando no que os dois tinham ido fazer. Ainda nessa madrugada, Bernardo resolveu colocar o *chip* do rastreador na jaqueta que Aline mais usa. E torceu para não estar calor no dia seguinte.

Tudo aconteceu como ele queria: ela foi trabalhar de jaqueta, e ele não conseguiu nem trabalhar. Rastrear por desconfiança é doença; se não é uma doença em si, vai adoecer o sujeito.

Naquele dia, acompanhando as câmeras do escritório e o GPS, Bernardo viu que Aline e Carlos André esperaram todos saírem, arrumaram algumas coisas e desceram. De novo a mochila dela ficou na empresa. Mas a jaqueta não. Ela a vestiu, e isso fez toda a diferença nesta história.

Os dois entraram num apart-hotel próximo à empresa. Bingo! Bernardo conseguiu o que queria: a verdade.

Foi duro ter que fingir num primeiro momento, quando ela chegou em casa.

— Oi, amor. Como foi seu dia?

— Foi bom, e o seu?

— Cansativo, mas produtivo. Só agora no final, antes de vir pra casa, fui fazer um lanche no café daquele apart-hotel na nossa quadra, e algo não me fez bem. Vou tomar um remedinho e já volto.

Bernardo não queria se deixar enganar, mas como ter certeza de que ela o estava traindo? De qualquer forma, saber que Carlos André convivia muito mais com sua mulher do que ele próprio já trazia muito sofrimento para Bernardo. E o celular com senha trocada? Por quê? Tudo fazia sentido.

Bernardo e Aline se separaram quatro meses depois. Ele se mudou para o Glória, bairro descolado do Rio de Janeiro. Aline seguiu no apartamento de Niterói, chegando cada vez mais tarde em casa. Segundo ela, o trânsito na ponte está cada vez pior.

3

Casamento em quarentena

— Custa deixar o banheiro digno, Fábio? Custa limpar pia, vaso, *box*? Vai cair a mão? Eu entro em reunião em meia hora e ainda tenho que ajudar Antônio com o dever do inglês. Olga também precisa de ajuda com o *link* da aulinha da escola. Você cuida disso?

— Meu Deus, se tá tão ocupada, não gasta seu tempo me perseguindo. Vai pegar no pé com limpeza de banheiro também? Se você tem uma reunião, eu tenho que acabar uma planilha extensa para um *call* à tarde. Não enche meu saco, Joana!!

Fábio e Joana formam uma família como tantas outras que conhecemos e que em 2020 passaram a viver muito mais tempo juntos do que antes da quarentena.

Ele trabalha num banco de investimento, e ela é executiva de uma empresa de comunicação. Ambos se despediam pela manhã e tocavam suas vidas até voltarem pra casa à noite, com direito a dias de tênis no clube, jantar com amigos e diferentes profissionais em casa para atendê-los — de tutor para Antônio a diarista e folguista para Olga.

Brigavam e divergiam dentro da normalidade para quem faz cogestão de casa, filhos e vida profissional. Agora, a cogestão planejada virou um tudo-junto-misturado-e-emaranhado entre *home office* de pouca tranquilidade e bastante barulho, gerência de aulas online e de contas a pagar, faxina da casa e administração de compras (o que inclui lavar com detergente cada saco de batata palha e lata de creme de leite, entre mil outros itens, até ficar com dor no braço). A vida que funcionava com leveza passou a precisar de guindaste para começar o dia.

E se para o cidadão do mundo já é difícil encarar isolamento social, imagina para o carioca? Consegue imaginar a dor de quem ficava de Havaianas no Posto 10 até a tarde cair, passava o dia no clube, corria na Lagoa ou fechava o dia no Arpoador, e tem agora que se privar dessa overdose de beleza?

Sim, na minha cabeça o Rio anda até mais bonito. Descobri que havia me acostumado a ele e posso ter até renegado o seu valor — ressentimentos de quem ama... mas a verdade é que quanto menos eu saio de casa, mais eu sonho em voltar a sair no Rio de Janeiro. Quanto mais quarentena, mais saudade e paixão pelos programas simples e, o melhor, gratuitos, dessa cidade que nunca vai deixar de ser maravilhosa.

Fábio e Joana sentem essa mesma dor. A vida era puxada, mas eles tinham a beleza natural e a alegria da cidade para fazer valer mais a pena. Agora cá estão os dois, estressados com a rotina de sobrepeso que passaram a ter.

Chegou a noite daquele dia da limpeza do banheiro. Acabou o último jornal. Crianças enfim dormindo. Joana tira uma *lingerie* do fundo da gaveta, borrifa *Amarige* no pescoço (ela é fiel ao *Amarige*, que começou a usar ainda menina) e vai até o escritório, onde Fábio está trabalhando. Ela tinha consciência de que o dia tinha sido especialmente chato e queria consertar isso antes que ele terminasse.

Joana entra pé ante pé no recinto e abraça-o por trás da cadeira, tentando lhe fazer uma surpresa. Eis que o que deveria ter sido um momento sensual de preliminares foi na verdade um incêndio de proporções graves ao dia já prejudicado por bate-boca e cansaço: Fábio estava no celular, recebendo fotos de uma mulher. Joana viu tudo.

O bicho pegou, e eu nem preciso descrever o que aconteceu depois. Houve gritos, choro, desculpas, mentiras, gagueiras e por fim silêncio. Fábio, sentindo uma culpa horrível, dormiu no escritório. Joana foi para o quarto se sentindo a pior das mulheres, com a autoestima no chão. Ela pegou o celular e resolveu se abrir com uma de suas melhores amigas no WhatsApp:

Você não viu quem era, Jô?

Não, Márcia, não vi direito. Vi que era loira. A foto tinha filtro. A lingerie era preta.

Foto com filtro é foto normal. Era daqueles que modificava muito a pessoa? Amiga, em primeiro lugar, você tem que fazer ele admitir tudo e te contar tudo sobre ela. É muito importante você saber se era um caso de antes da quarentena que tá agora à distância ou se é algo só virtual, que começou depois do isolamento.

Pra quê? Não faz a menor diferença!

Claro que faz, Jô. Se é caso presencial, eles já se encontraram, provavelmente fizeram sexo, e há chance de eles terem se envolvido um com outro. Desculpa, amiga, mas preciso ser realista, apesar de não apostar nessa possibilidade.

Cara, ele nunca, nunca deu qualquer pinta. Nunca chegou tarde. Sempre voltamos juntos pra casa. Sempre saímos juntos. Ele não tem viagem de trabalho nem qualquer movimento que pareça traição. Se tinha um caso extraconjugal antes da pandemia, ele é um gênio na arte de esconder.

Então, é isso que tô dizendo: pode não ser traição.

Claro que é traição, Márcia. Pirou?

E se for a famosa microtraição? Ou o webnamoro, jeito bobo de namorar... Quero dizer, e se não são e não vão passar de algo virtual?

Pra mim é a mesma traição. A mesma dor. A mesma raiva.

Ok, amiga. Eu te entendo, claro. Mas, olha, pensa que perdemos de repente toda a diversão. Perdemos nossas vidas, nossa saudade um do outro, um tanto da nossa individualidade, e ganhamos o peso de um futuro incerto e um presente de excesso de convivência e de problemas sem fim. Casais podem sair dessa mais unidos, mas também mais desgastados. Precisamos ser flexíveis, dar um desconto mútuo e relevar certas coisas que não relevaríamos antes. Consideremos um momento de gamificação necessária do cotidiano. Fábio jogou o video game do dia. Consegue ver assim, apesar da dor?

Não consigo. Tenho os mesmos problemas dele e não faço isso. É uma falta imensa de respeito fazer isso dentro da nossa casa. Na casa dos nossos filhos!

Concordo. Mas ele faria onde? Já pensou que você também pode fazer o mesmo e se divertir? Fugir um pouco desse mundo real de pandemia, pra entrar numa fantasia inofensiva que pode te fazer mais leve e feliz por algum tempo?

Cara, isso é ridículo. Nunca precisei desse tipo de coisa pra arranjar homem ou ser feliz!

Você tá sendo dura e preconceituosa. Eu tenho namoros virtuais e uso aplicativos. É porque preciso? Eu não preciso de nada! Estou me divertindo. Estou vivendo o tempo presente e futuro. Aceita, pois é o que temos pra hoje, e isso não diminui ninguém.

Desculpa se te ofendi, amiga. Não foi a intenção... Muitas vezes invejei a sua solteirice. Claro que não diminui! Você tá certa.

E eu invejei a sua linda família! Não esquenta. Tô tentando te fazer ver com outras lentes, por outro ângulo. Faz o que achar melhor.

Vou me separar. É isso.

Ah é? Como? Vai expor o pai dos seus filhos ao vírus? Botar ele na rua? Fazer ele ir pra hotel? Vai se divorciar em que cartório? Checa o horário que tá aberto pra não perder a viagem, haha! Amiga, estamos no meio do furacão covid! Não é hora pra atitudes radicais. Dorme e se acalma.

É hora de tentar entender as fraquezas um do outro. Vocês se gostam, pô. Amanhã arranca dele tudo sobre essa mulher e o que eles têm de verdade. Dorme agora! Toma umas gotinhas de Rivotril e dorme bem, amiga.

Obrigada, Márcia. Não comenta com mais ninguém. Amanhã converso com ele. Vou tentar dormir. Boa noite. Te amo!

Te amo também, amiga linda. Se cuida.

Trocaram *stickers* motivacionais e saíram do WhatsApp.

Joana custou a dormir. Fábio também. Não era pra ela ter visto nada! Simplesmente uma cagada.

No dia seguinte, sentindo o peso do mundo, Joana se levantou para preparar o café da manhã do Antônio e da Olga e agitar o almoço da família logo cedo, pois o dia ia ser cheio.

Sim, ela estava exausta já às 7h30. De repente, ela se viu ranzinza, chata, irritada com o chão meio sujo, com as roupas sujas que Fábio prometeu colocar para lavar. Viu-se velha e insuportável. Ela chorou por tudo: a imagem da loira no celular do marido, a vida que deixou de ter, o medo do vírus, o tempo trancado em casa e que não volta... chorou de saudade dos pais e dos amigos. Chorou muito. Todos os finais de semana divertidos e todos os dias de sol no Rio ficaram na memória e num passado que parece longínquo.

Joana lavou o rosto e pegou o celular. Abriu o WhatsApp.

Márcia, tá aí? Quando acordar, me chama aqui? Quero saber qual aplicativo de paquera você falou ontem. Você acha que eu devo baixar?

Dias difíceis de isolamento social. Tudo que não é mais vivido lá fora é vivido em dobro dentro de casa. Isso pode significar desgastes em dobro, picuinhas antigas relembradas e intimidade renovada em seu último grau. E claro, pandemia pode ser, sim, a superação disso tudo e a renovação de um afeto que beira a eternidade. Mas não era o que Joana percebia ou vivia.

Ela se sentia derrotada pela quarentena interminável. Parecia uma armadilha que não poderia supor nem em seu pior pesadelo. Mas a quarentena estava ali, beliscando Joana o tempo todo.

Há alguns dias, essa bela moça, casada e mãe de duas crianças saudáveis e bonitas, percebeu-se sem chão ao flagrar, sem qualquer intenção, seu marido Fábio recebendo no celular fotos sensuais de outra mulher.

A princípio era só uma fantasia virtual — uma mulher que já figurava entre os amigos dele no Facebook e que, após o confinamento geral, adicionou-o no LinkedIn. LinkedIn! Quem imaginaria? Essa rede sempre foi uma espécie de escudo protetor das famílias e dos bons costumes: "Ah, ele tá no LinkedIn fazendo *business*. Ainda bem. Se fosse Instagram, eu ficava preocupada".

Já era. A mulher se aproximou de Fábio pelo aparentemente inofensivo LinkedIn. Essa é a versão oficial confessada pelo Fábio. A verdade é que Joana, neste momento da vida, precisava acreditar nisso.

Além de ter aceitado a versão do marido como verdadeira, Joana exigiu a senha do celular. Ele negou. Ela insistiu. Ele negou, alegando que com esse tipo de falta de privacidade não conseguia conviver. Mesmo disposto a provar seu amor por Joana e por seus filhos, ele veementemente negou.

Joana pediu a senha do Instagram e do Facebook. E, claro, pediu pra acessar o LinkedIn dele também. Ou seja, queria auditar a vida social de seu marido na pandemia. Fábio concordou.

A verdade é que Facebook não é mais lugar de tanta traição. E Instagram pode ter sempre suas mensagens apagadas, numa rotina quase religiosa. LinkedIn? Ah, deixa ela ver, só tem contatos profissionais. Quer dizer, 95% é isso. E os outros 5% já desapareceram.

Joana pediu a chave da própria prisão. Fuxicar, hackear, invadir, espiar, seja lá como essa prática for chamada, é também um vício. Tudo que ela achar será visto com seus olhos magoados.

Joana viu papinho, elogio, simpatia exagerada, curtidas suspeitas, mas nada além disso. Quem nunca?

Àquela altura havia perdido a confiança em Fábio, e nada que o marido fizesse passaria em branco.

Ela iniciou um processo de cultivo de raiva — processo comum entre pessoas feridas. Queria achar coisas que a fizessem manter a raiva de Fábio. E acharia sempre que desejasse.

Privacidade invadida transforma humanos comuns em monstros do Lago Ness. E era isso que Fábio temia.

Amiga, baixei o aplicativo que você me recomendou. E agora?

Pagou, Jô?

Não... tem que pagar?

Ué, você deve ser prime sempre. Óbvio que tem que pagar. Ou quer um aplicativo popular?

Ok, ok. Vou pagar e tentar entender como usar, já te conto.

Vai lá. Você tá melhor? Entrou no LinkedIn dele?

Não, nem quero... ele já deve ter apagado tudo. Comecei a mexer no Instagram, vi que tava limpo e concluí que eu sou uma otária. Ele jamais deixaria nada lá.

Não deixaria ou não tem nada, né, Jô? Bem, o que importa é você ficar melhor e com a autoestima em dia! Depois me atualiza de tudo.

Joana pagou por 30 dias e começou a preencher o perfil no aplicativo de paquera. Escolheu fotos antigas, mas se viu no dever de colocar uma recente e de repente teve medo de ser reconhecida por alguém. "E se algum amigo solteiro me vir aqui? Ah! Que se dane! Que vejam. Se eu estou sendo humilhada dentro da minha própria casa, isso é o mínimo que o Fábio deve receber em troca."

Joana se libertou de ditados, regras e aparências: criou o perfil e se jogou na brincadeira nem-tão-brincadeira-assim, começando então a dança do dedo indicador pra lá e pra cá. É importante selecionar quem agrada e quem não agrada (com cuidado de checar de onde vem e com que trabalha). Por fim dormiu.

Há quase uma semana do flagra na loira de *lingerie*, Fábio dormia no escritório. As crianças nada percebiam, pois dormiam antes deles e acordavam depois. E a vida em família seguiu por fora — só Deus sabe como ficou por dentro.

Joana acordou e tocou o dia no modo automático: toma café da manhã, troca de roupa, arruma as camas, cuida das aulas online das crianças, lava roupa, lava louça, adianta almoço, faz *calls*, checa e-mails, abre planilhas, e muito mais.

E mais um dia perdido na quarentena passa. Mais um dia igual. "Márcia tem razão. A vida tá bem chata. As fugidas da realidade podem acontecer mesmo...". Joana põe as crianças para dormir e vai para o quarto. Tranca a porta para não correr risco com o Fábio (dizem por aí que mulher é mais esperta que homem) e, finalmente deitada em sua cama, abre o que viria a ser um parque de diversões: o aplicativo de paquera.

Márcia, tá aí?

Oi, amiga, tô, sim!

Meu Deus! São muitos matches! Nunca imaginei algo assim.

Aê, Jô! Arrasou!

"Você que sabe. Qualquer coisa, tô aqui e sou toda ouvidos."

Joana jurou que não abriria as mensagens no aplicativo. Mas de repente achou que só espiar não teria nada de mais. Entre muitas mensagens, algumas realmente toscas, ela avista a seguinte:

Me lembro de você, da escola. Só que eu era um pouco mais novo, e você nem me dava bola. Como você tá? Solteira? Soube que tava casada, com filhos. Se estiver solteira, sorte minha. Tenho uma menina de cinco anos que mora em São Paulo, cidade onde morei por mais de dez anos por motivo de trabalho.

"Hoje estou separado e voltei pro Rio para assumir a operação da empresa aqui. Vamos pro WhatsApp? Quero saber de você!"

Por mais difícil que fosse para Joana admitir, seus olhos ganharam um brilho novo. Seu coração bateu diferente, com mais vigor. Aquele cara bonitão, solteiro, no Rio, dizendo que tinha um *crush* nela? Nossa! Parece um *video game* no qual ela ganhara uns oito anos de vida. Pra trás, claro. Sentiu-se mais nova, renovada.

Mas logo veio a tão famosa culpa. "Não devo responder. Vou sair do aplicativo. Não é porque o Fábio agiu assim que eu agirei também. Ele é meu marido e pai dos meus filhos. Vou apagar meu perfil e sumir."

Decidida, Joana pegou seu celular, abriu o app e foi com o dedo diretamente em *delete account*. Mas seu dedo teimoso clicou duas vezes em outro lugar.

Oie. Que legal você estar pelo Rio! Outra hora te explico por que estou aqui nesse aplicativo. Segue meu número.

Uma família em quarentena. Convivências e desgastes em nível máximo. Excesso de presente e falta de futuro. Assim se encontrava a vida de margarina de Fábio e Joana. O casal de carne e osso, até então feliz, vivia agora momentos de decepção, desnude e, sobretudo, de descobertas (ou redescobertas).

Para quem está chegando agora: Joana e Fábio têm dois filhos pequenos e vivem com conforto na cidade do Rio de Janeiro — sinônimo de passeios, viagens, clube, praia e vida cultural intensa. Com a pandemia, eles se viram obrigados a conviver 24/7, cuidando da casa, da vida escolar dos filhos, do trabalho e da vida a dois.

Desgastados e irritadiços um com o outro, estão hoje numa situação bastante dura e desconfortável para ambos: Joana pegou Fábio no celular recebendo fotos de outra mulher. Seminudes!

E mais um dia raiou. Joana pulou da cama, num misto de excitação, medo e angústia. Olhou no espelho e disse a si mesma: "Essa quarentena ainda vai me matar de ansiedade." Mas nós, do lado de cá, bem sabemos que esse frio na barriga que ela sentia não era somente por conta da pandemia. Ela também sabia.

— Tonzinho! Olga, meu amor! Tá na hora de levantar!

Joana tem mania de beijar muito os pés dos filhos na hora de acordá-los. Assim eles já acordam rindo, segundo ela. Beijos pra lá, risadas pra cá, os pequenos se levantaram e trocaram de roupa enquanto Joana fazia as camas.

— Vamos brincar na varanda depois do café?

— Eu quero brincar também! Vamos caçar um tesouro?

— Obaaa! Papai vai brincar com a gente.

Joana amarrou a cara e foi à cozinha para adiantar as coisas.

Fábio tentou uma aproximação:

— Jô, já é o terceiro dia que tô dormindo no escritório. Daqui a pouco as crianças vão sacar que tem algo errado. Você já olhou as minhas redes e viu que não tem nada de mais por lá. Eu sei que dei mole, que errei, mas quem nunca? Você quer comparar o que construímos com um dia infeliz no meio de um caos?

— Fábio, a questão não é o horror do que vi naquela noite e que me dói até o fundo do peito. Arde! Arde! A questão é o que isso representa. Dizer que não tem nada com a loira da foto é o que qualquer um faria: negar. Mas claro que há algo, e a única saída é você me contar tudo. Mas tudo mesmo.

— Não acho que vá ajudar. Não basta eu dizer a você que foi uma brincadeira? Uma diversão besta no final do dia?

— Não. Não basta. Perdi a confiança em você. Olha, nem sei mais quem você é. Seu nome é Fábio mesmo? Ou aquela ID é falsa? É assim que tô sentindo tudo...

— Pai, pai, vamos pra varanda brincar?

— Vamos, Olga.

O casal teve que encerrar por ali, Joana com os olhos cheios d´água e Fábio com cara de cachorro que fez xixi no tapete. Ambos mal.

Joana deixou as crianças com o pai na varanda e foi se arrumar para o primeira reunião do dia. Pegou pela primeira vez naquela manhã o seu celular e avistou muitas notificações no celular: sua mãe, Márcia, seu chefe, sua colega de trabalho, grupos de mães, seu pai e...um número desconhecido.

Oi, Jô. Aqui é o Marco, do aplicativo. Salva meu número e me conta de você. Fiquei curioso. =)

O coração de Joana disparou e a lembrou dos seus 17 anos. E teve um gosto bom, mesmo com culpa.

Ela não respondeu nada. Disse a si mesma que se comportaria como a adulta que era e tocou a vida atribulada em casa. Foi até o escritório buscar seu estojo e se deparou com o celular de Fábio. Pegou, ficou olhando para aquele visor (Fábio configurou o aparelho para não exibir notificações no visor, ela jamais veria nenhuma mensagem sem abrir o celular!) e se pegou pensando: "Eu podia ver uma mensagem da loira aqui, pra poder falar com Marco sem culpa!".

— Marcinha, tá aí?

Oi, amiga. Tô, sim. Tudo bem?

Sim! Aquele cara que estudou na minha escola me adicionou no WhatsApp.

Jura? Isso quer dizer que você acabou dando seu número pra ele! E tá bem com isso?

Não, tô culpada, com medo. Mas alguma coisa não tá me deixando parar.

Sei... eu sei que coisa é essa. A mesma "alguma coisa" que o Fábio teve. Entende ele agora?

Ué, mas só tô nessa porque ele começou...

Ah, tá. Você só tá curtindo essa onda por culpa do Fábio. Ele te obrigou, certo? Jô, se liberta! Você não se torna ruim por isso. Continua sendo a mesma mãe, mulher, filha e profissional maravilhosa de sempre. Por favor, né?

Sei não. Fábio quer conversar... Eu acho que só consigo recomeçar qualquer coisa se ele me contar tudo em detalhes. Mas ele não quer. Então não tem conversa...

Por que você quer saber de tudo em detalhes?

Quero saber se ele gosta dela. Óbvio que ele está mentindo. Ele vai dizer que não. Preciso entender essa história.

Então vai fundo, amiga. Consigo te entender. No fundo você não sabe o tamanho que ela tem na vida dele. Tenta ao menos descobrir o nome todo dela pra gente fazer uma devassa básica na vida dessa vaca, rsrs.

Ok, vou tentar.

O dia chegou ao fim. Depois do jantar, as crianças foram para a cama da mãe e perguntaram pelo pai. Chamaram por ele, que se deitou com os três como nos velhos tempos. Todos riram e falaram de desenhos animados.

As crianças adormeceram, e Fábio as levou para o quarto delas, depois voltou para o quarto do casal:

— Podemos conversar agora, Jô?

— Não tem conversa. Tem você começando a contar toda essa história pra mim. Quem é essa mulher e o que vocês realmente têm?

— Ok, Jô. Eu não acho que vá ajudar. Eu não tô à vontade. Eu sei que tô errado, e isso aqui vai nos magoar mais ainda.

— Fábio, ou você me conta, ou não tem recomeço. Só fim. Há quanto tempo você tá com ela?

— Jô, eu não tô com ela. A gente se fala, falava, por internet só.

— Há quanto tempo, Fábio?

— Há uns 3, 4 meses.

— Então foi antes do coronavírus, o que me magoa mais ainda. Não tem nem a desculpa da vida limitada que temos levado. Você é um escroto.

— Jô, você tá me imaginando um filha da puta que eu não sou. Não premeditei nada. Sempre te amei. Sempre respeitei o que temos e coloquei você e as crianças no centro da minha vida. Ela me adicionou no LinkedIn querendo fazer negócio com o banco. Conversamos por lá, ela me mandou seu projeto por e-mail, e, para tirar dúvidas, adicionei ela no WhatsApp.

— Nossa, entre o projeto e a *lingerie*, deve ter acontecido muita coisa, hein?

— Sim, ela é divertida, tem um humor ácido. Num dia tenso no banco e aqui em casa, percebi que somente ri com ela pelo WhatsApp. Daí me peguei procurando interagir com ela, pra ficar mais leve.

Naquele momento, Joana arremessou um pote de hidratante em Fábio. De surpresa, com ódio. Ele se assustou, pois quase acerta a cabeça do pobre.

— Seu escroto!!! Enquanto eu tô ralando com a casa, com o ganha--pão e com os seus filhos, você busca "leveza" pelo celular? Escrotooo!

— Você tem razão, Jô. Eu tô errado, mas não sou um escroto. Tanto que tô aqui te dizendo a verdade. Desculpa, amor. Eu não quero te perder. Não quero perder a vida que eu tenho.

— Mas quer ter seu joguinho de leveza, né? Então tá, vamos abrir a relação. Você busca seus momentos de alegria na internet, e eu começo a buscar também. Fechado?

— Que isso, Jô?? Eu já parei de falar com ela.

— Mentira. Mentira. Você sabe que não dá pra ser assim. O pior é que você deve ter contado pra ela que eu vi vocês. Quero que morram! Morram!

— Jô, a gente vai sair dessa. Assim que essa quarentena passar, vamos viajar. Vamos pra Costa Rica? Sempre falamos nisso, né?

— Qual o nome dela?

— Oi?

— Me passa o nome dela!

— Luiza Carvalho Albertoni. O que vai fazer com isso? Procurar ela nas redes? Fazer a louca com ela?

— Você não me conhece mesmo, né? Esqueceu o *background* da mãe dos seus filhos. Tá me confundindo com a sua turminha nova. Sai do quarto. Me deixa sozinha.

— Ok, Jô. Mas eu te amo.

Jô chamou Márcia no WhatsApp e pediu para ela pesquisar tudo sobre a tal Luiza, pois não tinha coragem para tanto — estava com medo do que encontraria.

Pode deixar, amiga. Amanhã fuxico tudo e te passo a ficha. Beijo e dorme bem.

Jô não fechou o WhatsApp. Abriu a mensagem do Marco. Ele tava online. Foi mais forte que ela. Afinal, pensou, os dois poderiam se tornar amigos.

Oi, Marco, desculpa a demora. O dia foi pesado. Minha história com aquele aplicativo é longa... e você já deve estar indo dormir.

Que nada. Durmo tarde. Sou todo ouvidos. Pode começar.

É comum associarmos o período da quarentena a um período de estresse, cansaço, desgaste emocional e matrimonial. Mas não é bem assim. Pelo menos não o tempo todo. Do lado de cá da balança, eu vejo um ninho sendo construído por todos os bicos e asas da família. Vejo proximidade, intimidade, companheirismo e, sobretudo, vejo descobertas de todas as partes. E muitas agradáveis!

Joana e Fábio ou Fábio e Joana (leia na ordem que preferir) viviam momentos únicos de intimidade e afeto em família. E o mais inusitado: sem nenhuma interferência externa, seja de sogra, seja de babá ou amigos.

Foi o que vi acontecer num sábado desses de quarentena: os quatro agarradinhos na cama de casal, vendo *Alladin* pela segunda vez. Enquanto Fábio pedia silêncio, Olga repetia incessantemente que queria uma fantasia de Jasmine. Antônio brigava com a irmã. Joana enchia ambos de beijos. Era o ninho em atividade. Isso sim é felicidade. Um tipo de felicidade profunda, mas com aparência de coisa banal. Quem entende da vida sabe o que estou falando.

Nos últimos dias a relação entre Fábio e Joana estremeceu por conta de ocorrências tão humanas quanto se apaixonar, querer se casar e procriar: ele estava interagindo virtualmente com outra mulher, e Joana descobriu. Joana se sentiu humilhada, com sua autoestima despencada, ficou muito magoada e com raiva de Fábio. A chapa esquenta, a confiança se abala e a jornada de descobertas e de autoconhecimento acelera.

Há alguns dias, inicialmente por vingança, Joana entrou num desses aplicativos de paquera — um desses pagos e para usuários classe A — e encontrou com um colega de escola de quem nem se lembrava.

Entre culpas e arrependimentos, acabou no WhatsApp com ele, justificando-se por estar ali no aplicativo mesmo sendo casada.

Oi, Marco. Então, obrigada pela disposição em ouvir meu drama, rsrs.

Imagina! Todos nós em algum momento da vida passamos por questões complexas no casamento. Às vezes mais de uma vez na vida, né? Kkkk.

Sim. Mas pra mim é a primeira vez que vivo um problema maior. E tá sendo difícil... Eu sei que estou errada em ter entrado naquele aplicativo e até em ter te respondido, mas, quando vi que éramos da mesma escola, entendi que é um papo de amigos.

Joana, se eu puder te dar um conselho, esqueça essas culpas e abandone os rótulos. De nada servem. Só vão fazer você se sentir pior. E são rótulos enganosos em geral. Hipócritas e enganosos. Mas o que houve, afinal? Você e seu marido estão em crise?

Aparentemente não havia crise. Havia uma família tentando sobreviver à quarentena. Sempre nos demos bem.

Mas...

Então, eu descobri que ele tem alguém, mas não sei que tipo de relação é. Vi ele recebendo fotos dela pelo WhatsApp. Depois descobri quem ela é, mas não tenho como saber a verdade, ou seja, o que eles realmente têm.

Putz. Que chato. Isso aconteceu nesse período de quarentena? Como você conseguiu ver?

Quis fazer a sedutora com ele e entrei de supresa no escritório. Fui abraçá-lo por trás da cadeira e vi tudo.

Devia estar linda...

Joana não soube o que dizer, mas sentiu sua pele mais sensível, quase ardendo, e se lembrou dos tempos de adolescente, descobrindo o amor e o sexo. Como era bom sentir a pele arder, pensava Joana.

Eu agora me sinto paralisada. Sem coragem pra qualquer decisão mais radical, sem coragem de ir a fundo pra saber o que eles têm, sem coragem pra nada...

Já passava da meia-noite e Joana começou a chorar de frente para o WhatsApp, já deitada na cama.

Fica assim, não. Por pior que esteja parecendo pra você, a tempestade pode ser só uma chuvinha passageira que te faça repensar muita coisa e enxergar a vida diferente. Especialmente o que você quer pra você mesma. Digo, como mulher.

Eu não quero nada. Só não queria passar pelo que estou passando. Desculpa te alugar assim... você lá no aplicativo querendo relacionamentos leves, novidades... e eu aqui te trazendo meu drama.

Jô, eu tenho as melhores recordações do tempo de escola e do quanto eu te azarava, do quanto te desejava, como o adolescente intenso que eu era. Só que pra você eu era invisível. Haha. Independentemente de qualquer coisa, tô adorando ter te encontrado.

Que legal! A gente não olhava pros meninos das séries abaixo das nossas... É verdade! Burras, né? Eu fiquei falando dos meus problemas e não perguntei de você. Você se separou há pouco tempo, né?

Sim, fui pra São Paulo em 2008 para trabalhar no mercado financeiro. Fiz carreira por lá. Fui VP de uma corretora grande durante bastante tempo. Casei por lá e tive uma linda menina, Felipa, há cinco anos. O grande amor da minha vida. Há dois anos tive uma proposta de voltar pro Rio e tocar a operação da corretora aqui. A ideia era vir com a família, mas a minha ex tinha o trabalho dela em São Paulo, e a gente já não estava bem (desgaste, indiferença, certa raiva). Decidimos que eu viria e nos finais de semana iria pra lá ou ela viria com a Filipa pra cá. Em pouco tempo vimos que não estava funcionando. Resolvemos abrir. Continuo indo muito a São Paulo por conta do trabalho e pra ver a minha princesa.

Minha ex tem falado em se mudar pra cá. Se isso acontecer, vai ser lindo. Teremos guarda compartilhada e eu terei a Felipa comigo metade do tempo.

Nossa, você deve morrer de saudade dela...

Sim! Chega a doer.

Mas você tá bem com a separação?

Sim, já tem dois anos. Não tava bom pra nenhum dos dois. Nosso único objetivo deve ser querer estar bem, se sentir bem. De preferência em estado de encantamento e paixão. Mesmo que não o tempo todo.

Gostei disso... Encantamento e paixão. Marco, vou tentar dormir aqui, senão amanhã o bicho pega.

Tá tarde, né? Então, eu moro no Jardim Botânico e adoraria te convidar pra um café da manhã no Parque Lage. Mas, como bom papo e café não combinam com máscara full time, melhor esperar essa fase passar. Quando puder fazer um vídeo, vou adorar te rever.

Combinado. Aqui é muito difícil (marido, crianças...), mas prometo tentar. Vou avisando logo que tô muito diferente dos tempos de escola.

Tenho certeza de que está ainda melhor... Beijo em você! Boa noite.

Marco era tudo do que Joana precisava naquele momento. Mas ela não conseguia em nenhuma hipótese esquecer a traição do marido. Estava com a ideia fixa de que ele faltou com respeito não só com ela, mas com a família toda.

Ela tem um ponto.

Amanheceu. Joana pulou da cama no susto com Olga pedindo a sua vitamina. Como assim sua mãe não acordou com o despertador como sempre acorda? Isso nunca aconteceu antes.

Ela correu para a cozinha e Fábio já lá estava, preparando tudo:

— Disse para a Olga deixar você dormir, que eu já estava fazendo a vitamina dela, mas parece que só a que você faz que é boa, né, Olguinha?

Joana nada disse. Pegou Olga no colo e a abraçou com a força do aperto que sentia no peito.

— Mãe, tá me apertando! — reclamou a menina.

— É amor, filha. Amor!

Quando Joana foi se arrumar, pegou o celular para checar as mensagens:

Bom dia, amiga. Consegui fazer uma busca boa ontem, sobre a tal Luiza. Quando tiver um tempinho, me chama aqui.

Joana acordou atrasada. Atrasada para o café da manhã, para a aula online do Antônio, para a reunião de equipe. Atrasada para a chatice da rotina em quarentena, que teimava em persistir.

Ela leu a mensagem de sua amiga no WhatsApp, mas nada respondeu. Correu até o guarda-roupa, vestiu-se, penteou o cabelo e voou para dar café às crianças na cozinha (ela não costumava tomar mais que um café preto pela manhã). Passando pela sala de TV, deparou-se com Fábio chorando ao telefone: seu pai havia sido internado com pneumonia. Complicações da covid.

Joana se sentou ao lado dele, colocou a mão em seu braço. Recostou a cabeça em seu ombro sem dizer uma palavra. Ela sabia o baque que seria. Seu sogro era um homem de valores: um cara íntegro e com um enorme senso de justiça. Ele a tratava com um enorme carinho, quase como filha mesmo. A recíproca era verdadeira: Joana tinha nele uma figura paterna forte.

— Me conta...

— Mamãe ligou dizendo que papai piorou da falta de ar, e Marcelo levou ele pro Samaritano. Ele ficou por lá...

Fábio desabou em choro, abraçado a Joana. Agarrou-se na blusa dela e encharcou-a.

— Eu devia ter ido lá no aniversário dele. Máscara, capacete, roupa espacial, mas devia ter dado um beijo no velho. Porra!

— Como, querido? A gente estava longe de lá para protegê-lo. Seu irmão que tava errado.

— Pois é. Aposto que ele que passou o vírus pro pai!

— Fábio, esquece isso. Seu irmão é um bom filho, e lançar isso agora só vai causar confusão... não é hora! Quer tomar algo? Rivotril?

— Mais tarde. Deixa eu dormir com você? Estou com medo... que vida desgraçada essa!

As crianças estavam com os olhos arregalados, vendo o pai chorar daquele jeito.

— Pai, o que aconteceu com o vovô Jaime? — perguntou o atento Antônio.

— Ele piorou da gripe e teve que se tratar no hospital. E papai não queria que ele fosse.

— Gripe *influenza* ou covid-19? — perguntou o filho, do alto de seus oito anos.

— Covid é coronavírus, Antônio?

— Éee, Olga!

— Então o vovô pode morrer?

— Cala a boca, Olga! Garota chata!

— Meus amores, vovô Jaime está no hospital, sim, e está com coronavírus, mas os médicos são muito bons e ele não vai morrer.

— Podemos visitar ele lá, papai? — perguntou a doce Olga.

— Não, meu amor. Só quando ele voltar pra casa.

— E se ele não voltar, pai?

— Ele vai voltar, filha.

Fábio se trancou no banheiro para chorar. Foi impactante perceber que seus filhos cresceram, sabem tudo, cada vez mais. Estão atentos e fortes. O tempo passou, e os bebês de sempre sabem diferenciar *influenza* de covid. Fábio chorou de medo. Chorou de tristeza por ter detonado seu casamento. Numa hora dessas, é de Joana que ele precisa. É com ela que compartilhou parte de sua vida. "Que merda eu fiz, meu Deus?"

Joana preparou o café da manhã entre uma lágrima e outra. Fábio ficou em contato constante com o irmão para saber notícias do pai, que tinha ido para o CTI. Fábio estava inconformado. Era preciso agora cuidar de sua mãe e ele já estava tratando disso.

Mais um dia se passou entre telefonemas, lágrimas, reuniões e aulas online. Joana só viu o necessário em seu WhatsApp. Procurou ficar ao lado do Fábio, pois ele estava visivelmente abalado e buscando notícias do pai o tempo todo.

Quando as demandas do dia acabaram, Joana foi para a varanda com seu celular e fone de ouvido, para se exercitar um pouco. Abriu o Whatsapp com calma e havia muitas mensagens. Viu a do Marco, colega de escola que ela reencontrou numa incursão vingativa em certo aplicativo popular de paquera:

Oi, Jô. Como você tá? Melhor? Espero que sim. Quando quiser conversar, tô por aqui... Beijo em você!

Joana deixou para responder depois. No momento considerava-se a pior pessoa do mundo só de dar um oi a Marco. O marido estava em profundo sofrimento e precisando dela. Dane-se a loura da *lingerie*. Joana só queria estar com Fábio. Ela considerava a hipótese de bloquear Marco e nem falar com ele mais. Nunca mais (mesmo sabendo que "nunca" é um estado utópico do tempo).

Abriu a mensagem da Márcia, uma de suas melhores amigas e confidentes:

Amiga, você ficou quietinha o dia todo, e eu imaginei que ou você tivesse desistido de saber da loira, ou o dia tivesse sido muito pesado por aí. Tá tudo bem?

Oi, Marcinha. Não tá! A covid do Jaime complicou, e ele teve que ser internado. Fábio tá acabado. Clima pesado... Mas quero saber sim. Nem sei se deveria querer saber... Não vai ajudar agora. Aff!

Amore, vou deixar um áudio aqui, e você ouve se quiser e quando quiser. Se resolver apagar, tem meu apoio também, ok? Te amo. Beijo no Fábio e nas crianças. Fiquem bem e contem comigo. Dr. Jaime é um grande cara e vai sair dessa!

Márcia deixou o seguinte áudio:

— A loira se chama Luiza Carvalho Albertoni, e isso você já sabe. Ela é advogada e mora em São Paulo. Ela era do jurídico do Banco Safra e agora montou seu próprio escritório para atender essa área. Imagino que atenda o banco lá do Fábio. Devem ter se conhecido assim. Temos amigos em comum. Falei com uma menina que conhece ela superficialmente. Me disse que ela se separou há pouco tempo, tem uma filha pequena e é bastante ambiciosa. No Safra dizem que ela era agressiva quando se tratava de negócios. Até aí tudo bem. Mas parece que ela não é fácil com o ex-marido e não facilita pra ele ver a filha. Ele veio pro Rio e trabalha no mercado financeiro também. Agora sobre ela e Fábio eu ainda não descobri nada. Sei que ela tava prospectando bancos aqui no Rio. Vai ver, tá tendo que fechar algo e usando suas armas. Sabe se Fábio decide esse tipo de contratação? Bem, agora não é hora de pensar nisso. Cuida dele e das crianças. Depois falamos. Beijo, amiga.

Era sábado.

Sábado, sem aulas online das crianças, sem reuniões marcadas, sem a pressa da semana. Mas nem por isso a família Weiss acordou mais leve ou feliz.

O pai do Fábio, Jaime Weiss, estava internado e entubado. Além disso, o casal estava sendo obrigado a conviver com um enorme elefante branco no meio da casa. Esse elefante tinha nome: Luiza Carvalho Albertoni.

Joana estava armazenando forças para tocar no assunto com Fábio, que enfim estava dormindo novamente na cama do casal. Como já sabemos, ele havia pedido isso a ela quando soube de seu pai e ela cedeu.

Mas foi uma noite péssima para ela, que passou todo o tempo tentando esquivar-se dele, com nojo de sequer tocá-lo. Não teve pena do sogro capaz de amenizar esse sentimento visceral que parecia dizer-lhe: não havia mais volta.

Joana foi pra varanda assim que clareou o dia — não queria estar na cama quando Fábio acordasse. Chegou a pensar em entrar nas redes sociais de Fábio, uma vez que ele mesmo havia disponibilizado as senhas. Mas Joana não era tão boba assim: para ele ter oferecido suas senhas tão "de boa", já não deveria haver nada suspeito ou comprometedor, nada que não tivesse sido apagado antes. Besteira. Perda de tempo.

Ela tentou fuxicar a moça pelas suas próprias redes. Primeiro Joana resolveu procurar a tal Luiza no Instagram: perfil fechado. Depois foi para o Facebook: perfil desatualizado. Nada de mais por lá, a não ser fotos com amigas, em bares, e com a filha pequena. Em seu LinkedIn também não havia nada de mais. Se a história do Fábio de fato é verdadeira, eles se conheceram profissionalmente e partiram logo para o WhatsApp. E, para entrar lá, Joana jamais teria a senha.

"Essa história de oferecer senha de redes sociais é papo furado. Ele sabe que, pra eu abrir os perfis dele do meu celular ou do meu notebook, precisaria da autenticação dele. E o celular dele mesmo tá todo trancado... ele nem cogita me passar a senha!" Eram pensamentos recorrentes, do tipo espiral, que não davam sossego a Joana.

A verdade é que encarar, de frente, a natureza cruel de nossas humanidades e consequentes fraquezas não é corriqueiro ou simples. Em primeiro lugar, é um desafio entendermos que o amor estremece, muda, se reinventa e, muitas vezes, acaba também. O amor também sexual pode perder força, mas ganhar a envergadura de um amor quase fraternal, o que tem a chance de durar a vida inteira.

O problema é que numa relação amorosa, ego, orgulho, raiva e ressentimento em geral não permitem aceitarmos mudanças assim. A não ser que os dois vivam a mesma situação e num mesmo grau de maturidade, o que não é comum. Ou seja, não estava sendo e não será fácil para Joana lidar, daqui pra frente, com o que viu naquela noite, no celular do Fábio.

Fábio chegou à varanda de mansinho:

— Acordou cedo...

— Sim... não há tranquilidade para dormir. Notícias do seu pai?

— Ainda não. Parece estar na mesma. Coquetel de corticoides e antibióticos. Mamãe vai fazer novo teste na segunda, e, se não tiver mesmo com covid, pensei em ficar uns dias com ela. Marcelo não consegue ficar lá direto. É esse fogo no rabo que ele tem que ferrou meu pai.

— Bom pra ela e bom pra você. Lá você estará à vontade para *lives* e sexo virtual noturno. Sem perigo de ser pego. Sua mãe dorme cedo.

Joana não queria ter feito piada nem ter deixado sua dor exposta. Mas, quando viu, já tinha falado. "Por que eu sou tão idiota?", pensou ela.

— Jô, você tem toda a razão de estar me odiando. Mas eu continuo sendo o mesmo cara. Com o mesmo caráter que você conheceu. Não pensaria nisso numa hora dessas.

— Ahhhh, tá. Um eunuco assexuado. Verdade!! Até o fim da vida, você vira santo. Ou anjo... vai saber.

— Você quer falar sobre a Luiza? Quer que eu te conte tudo?

— Fábio, um lado meu está realmente curioso pra entender o que te fez cair nessa assim. O que faltou por aqui? Claro que queria te ouvir... Mas o meu outro lado acha que seria masoquismo e que de nada adiantaria. Não sei se consigo mais me relacionar com você.

— E se eu não contar, passamos por cima disso e retomamos a nossa vida? Eu te amo, porra.

— Não sei se consigo.

— Então não há saída. Se no seu mundo as pessoas são perfeitas e à prova de erros e fraquezas, é o fim mesmo. Afinal, o mundo da Joana é o das pessoas perfeitinhas, e ela é a presidente do clube dos infalíveis.

— Fábio, eu humildemente disse que não sei se consigo. Não esqueça que a pisada de bola foi sua e não minha. Eu só faço viver no automático e tentar nos proteger de um futuro que não conseguimos enxergar nesse momento.

— Então, podemos conversar? Posso te explicar como tudo começou?

— Vamos pra cozinha. Vou preparar o café. Lá você me conta, então. E se prepara para segunda-feira ir pra casa da sua mãe por uma longa temporada.

4

Dividida

Oi, amiga! Vamos jogar beach tennis amanhã cedo?

Oi, Ana! Se for cedinho, tipo às sete, eu topo. Posto 12?

Sim. Preciso arejar as ideias. Flávio anda estranho. Pressionado pela ex-mulher. Segurando o dinheiro de uma forma esquisita. Como se eu estivesse com ele atrás de dinheiro...

Amiga, mas, se você estivesse no lugar dela, tendo ajudado a construir esse império que o Flávio tem hoje, não estaria preocupada com a namorada nova já morando na casa dele? Casa não. Mansão!

Ué, será que ela tá achando que o ex-príncipe com mais de sessenta anos vai conseguir amor puro? Alguém completamente desinteressada? Ah, para, né? Pés no chão.

Ana Paula tinha sido bem criada. Filha de empresário na área de construção civil, ela estudou em escola de elite, fez viagens ao exterior desde muito nova e casou-se, considerando manter o mesmíssimo padrão de vida com o qual estava acostumada. Teve duas filhas e as colocou na escola onde estudou — uma escola cuja mensalidade passava dos 5 mil reais.

Porém, a vida tem seus reveses, e Ana Paula se divorciou logo. O casamento afundou com menos de quatro anos de vida. O pai, não mais tão bem de vida como nos gloriosos anos 90, a ajuda financeiramente até hoje. Afinal, manter o padrão de vida de toda a casa é algo natural e obrigatório para a família Siqueira. Não se cogita fazer restrições ou revelar qualquer sinal de decadência ao círculo social do qual fazem parte. Aparência é oxigênio.

Entre erros e acertos, aplicativos e reuniões em casa de amigos, Ana Paula teve alguns namorados que funcionaram por algum tempo, todos com excelente padrão de vida e saldos para lá de positivos em suas contas bancárias, além de terem o mesmo *mindset* que muito a agradava: viver vida de luxos, ostentar e frequentar lugares do mais alto nível de gente.

Foi numa dessas buscas que ela conheceu o Flávio. Viu um post dele sobre arte, que uma amiga tinha compartilhado em seu *story*. Ele parecia ser entendedor de arte. Quem entende de arte compra arte, e quem compra arte tem dinheiro. Bingo!

Assim, Ana Paula digitou:

Oi, Raquel. Tudo bem?

Oi, Ana! Sim e você?

Vi um compartilhamento seu de um post do Flávio. Ele é seu amigo?

Não é amigo íntimo, mas eu o conheço, sim. Conheço mais a mulher dele. Os dois são advogados! Superbacanas, aliás.

Ele entende bastante de arte, né? É colecionador?

Não diria colecionador. Mas ele investe bem em arte, sim.

Papai tem investido em novos nomes. Seria bem bacana falar com o Flávio. Você pode nos apresentar? Pode ser pelo Instagram mesmo!

Claro! Não sabia que seu pai estava investindo em arte.

José Siqueira, pai de Ana Paula, não está investindo em arte, até porque a fase é de dificuldades e certa decadência. Só as aparências se mantêm as mesmas, mas internamente, se nada for feito, o inevitável acontecerá: assumir a queda e quebrar. Mas ela usou o pai e avisou a ele. José era apaixonado pela filha e colaboraria com qualquer de seus planos. Até porque ele queria mesmo investir em arte, algo que já havia feito na vida.

Como todos nós, Ana Paula tem defeitos e qualidades, pontos altos e baixos. Se deixarmos o maniqueísmo de lado, entenderemos que Ana Paula está entre os matizes do preto e do branco. É romântica e bondosa. Quer estar sempre apaixonada. A princesinha do papai acreditou e ainda acredita que deve ser sempre a princesinha de alguém. E esse alguém deve ter os devidos fundos para manter seus hábitos e atender a seus desejos. E ela jura que pensar assim não tem nada de mau ou de errado.

Flávio, tudo bem? Essa é Ana Paula Siqueira, minha amiga. Sua família investe em arte, e ela viu aquela sua postagem que eu compartilhei e se interessou. Gostaria de conversar com você sobre nomes para apostar e dicas em geral. Bem, estão apresentados!

Logo, logo Ana Paula já estava falando com Flávio no privado. Primeiro no Instagram e depois no WhatsApp. Nessas mesmas plataformas, ela o conquistou. Mostrava-se muito bem em texto e fotos. É uma grande personagem. Mandava *selfie* de sua cama, de camisola, alegando estar sentindo falta dele, no melhor estilo "saudade do que não vivemos ainda". Fotos na praia, com filhas, textos fofos com valores familiares e éticos consistentes e um discurso de certa fragilidade. Sempre muito feminina e bondosa. Ela jogou muito bem. Bingo!, ele caiu. As pessoas caem, sabemos disso. Não demorou para que Flávio se encantasse com a moça tipo *mignon,* com jeito de menina e super em forma.

Ana Paula se cuida: de procedimentos dermatológicos a dietas, produtos para ajudar em seu metabolismo e malhação. Claro que a genética é preponderante, mas ela não conta só com isso. Depois do primeiro encontro para falar dos quadros que havia adquirido recentemente, Flávio já não a tirava da cabeça.

A ideia de um homem rico e poderoso caidão por ela fez com que Ana Paula se apaixonasse também. Essa ideia de uma vida sem restrições, com vários luxos e um homem apaixonado a seduzia muito. Dois apaixonados, cada um do seu jeito e com seus objetos recíprocos de paixão: algo aconteceria em breve.

Flávio, cujo casamento de quase vinte anos não ia bem das pernas, resolveu sair de casa e em breve assumiria um romance com Ana Paula. Esse é o momento em que ela resolve atuar com todas as estratégias que tem. Ela joga pra ganhar!

"Não pense ele que vou ficar de lanchinho dele. Não sou mulher para ser lanche de ninguém. Ele agora vai ter que me assumir em todos os sentidos. Quero um marido", pensava ela, acreditando piamente em cada uma de suas palavras. O jogo, mesmo que não tão consciente assim, havia começado. E Ana Paula ganharia, pelo menos a primeira partida.

Dois meses depois do romance assumido, ela se mudaria com as filhas para uma cobertura muito bem-decorada no Alto Leblon. Felicidade definia o momento: jantares, viagens, roupas e festas. Carinho, aconchego e *champagne* dos melhores.

Ana Paula encantou Flávio na cama. Brincava de ser recatada em um roteiro impecável e, de repente, virava uma mulher com atitudes e provocações, dando até uma impressão tremenda de espontaneidade absoluta. Para ela, o amor se dá num palco, no qual atua com veracidade. Ela acredita na verdade de suas ações. Graças ao *script* sexual de

Ana Paula, Flávio passou a se sentir com vinte anos de novo. E isso tem preço? Tem não. Todos felizes, melhor final não há! Só nos resta saber se é realmente o final.

As meninas de Ana Paula, no início da puberdade, amaram ter quartos incríveis, motorista à disposição e viagens maravilhosas. Foi um tempo lindo. Até Roberta, a ex-mulher do Flávio, resolver atuar no caso.

Depois de tanto tempo juntos e uma sociedade num escritório renomado de advocacia, Roberta, ressentida e traída, pede o divórcio e, mais que isso, a divisão dos bens. Flávio e ela têm filhos, e nada é mais importante para Roberta do que proteger o patrimônio que havia sido construído juntos para os meninos.

Em pouco tempo, Flávio, devidamente acordado por Roberta, acaba com a farra, por temor ou por uma dose de realidade de sua ex-mulher, além de sócia e amiga confiável. Ele comunica à Ana Paula que não quer mais morar com ela. Alega que a fase é complicada e que é melhor cada um ter o próprio espaço, em endereços separados.

Ana Paula, arrasada, aluga um outro apartamento para si, já que havia devolvido o antigo para viver com Flávio, e retoma a luta. Luta que na verdade nunca deixou de ter. Ela mantinha seus pratinhos rodando e já vinha conversando com um cara que conheceu na casa de alguns amigos: um executivo do mercado financeiro, um homem romântico que queria estar sempre acompanhado e não gostava de dormir sozinho.

Sacando isso, Ana Paula manteve um leve flerte com ele pelo celular durante o período em que esteve no Alto Leblon. Quem sabe o dia de amanhã? "Futuro se constrói", afirmava Ana Paula, com ar de sabedoria. Não demorou, e ela, mesmo sofrendo com a separação de Flávio, já estava enamorada de Bruno, a próxima vítima de seu charme digital.

Bruno é culto, viajado, bem-posicionado profissionalmente e, sobretudo, tem um quê de ingenuidade e carência. Bruno não sabe ficar sozinho, e seu objeto de paixão não é a mulher A, B ou C. Tanto faz para ele. O objeto de sua paixão é o estar namorando alguém, ter uma namorada. Ele se apaixona por ele mesmo quando está namorando ou enamorado.

Pronto! Ia funcionar!

E funcionou.

O namoro de Ana Paula e Bruno estava indo bem e rápido. Com dois meses de relacionamento, já pensavam em morar juntos no apartamento dele na Península e já planejavam uma viagem à Europa com cara de lua de mel. Ana Paula era muito hábil na arte de fazer muitos se apaixonarem por ela. Mas muitos mesmo! Muitas mulheres desejam saber fazer o que ela faz com tamanha proficiência, mas tentarão a vida inteira dominar tal arte sem sucesso. É quase um dom.

Bruno também era divorciado com filhos. Apesar de ter um bom nível socioeconômico, porém, sua declaração de imposto de renda, por exemplo, era fichinha se comparada à de Flávio. E, sem ler nenhuma das duas, Ana Paula sabia que Flávio era mais rico e mais poderoso que Bruno. Pelo menos naquele momento.

Um belo dia, Ana Paula é notificada no celular: mensagem de Bruno.

Oi, amor. Animada com a nossa viagem para Paris?

Sim...

Pela sua resposta não parece. Aconteceu algo? Você tá bem?

Mais ou menos. Aconteceu, sim.

O que houve??

Flávio me procurou ontem. Ele não está bem. Anda perturbado e choroso com a nossa separação. Me pediu em casamento. Quer retomar nossa relação. Diz que arrumou um canto pra nós, independente de sua ex-mulher.

Ana, e você?

Estou balançada.

A verdade é que os pratinhos que Ana Paula roda são verdadeiras estratégias de guerra no WhatsApp. Ela se separou de Flávio, mas não deixou de dizer quanto o amava, quanta falta sentia dele. Disse que estava com Bruno por carência, para tentar esquecê-lo. Mas na verdade era ele, Flávio, que ela queria. As meninas sentiam falta da vida que tinham na casa dele, ela alegava. Mandava fotos para Flávio, algumas picantes, comparava-o a Bruno, dizendo que ele, Bruno, apesar de mais novo, não dava conta dela como o outro. Aqueles valores éticos e familiares vendidos para Flávio a fim de conquistá-lo faziam parte do pacote das aparências, que todo mundo compra sem muito pensar — afinal, é fácil: é só olhar a imagem e pronto.

Mas, Ana, e a nossa viagem? É semana que vem.

Pois é... não sei mais. Desculpa, meu amor. Estou muito dividida. Amo vocês dois. Mas sinto que tenho que fechar esse ciclo com o Flávio. Você me perdoa?

Cara, eu sou apaixonado por você. Nesse pouco tempo, me encantei completamente por seu jeito amoroso e doce. O que eu vou fazer?

Eu te amo, Bruno. Guarde isso.

Ah, essa mania de manter os pratos rodando... Ana Paula não dava trégua no jogo. Nem acho que ela minta completamente. Penso que, do jeito dela, ama Bruno, sim. Talvez ela nem saiba bem o que é amor. Ou talvez use um conceito de amor, próprio dela. E quem há de negar que é amor?

Bruno ficou devastado, com a autoestima no buraco. O objeto de sua paixão tinha sido aniquilado. Ele estava só. Só e carente. Acreditando ser a Ana Paula o grande amor da vida dele e que ele a havia perdido pra outro melhor.

Eu adoraria ter tempo pra explicar a um cara puro e talvez ingênuo como Bruno, como as coisas funcionavam no mundo real de Ana Paula. Mas tenho muitas histórias pra escrever, não daria tempo.

Ana hoje vive com Flávio um casamento aparentemente perfeito: postagens de vida em família no Instagram e declarações de amor explícitas... de Flávio. Ana Paula posta uma foto do casal com um ou dois emojis na legenda. E tá tudo bem. Cada um com seu cada um, certo? Nada substitui palavras e construções verbais. Nenhum emoji jamais o fará, acreditem. Mas o minimalismo é necessário quando se pensa em futuro ou em plano B.

Flávio vem atravessando o deserto por Ana Paula e merecia mais do que um coração ou duas taças de *champagne*. Mas essa é uma opinião recheada de estereótipos e romantismos provavelmente datados. Não me deem ouvidos.

Ana Paula conseguiu o que queria. Já ganhará sua primeira obra de arte. Vivia bem no novo apartamento. E continuava a jogar.

Bruno, querido, sinto sua falta...

Sério?

Não estou tão feliz. Flávio é um homem difícil e não consegue me deixar feliz. Em vários aspectos, se é que você me entende.

Ela não tinha limites pra jogar.

Poxa, Ana, eu ainda te amo tanto. Tem certeza de que você quer essa vida pra você?

Estou dividida e sofro. Eu amo ele também. Estou, sim, sofrendo muito por estar me sentindo assim. Choro bastante.

O choro é o símbolo oficial da fragilidade feminina para quase todos os homens.

Você é uma mulher linda e merece ser feliz. Não posso parar minha vida e te esperar... infelizmente, não posso.

Eu sei, e isso me corrói por dentro. Sinto ciúmes de você, mas não tenho esse direito. Medo de te perder pra sempre.

Essas mensagens foram enviadas para o Bruno de Nova York, onde Ana estava com Flávio, a passeio. Nunca se sabe o dia de amanhã. Ela sabe disso. E o celular, nesse ponto, é seu grande aliado.

Assim segue o jogo, ops, a vida de felicidade e realizações. Sobre o amor que Ana Paula dá e recebe... "Assim é se lhe parece."

5

Quando se perde o controle

Júlio e Roberto estão juntos há quase vinte anos. Eles tiveram uma linda cerimônia de casamento e até hoje são admirados por muitos, como um elegante e sofisticado casal. Todos sabemos que os casais têm suas dinâmicas únicas, histórias privadas e até segredos. Com Júlio e Roberto não deve ser diferente.

Não sei das peculiaridades do casamento dos dois, nem de seus segredos, mas sei que eles têm qualquer mágica na relação que os faz estar constantemente felizes e unidos. Por conta de tudo isso, acompanho bastante a vida de ambos, como narradora e fã.

Roberto está em Buenos Aires, fazendo um curso de mestrado em sua área: História. Júlio é funcionário de uma estatal e não pôde deixar o emprego para acompanhar o marido. Portanto, eles se encontram de vez em quando no Brasil ou na Argentina, até que o curso acabe e eles possam ficar juntos de novo.

Venho tendo a chance de acompanhar de perto a curiosa e carinhosa relação dos dois.

1) Eles não reduziram o carinho e a preocupação mútua por conta da distância: falam-se por telefone ou WhatsApp todos os dias, ao acordarem e ao se deitarem, para saber como o outro está.

2) Eles não deixam de transar: fazem o famoso *virtual sex* e, pelo que entendi, conseguem matar as saudades assim. Todo dia tem a hora do vídeo, eles fazem cena, às vezes atuam como *strippers*, se masturbam em frente à câmera e trocam juras de amor.

3) Eles se preocupam com a vida sexual do outro e se ajudam a escolher diversão para ambos enquanto estão separados fisicamente. Ou seja, os maridos escolhem os *toy boys* um do outro. Eles têm a senha um do outro no Grindr e escolhem os pretendentes e se comunicam com eles sem qualquer cerimônia, passando-se um pelo outro numa total falta de privacidade, o que para eles é natural.

Assim sendo, Júlio aqui do Brasil escolheu no aplicativo um militar *super-hot* para Roberto. Forte e com muitos gominhos no abdômen.

Salvador, militar na ativa, se tornou a diversão principal dos intervalos de Roberto: sempre que pára de estudar ou não tem aulas para assistir, chama Salvador para sua casa. Nos encontros, eles jantam, ouvem música, dançam até, e, algumas vezes, ligam a câmera do celular e, num tripé caseiro para o celular, fazem sexo com transmissão ao vivo para Júlio, que sempre acompanha o vídeo de Roberto ao lado de seu *toy boy*, o estagiário em jornalismo João Paulo. Ou seja, eles fazem uma espécie de *swing* digital e assim vão driblando o tempo para que passe mais rápido, até que possam estar juntos novamente.

Um dia desses de outono, Salvador chegou à casa de Roberto com uma novidade: havia começado a namorar o americano Michael e quis contar-lhe logo. Houve certa estranheza no ar, mas rapidamente Roberto falou:

— Opa! Se você está feliz, vamos comemorar! — E partiu pra cima de Salvador, arrancando-lhe a camisa e beijando seu pescoço com uma fome voraz.

Salvador estava distante e um tanto estranho.

— O que houve, amor? Júlio vai querer entrar em vídeo para comemorar seu novo relacionamento com a gente...

— Ah, estou meio perdido... Michael não sabe que venho aqui, e não acho certo continuar. Ele é um cara e tanto.

— Mas por que ele não poderia saber? Não fazemos nada de mais. Chama ele pra brincar com a gente... ele vai adorar nossas brincadeiras.

— Ele não é assim. Está apaixonado por mim. Sei que não quer nada além do "a dois". Pelo menos nesse momento.

— Xii. Desculpa, então. Se acha melhor parar, paramos. Não sabia que a coisa estava séria.

— Está, sim. E eu estou muito dividido.

— Por que, coisa linda?

— Porque estou gostando de você...

— Mas, Salvador, lembra quando nos conhecemos no aplicativo? Eu frisei no WhatsApp, logo depois, que era muito bem-casado e amava o Júlio. Tudo parecia tão claro e tranquilo...

— A gente não manda no coração... eu vim pra cá brincar, somente. Sei que você me vê como amigo apenas...

— Ô, meu querido, sinto muito... eu adoro você, como um amigo gostoso que me leva pras estrelas. Me apeguei, mas não pensaria em largar o Júlio de jeito nenhum... temos um amor profundo um pelo outro.

— Ok. Hoje não tem sexo. Não vou te comer. Quero ir embora. Divirta-se com a sua mão.

— Você está descontando em mim uma culpa que não tenho. Mas ok.

Os dois pararam de se ver. Em breve, Roberto buscaria outro amigo na Argentina para seus momentos de lazer. Um detalhe importante: Roberto não contou a Júlio o porquê real de Salvador ter sumido da casa dele. Só disse que ele havia começado a namorar. Júlio não poderia imaginar que Salvador havia se apaixonado por Roberto.

Roberto sentia falta de Salvador. Um homem jovem e bonito daquele massageava o ego de qualquer um. Não seria diferente com Roberto. Uma das belezas da relação de Júlio e Roberto é a autenticidade e a transparência com que lidam com quaisquer situações. Eles não escondem nada um do outro e funcionam muito bem assim. É a relação aberta que deu certo.

Na hora da videochamada:

— Oi, amor, João Paulo vem aqui hoje à noite. Ligo o vídeo pra gente se divertir juntos? Prometo te deixar feliz!

— Pode ser...

— Roberto, o que houve? Você tá quieto. O amigo novo não agradou? Algum problema na faculdade?

— Não... cansado só.

Júlio o conhecia o suficiente para saber que não era cansaço, e o fato de Roberto não lhe dizer a verdade o incomodou. Ficou quietinho e deixou passar. Mas a pulga pulou para trás da orelha.

No dia seguinte, Júlio, com saudades de Roberto, resolveu passear pelas redes sociais do amado. Notou que Salvador tinha curtido e comentado absolutamente tudo. E que Roberto também curtia bastante as postagens e especialmente as fotos de Salvador. De alguma maneira isso não bateu bem para Júlio. Algo não estava indo como o planejado, estava saindo de controle.

A essa altura, numa quinta à noite, Roberto resolve conhecer a casa de Salvador e vai até ele sem avisar. Toca a campainha.

— Te extraño, coronel.

— Amor mío.

É possível imaginar o que aconteceu no chão daquela sala. Tesão é melhor de se imaginar com liberdade. Posso garantir que tudo o que imaginarem aconteceu na casa de Salvador. E foi apaixonado. Sendo assim, sabemos que o acordo do casal nota 10, Júlio e Roberto, já tinha ido pro espaço. E o pior: Júlio tinha tamanha sensibilidade, que conseguia sentir algo acontecendo com seu marido.

Na manhã do dia seguinte, Júlio ligou para Roberto, que ainda estava na casa de Salvador. Roberto não atendeu. Júlio insistiu e ligou novamente. Roberto atendeu.

— Oi, amor. Onde você está?

— Vim dar uma volta pelas ruas da Recoleta.

— Por que não me ligou hoje?

— Fui resolver algumas coisas cedo na rua e acabei esquecendo.

— Pode ligar a câmera pra eu ver como está o tempo aí?

— Tô na rua.

— Não faz mal, quero te ver. — Silêncio na ligação.

— Roberto, liga a câmera... — Novo silêncio perturbador. — Roberto, eu sei de tudo, pode ligar.

Roberto olhou para Salvador e não precisou dizer nada. Os dois vestiram rápido alguma coisa, e Roberto ligou a câmera.

— Eu já sabia.

— Desculpa não ter te falado. A coisa fugiu um pouco ao meu controle. Não foi como das outras vezes, talvez porque você não esteja aqui.

— Não devíamos ter nos posto em risco. Quando estiver em casa, me chama. Precisamos conversar.

A relação de Roberto e Júlio tinha o peso dos anos, de um papel assinado, do imóvel comprado e dos acordos firmados. Não era um simples namorico.

Roberto brochou. Literalmente. Vestiu-se e foi embora para casa. Quando se despediu de Salvador, o mesmo lhe disse:

— Te amo e estou disposto a largar o americano e o meu país para ficar ao seu lado.

Salvador estava apaixonado. Roberto, dividido.

Quando Roberto chegou em casa, antes de ligar para Júlio — que a essa altura encontrava-se devastado no sofá vermelho de sua sala (sofá este que havia sido comprado por Roberto) —, resolveu passear pelas fotos de seu celular e pelo seu Instagram e Facebook. Reviveu as viagens do casal, a cerimônia de casamento, casa nova, festa de amigos... Era muita história para se desfazer. Era muito amor envolvido.

Ligou para Júlio aos prantos.

— Desculpa! Desculpa! Você não merece a minha mentira. Te amo. Meu ego me traiu!

— Calma, Roberto. Todos erramos. Eu errei também. Quer me falar o que tá havendo?

— Salvador arrumou um namorado americano e, quando fui convidá-lo pra ir lá em casa com ele, ele ficou furioso, disse que me amava e que ia então se afastar, que o gringo não gostava de abrir a relação assim. Deixei claro que meu amor era por você e o deixei partir. Mas bateu saudade dele, carência, solidão... e eu fui até ele depois de algum tempo afastado.

— Mas você também está apaixonado por ele? Diga a verdade, eu mereço.

— Não sei... acho que não. Eu te amo e não quero te perder, mas queria tê-lo próximo nesse momento. Seu amor por mim me faz bem nesta terra aqui. Mas o que ele quer é bem mais que ser o meu brinquedo e companhia. E também em poucos meses estarei de volta ao Brasil. Tudo vai se acabar mesmo.

— Roberto, mas se o que você está sentindo não se acabar e ainda virar tristeza e ressentimento, isso vai detonar a nossa relação. Acho que todos esses anos juntos fizeram com que a gente precisasse de algo mais que namoricos e brincadeiras. Mas não gostaria de me separar de você. A nossa cumplicidade eu não terei com ninguém.

— Sim, concordo.

— Vou aí conhecer o Salvador. Posso?

— Pode...

— Quem sabe não ficamos juntos, e ele, nos vendo como casal, se sente melhor ao seu lado?

— Não acho que isso vá acontecer. Não sei o que vai acontecer... Nem comigo. Mas quero você aqui.

Em pouco tempo, Júlio conseguiu uns dias de folga no trabalho e foi pra Buenos Aires pra casa de seu grande amor.

A saudade era grande. Quando Júlio entrou no apartamento, uma taça de vinho e sua música preferida o esperavam. Beijaram-se docemente. Tocaram-se mais ainda. Olhares profundos e prolongados. Beijos. Abraços. Apertos. Um amor traduzido por gestos e movimentos. Um amor exposto no atrito da pele. Dançaram de rosto colado. Barbas por fazer. Arrepios. Sorrisos. Amor. Foi assim a chegada de Júlio à Argentina.

Depois de instalado no apartamento de Roberto, hora de botar a conversa em dia: falar dos gatos do casal, da família, do trabalho e dos amigos. Foram muitas risadas e até algumas surpresas. Enquanto riam e bebericavam um vinho tinto, assistiam a um tutorial no YouTube que ensinava a preparar aquela *parrillada* que os argentinos amam.

Ambos estavam tensos, mas disfarçavam. Salvador também estava uma pilha enquanto se aprontava para o jantar na casa do Roberto.

Chegou o grande momento: a campainha tocou. Salvador entrou meio sem jeito e foi calorosamente recebido pelo casal.

— Coronel, esse é o meu amor, Júlio.

— Prazer, Salvador! Roberto fala muito de você, e eu não resisti em conhecê-lo logo. Se meu marido gosta, eu gosto também.

Jantaram, beberam vinho, riram, beberam mais, fumaram um *beck*, e assim ficou mais fácil fazer o que todos queriam de alguma forma e por algum motivo: sexo. Foi um *ménage* caloroso e cheio de cuidados e carinhos.

Júlio se emocionou ao ver a paixão de Salvador por seu marido. Longe de sentir raiva, ele se encantou com a paixão externada pelo rapaz e tentou entrar na brincadeira, de coração aberto.

Foi um momento harmonioso e feliz. Roberto era indisfarçavelmente o centro das atenções, mas isso não era um problema, já que ele soube se dividir sexualmente muito bem, deixando ambos contentes e satisfeitos. Salvador adorou Júlio, e vice-versa. A amizade ali não tardaria a ser real.

Meses depois chegava a hora de Roberto voltar para casa, mestrado concluído e tese defendida com sucesso. Salvador não se conformava.

Júlio e Roberto então decidiram fazer uma experiência: convidaram Salvador para morar um período com eles no Brasil (ele conseguiria uma licença no Exército). Se funcionasse, depois eles pensariam no próximo passo.

Duas semanas após a chegada de Roberto ao Brasil, chega Salvador de mala e cuia. O quarto de hóspedes do casal foi adaptado para ele. Algumas regras foram discutidas e estabelecidas logo na chegada. Sobre a casa, os hábitos, o sexo, o beijo e a entrada de qualquer estranho na casa e na relação: era um verdadeiro manual de *compliance* sendo criado ali, para o bem-estar de todos.

E você deve estar pensando: "Isso não vai dar certo!". Pode ser que não dê. Não saberemos de tudo, afinal, a vida é deles. Mas que garantia de sucesso têm outros relacionamentos mais ortodoxos? E o que é sucesso num relacionamento?

A última vez que soube, o trisal estava feliz, dentro e fora das redes sociais. E quem pode julgar?

6

A libertação

Quinta-feira, quase dez da noite.

Diego, solteiro convicto, busca perfis em aplicativos de namoro. O dedo desliza incessantemente curtindo e descurtindo, dando *match* sem parar. Parece estar em busca do tesouro impossível.

Diego é um "heterossexual padrão" ou, como diz uma certa geração, um hétero top. Dá grande valor a um corpo bem-cuidado, sarado, malhado, definido. Mas também valoriza bom humor e inteligência. Encanta-se com fotos de mulheres na academia, bumbuns empinados, coxas definidas, unhas bem-feitas e cabelos bem-tratados.

Muitas (e muitos), incluindo a narradora que vos fala, desprezam perfis assim. Mas eles existem e nem sempre são um lixão de superficialidade somente. O problema é descobrir o lado mais descolado e desconstruído oculto nesses homens com padrões estéticos rígidos.

Antes que eu me esqueça, minha opinião também se aplica a mulheres com o perfil de Diego.

E voltando a falar nele...

"Nossa, que gata! Que olhos lindos! Que boca! Fiquei maluco agora...". Diego desliza o dedo no app, em busca de mais fotos da mulher de olhos verdes. Deparou-se com a foto de um lindo colo revelado por um decote *supersexy*. Seios fartos, pele cor de pêssego. O nome dela: Mayara. "Meu Deus, quero lamber essa foto."

Não foi preciso mais nada: Diego enlouqueceu com as fotos que viu, imaginou, idealizou, apostou... "Com essa aí, eu entro em relacionamento sério e até caso."

Diego é um economista de 33 anos. Não é um luminar da economia, mas é safo, aplicado e já colhe os frutos disso: trabalha numa multinacional na área financeira e já faz jus a bônus e dividendos no final do ano, o que faz com que ele ganhe o suficiente para ter seu próprio apartamento bem decorado e uma vida de bons restaurantes e viagens internacionais frequentes.

Para um cara como ele, multiesportista amador, jogador de *beach tennis*, surfista, artilheiro de peladas e, sobretudo, pegador convicto desde o Posto 9 até o Vogue Square (para quem não conhece o Rio de Janeiro, nesse trajeto que vai de Ipanema à Barra da Tijuca, há vários pontos famosos para frequentadores estilo "Diego"), é difícil se imaginar comprometido, sério, "devagar".

Ele tem um quê narcísico — fotos em espelho na academia, aulas de *crossfit* registradas em *reels*, *posts* com a camisa pseudoalternativa do momento, muitas vezes rodeado de amigas lindas e vestidas de forma semelhante (um grupo de gostosas, confirmando a tese do "efeito *cheerleader*", a qual diz que, quando juntas, as mulheres parecem todas lindas e, quando se separam, perdem parte de seus atributos: para quem não viu, recomendo o episódio 7, da quarta temporada da série *How I Met Your Mother*, na qual Barney Stinson explica com clareza esse divertido efeito).

E lá estão eles no chat do aplicativo.

Olá! Tudo o que eu disser será pouco original. E olha que eu tentei ter alguma ideia diferente, mas nada pareceu funcionar como eu gostaria. Então lá vai. Que boca você tem! Vontade de dar um beijo nessa boca agora!

Hahaha! O fato de você ter sido sincero já foi original.

A abordagem inicial de Diego não teve espontaneidade nenhuma. É um discurso estudado, testado e validado. Dez entre dez mulheres caem no discurso da falta de originalidade. Mayara foi mais uma.

Mas, sendo justa, os olhos, seios e boca dela bateram realmente de forma inédita para Diego. Eu sei disso, pois o acompanho de longa data.

Que alívio que você gostou. Sério, você é muito bonita e tem um sorriso que parece sincero. Queria te conhecer logo.

Aaah, a pressa dos aplicativos de paquera...

Calma, Diego. É Diego mesmo? A pressa nunca foi amiga da perfeição.

Sim, é Diego. Diego Martins Ferreira. Pode dar um search aí no Google, rs.

Vou dar mesmo. Até no JusBrasil, haha. Nunca se sabe. Mayara Falcone Ruiz. Prazer, Diego.

Então, vamos nos ver? Aliás, vamos passar pro WhatsApp?

Diego e Mayara começaram a se falar de maneira fluida e constante pelo WhatsApp. Riram, se conheceram mais e melhor, mandaram fotos diversas de seus cotidianos, se elogiaram, fizeram charme com emojis, humor com *stickers*, mandaram áudios um pro outro e, sem perceber, começaram a construir o que muitos ainda chamam de amizade. Ele pedia conselhos a ela. Ela pediu pequenos favores a ele. Opiniões eram dadas mutuamente.

E você aí deve estar se perguntando: mas e o encontro dos dois? E a pressa do Diego em estar com ela? Esqueceu-se de nos contar? Não esqueci.

Não houve encontro. Primeiro porque a dinâmica dos aplicativos muitas vezes é essa. É frequente não acontecer nada se não se encontrarem rápido, na hora, quase. Além disso, encontrar assim, correndo, pode ser um fiasco e acabar por ali mesmo.

Mayara soube jogar. Ela entendeu que deveria fisgar Diego não como se fisga um peixe pela boca, mas pelas emoções e sentidos. Especificamente pelos olhos — fotos, filtros, vídeos e trejeitos registrados no celular o seduziriam. Mostrou-se interessante, divertida, solícita, charmosa. Foi "ela mesma" (*be yourself* — quase um valor e um tanto de personagem), algo tão fundamental nos dias de hoje.

Ele comprou essa autenticidade e sentiu cada vez mais vontade de falar com ela. Falou por mensagem, por áudio, por vídeo. O encantamento de Diego só crescia. Mayara já estava envolvida e imaginando seu futuro ao lado dele. Ela sentia-se feliz de tê-lo conquistado antes mesmo de se verem pessoalmente. É curioso como o tipo Diego encanta tantas mulheres. Eu diria... incrível!

O grande dia chegou. Era num bar descolado *chic* em Botafogo, na Zona Sul do Rio de Janeiro. Diego chegou pontualmente às oito horas de uma sexta-feira, pra não arriscar ficar sem mesa. Mayara chegou logo depois.

Ele a avistou de longe — reconheceu seus olhos e cabelo. Olhou fixo e não quis acreditar que estava olhando pra ela caminhando em sua direção. O coração de Diego disparou, e a mão começou a suar. Ele não parecia se sentir bem.

Mayara percebeu, se aproximou da mesa e docemente o beijou na bochecha. Sim, aquela boca carnuda e tão desejada por Diego deu-lhe um beijo molhado, e ele parecia não ter reação. Pensamentos passavam acelerados e de forma desorganizada por sua cabeça. Diego estava atônito.

Uma bomba? Um tiroteio? Uma assombração? Não. Mayara era gordinha, só isso. Corrigindo meu texto politicamente incorreto: Mayara tinha um visível e considerável sobrepeso. Daquelas que sofreram *bullying* na escola pelos babacas (infelizmente populares), que no futuro teriam o perfil dos amigos do Diego. Entenderam? Pois é, era essa a situação na mesa daquele bar.

"Crio uma desculpa e saio fora? Minha mãe passou mal. Cola? Cara, ela é gorda. Como eu não imaginei pela falta de fotos de corpo inteiro? Por que ela não me contou? Era obrigação dela falar. Escrota! E agora, como eu fico? Abro o jogo com ela? Conto que um cara como eu não pode, simplesmente não pode, namorar uma mulher como ela? Pior que ela é bem legal. Porra, acreditei que ela era diferente. Como eu fui ingênuo. Não existe perfeição... Por isso ela enrolou pra me encontrar. Desonesta filha da puta!"

Senhoras e senhores, apresento-lhes Diego e seus mais honestos, porém babacas, pensamentos. Pensamentos privados, exclusivos e ocultos de alguém decepcionado, arrasado, friso aqui.

— Decepcionado?

— Não, pô.

— Cara, você não sabe mentir rs. Tá na cara que sim. Eu não te disse que era atlética ou magra. Você me viu falando ou mandando foto de academia? Eu até malho, mas não é o meu *lifestyle*. Gostaria, até.

— Desculpa. É que meu mundo é outro. Eu realmente não percebi. Você enganou bem...

— Enganou? Eu simplesmente não acho o meu peso um impeditivo para me relacionar. Desculpa se te ofendi, mas você ainda não é o centro do universo. Meu peso não deveria ser um problema que acabasse com uma noite de bebidas e papo num bar, mas, se por acaso for, pode ir embora. Agora. Em breve eu entenderei. Tomo um gim-tônica e me vou depois. Sem estresse. Vaza.

"O pior é que ela é legal. E o rosto é lindo mesmo. Que sacanagem. Sacanagem, porra!"

— Não, pô. Relaxa. Você é bem maneira. Esquece isso.

Os dois engrenaram num papo de faculdade, primeiro emprego e entrevista, migrando depois para escola, viagens e, pasmem, dietas. Riram muito. O desconforto inicial se dissipou. Voltaram pra casa leves e felizes. Não houve beijo nem nada depois. Comportaram-se como amigos, eu diria como *bros*.

Mayara demonstrou superioridade e altivez. Entrou no Uber de cabeça erguida e acenou pra ele de dentro do carro com o lindo sorriso largo que tem. Ao se distanciar do bar, seus olhos se inundaram de lágrimas. Não havia nada que pudesse fazer para mudar aquilo. Ela não seria magra jamais, e ele não a aceitaria. Eram de mundos diferentes. Fim de jogo. "Por que eu quis um cara desse? Um tipo que sempre odiei. O que deu em mim? Sou uma ridícula."

Oi, Jô. Tá acordada?

Quase dormindo. Conta!

Jô, eu sabia! Ele me odiou, disse que somos de mundos diferentes. Que não podia imaginar que eu era gorda. Por que eu resolvi tocar isso adiante? Só pra me machucar...

May, ele é um babaca, como eu imaginava. Com aquele tipo físico, havia somente 5% de chance de ele não ser o escroto que é. Depois dizem que não devemos julgar pelas aparências. Ele tem cara e jeito de babaca. Desencana, que ele não é do seu mundo, do mundo de seres humanos. Tá aí que nisso ele tá certo. Não saber ver o mulherão da porra que você é? Francamente, manda ele à merda.

Ele não é tão babaca assim...

Claro que é. Você ainda defende? Qual homem maneiro e com mais que um pica-pau e um amendoim no cérebro agiria assim? Desencana dele, pelamor!

Vou dormir e ver se acordo melhor. Beijo, Jô. Valeu a dureza. Te amo.

Fica bem. E esquece esse traste. Ainda vai aparecer um cara que mereça tudo o que você tem pra dar. Te amo também.

Os dias se passaram. Diego sumiu. Nunca mais falou no WhatsApp. Mayara aguentou firme e não o procurou. Ela jogava com esperança até o fim (e a narradora entrona que vos fala se pergunta: por quê, Meu Deus?). "Ele gostou muito do tempo que conviveu comigo no WhatsApp. Ele estava feliz. Como pode jogar tudo fora assim? Não é possível que vinte quilos acima do ideal descartem pensamentos e sentimentos tão rápido... eu vi ternura no olhar do Diego naquele bar. E mais, eu vi tesão. Ele pode negar, mas mulher não se engana: ele sentiu tesão em mim."

Diego sabia que sim. E era isso que o estava matando. Ele pensava em Mayara todos os dias depois daquele encontro no bar. Mas, diferentemente dela, ele não quis dividir isso com ninguém. Acredito que por medo de ser zoado pelos "amigos" (amigões!!).

Diego estava sufocado e não tinha coragem de romper com as amarras que ele impôs a si próprio. Certas classes de pessoas optam por perder a liberdade voluntariamente: criam prisões particulares, com imposições e padrões às vezes machistas, às vezes tóxicos, carregados de preconceitos e estereótipos. Pobres pessoas. Sorte daquelas que tentam se libertar de amarras estéticas e padronizadas, e se tornam mais livres.

Noite dessas, Diego acordou no meio da noite. Teve um pesadelo. Mayara tinha ido embora pra longe. Ele tentava encontrá-la no aeroporto, mas o avião já havia decolado e ele não sabia pra onde. Era esperar os *posts* dela com *check-in* nas redes pra ir até ela. Uma semana, e ela não postava nada. Ele acordou assustado.

— Acordada? — digitou ele, nervosamente.

Mayara não respondeu. Ao acordar, viu a mensagem de Diego e pensou duas vezes antes de responder. "Por que isso agora?"

Agora tô.

Você tá bem?

Tô sim, e você?

Também. Sinto falta dos nossos papos, rs.

Eu também. E me esforço pra te entender...

Desculpa, sou um idiota. Comprovadamente um idiota. Sou fraco, raso e influenciável. Não sei se consigo mudar. Falta força. Mas gosto de você.

Obrigada. Sinto muito por você. Você é aprisionado pelos seus pré-requisitos de felicidade. Que incluem a opinião dos outros sobre a sua pessoa. Sinto muito, de verdade. Faz psicanálise? Te cairia bem, viu?

Pior que você tá certa. É que me relacionar com alguém como você nunca fez parte das minhas possibilidades. Do meu universo, entende?

Sim. Mas acho limitado e pobre. Você disse universo, né? Tem que ter moral pra usar essa palavra...Afinal, o universo é infinito. Tenho aula de francês agora. Falamos outra hora. Tudo de bom pra você!

Diego vivia um dilema. E não tirava o sonho com Mayara da cabeça. Tocaram suas vidas, cada um pro seu lado, mas não por muito tempo.

Um belo dia, depois de ter saído com uma morena de corpo escultural que conheceu nas aulas de *crossfit*, Diego sentiu muita vontade de rever Mayara. Com todos os pneuzinhos, gordurinhas, celulites e imperfeições dela, ele queria estar com a Mayara. Mais do que isso. Queria beijar aquela boca e aqueles seios. Ele queria tocá-la e misturar-se a ela, provando de seus fluidos e aromas. Era um desejo forte e latente.

Ele ligou pra Mayara, que não atendeu. Diego então dirigiu-se ao bairro dela, na Zona Sul da cidade, e chamou-a pelo WhatsApp. Ela ia a um *blind date;* encontraria um cara que conheceu através de amigos em comum no Instagram. Mayara tinha dito isso a Diego.

Ele contou-lhe que estava perto e que queria vê-la. Implorou para que ela cancelasse o encontro e entrasse no carro. Ela assim o fez (eu julguei essa atitude porque sou uma narradora toda errada, mas prometi a mim mesma que não contaria a vocês!).

Ao entrar no carro, linda como nunca, num vestido preto casual de ombros de fora, com pérolas e batom vermelho, a loira jogou os cabelos para o lado e, curvando o pescoço, deixou que ele sentisse seu Givenchy de sempre e a beijasse. O que se passou no carro depois desse gesto foi algo tão forte e ao mesmo tempo tão delicado, que se torna difícil descrever a cena com fidelidade.

Encostaram o carro numa rua sossegada da Urca, bairro tradicional do Rio de Janeiro, e ali criaram movimentos como num bailado no ar. Sim, era um voo de liberdade, com beijos, mordidas, carícias, fluidos e olhares profundos. Não havia papel a ser performado, nem diálogos prontos. Havia sons, música, sussurros e um desejo incontido de entrar no corpo do outro. Um desejo inédito de se misturar, literalmente.

Não finalizaram o sexo. Mas penetraram no corpo e na alma um do outro. Despediram-se. Flutuavam.

Em poucos dias, Diego veio saber que Mayara estava de partida para o Canadá. A princípio, para um mestrado, mas a ideia era ficar por lá.

Que dor a do Diego. Dor silenciosa de quem ainda não tinha tido coragem de compartilhar com ninguém essa festa de Ano-Novo que vivia por dentro. Ele foi correr na lagoa (são 7,5 km de extensão) e acabou dando duas voltas.

Gostava de pensar na vida enquanto corria. Haja pensamento para tantos metros! "Ela vai embora. Por um lado é bom, porque eu não preciso ter que decidir se quero um relacionamento, se assumo isso tudo junto aos meus amigos. Ainda bem. Por outro... caralho, com quem vou sentir o tesão que senti aquele dia no carro? Eu preciso comer a Mayara. Preciso comer muitas vezes. Vai ser bom demais."

Transaram. Gozaram. Muitas vezes. Foi o sexo mais orgânico e verdadeiro que Diego já experimentou. Não havia nada de plástico. Nada *fake*. Tudo era real. Que cor de pele. Que olhos. Que boca. Que seios. Que tesão de mulher.

Mayara se entregou completamente. Mayara é quente. Soube fazê-lo se libertar. Voaram juntos. Ela acariciou, chupou, beijou, lambeu e se movimentou na cama com a autoestima de uma rainha. Linda.

Três dias depois, Mayara se foi. Montreal a aguardava. Estava realizando um sonho, e nem havia espaço pra pensar na falta que sentiria de Diego. Morar no Canadá era o sonho de uma vida.

Ele se ressentiu muito. Parece que sua vida desbotou. Todo e qualquer sexo que fazia parecia café sem açúcar e dança sem par. Era solitário.

Um mês e meio depois da partida dela, Diego foi visto no Aeroporto Tom Jobim, no embarque internacional. Destino? Montreal.

"E quem um dia irá dizer que não existe razão pras coisas feitas pelo coração?" Sem balança. Sem preconceitos. Sem prisão. Com amor. Com tesão. Com paixão.

P.S.: soube que os dois vivem dias felizes no Canadá. Ela, mais saudável na alimentação e na atividade física, e, olhem só, tem o *personal trainer* dos seus sonhos. Ele, estimulado por ela, está estudando francês e se candidatando a um doutorado em sua área. Ambos passam bem.

Livres. Sem grilhões nem padrões.

7

Só se for à distância

A vida sexual online satisfaz? Para muitos, sim.

Há quem julgue ainda que o sexo online, proibido ou escondido, tem o conforto de ser "menos" errado, talvez por não haver troca de fluidos ou por ser feito entre gente que está longe uma da outra. Ah, como seria fácil! Pobres incautos que querem acreditar que se for online, a traição está perdoada e sem aquele sentimento de culpa que nos acompanha existência afora.

Juro que há muitos que pensam assim. É o caso de Eduardo, pai de família que mora nos EUA por força de trabalho.

Eduardo sempre foi um garoto tímido. Dedicou sua adolescência ao vôlei, o que lhe rendeu uma bolsa de estudos numa faculdade americana. Morando na Costa Leste, conheceu na faculdade uma bonita moça americana e com ela se casou. Não voltou mais para o Brasil.

Casou-se com Susan numa linda e singela festa, e teve um casal de filhos. Tornou-se um executivo bem-sucedido na área financeira — literalmente ganhou o mundo.

Hoje, Eduardo tem 17 anos de casado e a vida perfeita que muitos querem ter: linda casa, linda mulher, lindos filhos, férias esquiando ou curtindo as praias brasileiras, bons amigos, bom trabalho, boa vizinhança. O que falta para Eduardo? Aparentemente, nada.

Mas sempre falta. Talvez seja o mal de sermos humanos e sofrermos daquilo que o genial Woody Allen classificou como insatisfação crônica.

Insatisfeito ou não, havia algo de crônico no comportamento de Eduardo: ele queria viver histórias mais excitantes do que a sua. Sonhava com situações clandestinas, amores proibidos, seduções e conquistas. Queria viver fora de sua caixa perfeita. Faço aqui uma analogia com aquele *nerd* sem experiências que, quando chega ao topo, quer virar e pegar geral.

Essa inquietação de viver coisas diferentes o levava a observar a vida alheia e fantasiar. Tinha perfis no Instagram e Facebook, mas pouco postava — era *low profile*. Ainda assim, acompanhava a vida de todos.

Quando tinha que acordar para atender alguma das crianças tarde da noite, gentilmente poupando Susan, passeava por perfis de amigos, amigas, amigos de amigos e desconhecidos. Fantasiava com quem conhecia e, dependendo do humor da madrugada, se masturbava olhando alguma foto nas redes, enquanto a doce Susan dormia. Sentia-se traindo? Ele insistia consigo mesmo que não, que aquilo que fazia não era traição. Mas, "se não fosse a culpa que ele pensa não ter, de onde viria o tesão?", já diria Pondé.

Eduardo é lógico e em seu pensamento cartesiano tentava se convencer de que estava vivendo momentos de privacidade. Digamos que era a sua pausa para o vídeo game. Bem, já li a Lispector dizer que todos temos que fazer coisas proibidas para não sufocar e exercer a liberdade. Ah, e sem culpa. Eduardo não estava sozinho.

Nem passava por sua cabeça se separar nem criar uma vida paralela à que ele tinha com a Susan. Eduardo via a esposa como companheira e amiga. Os anos juntos fizeram do casamento uma parceria, e da relação, uma amizade com tesão ocasional.

Eduardo queria ter mais do que sonhos. Acho que, a essa altura da vida, ele queria ser o Ícaro dos sonhos de olhos abertos. Queria sonhar acordado, viver.

Acompanhava os *stories* das amigas de infância. Vez por outra, mandava palmas ou corações para as *selfies* delas, mas em geral só acompanhava. Até que um dia uma dessas suas amigas de infância lhe escreveu para dizer que estaria indo em alguns meses para Nova York e que adoraria revê-lo depois de tantos anos.

Seu ânimo mudou naquele momento. Riu, sonhou, fez planos. Era uma amiga por quem ele morria de tesão nos tempos de escola. Morena de cintura fina e quadril grande, cabelos cor de mel, sorriso largo e olhos amendoados. Mal podia esperar.

Do dia do anúncio da viagem em diante, os dois começaram a se falar com certa regularidade no WhatsApp.

Tá por aí?

Aqui já é tarde, Dudu. Já tô na cama.

Humm. Tô animado pra sua vinda. Vamos tentar sair, beber umas.

Olha, o menino tímido tá saidinho agora, rsrs.

Ué, sempre gostei de beber...

Mas você não é casado? Tá falando em sairmos com sua mulher junto, né? Nunca a conheci, aliás.

Confesso que não tinha pensado nisso, não... rs.

Sério? Tá cheio de intenções, hein. Só porque te contei que me separei, é?

Não... Porque eu te achava linda na escola, e você nem dava bola pra mim...

Meninas olham pros caras mais velhos na escola.

Você pode ligar o vídeo?

Aaaah, tenho que me preparar pra isso. Toda descabelada.

E assim foram os papos no WhatsApp, entre Eduardo e Jaqueline.

Jaqueline se animou. Seria uma diversão a mais sair com Eduardo em NYC. Ele havia se tornado um homem atraente, fora que sua timidez foi sempre um charme a mais.

Bom dia, Jaque. Fico pensando como seria se tivéssemos namorado na escola...

Dudu, isso não ia acontecer, porque eu te achava um pirralho. Haha. Eu namorava o Artur, da oitava série, lembra?

Lembro e invejava o namoro de vocês. Será que, se fosse agora, eu teria alguma chance com você?

Dudu, que papo é esse, hein? Eu falei de te encontrar porque estudamos juntos, éramos amigos da mesma turma... Não tive segundas intenções, não. Agora posso até ter, haha. (Envio de um emoji com carinha feliz.)

Pronto. Jaqueline passou a senha pelo WhatsApp. Eduardo entendeu e anotou. "Vai rolar", ele pensou.

Eduardo passa a não desgrudar de seu celular. Acompanha Jaqueline pelas redes e fantasia o encontro que terão nos EUA. Ela também começa a gostar da ideia de verdade e até planeja comprar *lingerie* para levar na mala.

"Quase não faço mais sexo. Estamos sempre cuidando de filhos. Ou mortos de trabalhar. Há muitos anos é tudo igual. Estou envelhecendo... e a vida é curta." Pensamentos como esse passam a rondar Eduardo o tempo todo, como se essa justificativa o abonasse e o livrasse da culpa de sempre. Tolinho. Tá aí o gatilho mais usado pra quem tenta se livrar da culpa e tocar livremente o projeto de flerte e sedução online ou offline, digital ou analógica: A VIDA É CURTA.

Os dias foram passando, e a hora do encontro cara a cara se aproximando. Os papos foram ficando cada vez mais sensuais e sofisticados sexualmente.

Queria estar aí na sua cama. Manda uma foto? (Foto enviada.)

Você é linda... queria te beijar agora.

Melhor parar... tô aqui aguando... Como vamos conseguir ficar juntos?

Ainda não pensei. Mas pretendo ir a NY para reuniões e ficar pela cidade porque terá ficado tarde para voltar para Connecticut.

E cola?

Sim, já precisei fazer isso de verdade. Muita neve.

Dorme no meu quarto.

A grande verdade é que Eduardo é um marido comportado que não está nada acostumado a armar. Ele e Susan são um casal tranquilo e ficam juntos com muita frequência. Mentir é um desafio para ele.

Pode fazer vídeo hoje?

Mais tarde, sim, mas só se você levar pro banho. Sempre tive vontade de te ver no banho.

Fechado. E o que você vai fazer enquanto eu tomo banho?

Você vai ver, gatinha.

Tratava-se do mundo paralelo e secreto de Eduardo. Para amigos e familiares, ele era o marido sossegado, companheiro e perfeito. Ninguém o imaginaria em *dirty talks*.

A hora do banho chegou. Jaqueline parecia segura e acostumada ao sexo virtual. Eduardo, não. Estava tenso e, acredito, quase nervoso. Ela tinha iniciativa.

Podemos ligar?

Sim, tô na empresa, na minha sala.

Então você não pode mostrar nada pra mim...

Não, mas você pode e vai me mostrar, sua gostosa.

Jaqueline ligou o vídeo já se ensaboando. Passava as mãos com espuma pelos mamilos entumecidos e descia o abdômen abaixo tocando o clitóris bem devagar, para que ele acompanhasse tudo.

Eduardo quase teve um troço. Ficou bastante vermelho e excitado. Ria, mas era também de nervoso. Ficou desconcertado e Jaqueline não entendeu a sua fisionomia. Mas, percebendo que ele podia não estar curtindo, ela desligou imediatamente a câmera. "Você não vai arranhar minha autoestima, não, seu babaca. Sou muita areia pro seu caminhãozinho", foi o que Jaqueline teve vontade de dizer, mas não disse.

A verdade nua e crua é que, mesmo sem contato de pele, Eduardo se sentiu subitamente culpado. E ficou esquisito com ela e com ele mesmo. Ele se perdeu naquele banho. O prazer do pecado virou dor e medo.

Foi pra casa e encontrou Susan e as crianças acordadas. Tiveram uma divertida noite com filme infantil, pipoca e muitos abraços e beijinhos.

— O que houve, amor? Você tá diferente hoje... — Susan nunca conseguiu aprender o português e, por isso, eles só se comunicavam em inglês.

— Saudade de vocês. Amo vocês três.

Nada como a santa culpa, mesmo que digital, para deixar uma família mais harmoniosa e feliz. Como um susto com água e espuma forma uma família margarina!

No dia seguinte, Eduardo sumiu do WhatsApp, e Jaqueline ficou furiosa. Resolveu chamá-lo.

— Vem cá, Dudu. Dá pra entender o que houve ontem? Ou é o seu normal de Bunda-molice?

Desculpa, Jaque. Tinha gente ainda na empresa, e eu fiquei tenso, com medo de baterem na porta.

Vem cá, era um celular. Bastava desligar. Ou nunca fez isso antes? É virgem digital, é?

Hahaha, sou mesmo!

Eduardo não teve coragem de falar da culpa que sentiu em relação à Susan e aos seus filhos. Não queria fazê-la se sentir diminuída ou parecer careta perante a garota popular do colégio. Mas a culpa passou rápido, e logo ele já voltou pro assanhamento usual com Jaqueline no WhatsApp.

Passaram algumas semanas estreitando laços de intimidade e aguçando o desejo um do outro, até que chegou o dia da viagem.

Amore mio, amanhã chego em Nova York. Quando nos veremos? Já pensou?

Não consegui fechar a agenda por lá ainda, mas deve ser na sexta. Dias movimentados aqui.

Ok, me avisa, porque, apesar de não estar a trabalho, eu também tenho amigos e networking na cidade.

Claro, aviso, sim.

De alguma maneira, Jaqueline, que não é boba, não sacou firmeza no Eduardo. Mas achou que poderia ser só uma impressão equivocada (Nunca é. Mulheres espertas quase não erram em suas percepções).

Os dias em Nova York foram ótimos, e Jaqueline já nem se lembrava do combinado com Eduardo. Afinal, todo esse movimento com tensões sexuais partiu dele, não dela. Ela só queria estar com ele e conhecer a sua família.

Na quinta à noite ela recebeu mensagem dele no WhatsApp.

Oi.

Oi, Dudu. E aí?

Amanhã estarei aí pela manhã, com reuniões reais. Mas pensei que poderíamos nos encontrar na hora do almoço. Pode ser no seu hotel?

Nossa, à noite não rola? Vou ter que mexer nos planos aqui. Que horas você pensou?

Entre meio-dia e uma hora. Onde você está hospedada?

Na 23 com a 7ª Avenida, Chelsea Savoy Hotel.

Ok, vou andando até você. Estarei perto do Battery Park.

No dia seguinte, lá pelas onze da manhã, Jaqueline estava com uma amiga em Williamsburg, tomando um iogurte com morangos frescos e granola caseira, quando Eduardo a chamou.

Jaque, onde você tá?

No Brooklyn, mais precisamente em Williamsburg.

Consegue me encontrar perto daqui? Vou ter que fazer uma reunião às duas e não consigo ir pra longe. Mas quero muito te ver.

A essa altura, Jaqueline já tinha entendido tudo, mas, como queria mesmo encontrar o colega de escola de tantos anos, deixou sua amiga num brechó e pegou a linha L do metrô para ir ao encontro dele.

Encontraram-se no Le District, era uma bela tarde de sol em Manhattan. Abraçaram-se, riram, trocaram olhares e… nada mais. Isso mesmo, nada a mais.

Eduardo é tímido e demonstrava bastante desconforto de estar ali. Foi quando Jaqueline finalmente entendeu que, no fundo, ele não queria fazer nada de errado nem trair a sua mulher. Num gesto magnânimo, ela o entendeu e o admirou por isso. Foi carinhosa e beijou-o na testa quando o deixou.

— A Susan é uma mulher de sorte, Dudu. Beijo nela e nas crianças.

Eduardo queria viver a vida sensualizada e gamificada do celular. Só isso. No fundo, tinha medo e nem queria bagunçar a vida emocionalmente estável que tinha com Susan. Não era pra ser de carne e osso. Na cabeça dele, o que acontecia no celular era só um jogo eletrônico, não traição. Jaqueline entendeu isso.

E tivemos então um final bonitinho cheio de esperanças no relacionamento perfeito, certo? Depende do que seja perfeito pra você.

Ninguém tem culpa de desejar e pensar. Por analogia, ninguém deve se culpar por desejar na tela de um celular. Mas a verdade é que, se não fica guardado somente para você, se mais alguém compartilha desses desejos e uma terceira pessoa envolvida não sabe disso, é traição. E só é traição porque há culpa. Será então que a culpa provoca o tesão, o desejo e a felicidade?

Dispensem a narradora e deixem Eduardo e Susan serem felizes.

Com celular na mão e culpa na cabeça.

8

Serendipity

Depois de uma garrafa de vinho quase vazia, os dois se beijaram ainda no bistrô. Graças à pouca luz do local e ao desinteresse dos que lá estavam nas mesas alheias, as mãos puderam passear por certos meandros de seus corpos, incluindo as fendas entre as pernas por debaixo da mesa. A química foi boa, e ambos se encantaram com o tesão que sentiram: queriam se fundir num só, ali mesmo. Era gula, volúpia.

Ana e Leandro se encontraram num simpático bistrô à luz de velas, e um ar europeu encantador. Conversas sobre a vida profissional, a luta do empreendedor no Brasil, as separações, o que faziam e onde malhavam.

Leandro tinha lá seu borogodó: alto, cabelos malpenteados, barba por fazer e um leve jeito *nerd*, que compunha seu estilo.

Ana não era uma mulher absolutamente *fit*, até porque sua rotina de comandar uma *startup* era meio desregrada. Mas ela era magra, comunicativa, estilosa e com uma vivacidade única. A inteligência dá um charme especial à mulher. Ou melhor, a todos.

A verdade é que eu nunca encontrei a tradução perfeita para *serendipity*. Ela é a força do acaso que age de maneira positiva para deixar os envolvidos surpreendente e inesperadamente felizes. Por este motivo, vou usar a ideia em sua mais concisa expressão: *serendipity*.

Quantas e quantas vezes ouvimos ou vivemos histórias de acasos maravilhosos, da sorte de encontrar alguém virando a esquina ou no mesmo avião ou hotel? Mas e nas redes sociais diversas? Será que o acaso age com a mesma espontaneidade?

Fala-se muito em *timing* certo, outro estrangeirismo de difícil tradução, pois se trata das coisas que acontecem no melhor tempo possível.

Para duas pessoas começarem a se relacionar e se apaixonarem, não basta que elas tenham um desejo brutal uma pela outra a partir de um encontro do destino (*serendipity*); elas têm que estar na mesma página, e o *timing* entre elas tem que ser o mesmo, elas têm que estar igualmente disponíveis, igualmente desejando uma relação do mesmo jeito. Enfim, *timing* é o botão *on/off* para começar qualquer tipo de relação, com muitas ou poucas chances de sucesso. E, para alguns, o que tem que acontecer deve acontecer logo: se demorar, mesmo com um *timing* aparentemente igual, o casal perde o *timing*. Engraçado, né?

Ana e Leandro se conheceram num grupo de LinkedIn para empreendedores. Os dois eram sócios de *startups*: Leandro, de uma *fintech*, e Ana, de uma *edutech*. Trocavam ideias coletivamente e percebiam que se identificavam bastante com os posicionamentos um do outro em relação a alguns temas do debate.

Por algum tempo, esse grupo ficou meio parado, e eles nunca mais "se esbarraram" online. Alguns meses depois, os dois, solteiros, se reencontraram num aplicativo de paquera — o *Happn*. Era sábado, e estavam na mesma praia, ou seja, na mesma localização geográfica.

Eis que eles abrem o Happn e se esbarram por lá, então. Em outras palavras, dão *match*.

Ana?

Oi, Leandro. Como você tá?

Bem, e você? Surpresa boa te ver por aqui!

Sim! Idem! Terminei meu namoro e, como trabalho de mais e socializo de menos, resolvi entrar aqui para substituir o barzinho aonde eu não vou, haha.

Também me separei. Período difícil, né? Acho que não nasci pra ficar sozinho.

Sempre é difícil separar e recomeçar, mas faz parte, né? E como vai a fintech?

Crescendo. E a sua empresa?

Estamos na luta. Implementando um time comercial mais forte. Bom falar com você aqui.

Sim. Aliás, você tá linda vestida de anos 50... No LinkedIn eu não via essas fotos, rs.

Obrigada! Não, no LinkedIn, não! Nunca, haha.

Bem, pra encurtar essa história, em menos de 24 horas Leandro já chamava Ana pra um encontro. Assim que passaram para o WhatsApp:

Oi, Ana. Queria te conhecer pessoalmente. O que acha? Vamos encontrar? Que tal quinta?

Vamos! Tava na hora, né? Tanta reunião online, haha. Vai ser bacana! Pode ser às nove?

Claro!

Assim foi o primeiro encontro dos colegas de LinkedIn, ajudados pelo Happn. Quando deixaram o bistrô, ela foi embora no Uber dele. Não resistiram ao banco de trás. Sem beijos e abraços, Leandro invadiu Ana por baixo de seu vestido e por dentro de sua calcinha, massageando-a e levando-a ao êxtase.

Ao deixá-la em casa, Leandro olhou nos olhos dela e disse:

— Não acredito em coincidências. Quero mais.

Ana sorriu e partiu.

Nos dias que se seguiram, o papo esquentou no WhatsApp.

Quero você. Logo. O que você tá fazendo, lindona?

Chegando em casa. Vou tomar um banho e desmaiar.

Me manda uma foto do banho?

Vou pensar, rs.

Ela mandou, claro. O desejo cálido e escancarado impulsionou o envio.

Ana trabalha muito. Leandro também. Mas de alguma forma ele consegue ter mais rotina de lazer do que ela. Ele é claramente mais disponível que ela. Por isso, foram muitas as tentativas de um segundo encontro.

Conseguiram. Foi um sábado à tarde. Ana foi pro apartamento de Leandro, e com vinho branco, sushi e Netflix eles fizeram o prometido sexo iniciado no bistrô. Apesar da ainda pouca intimidade, o sexo foi arrebatador, com rodadas no sofá, no chão e na cama.

A coisa parecia que ia engrenar. Leandro não sabia ficar sozinho. Ana também se sentia solitária, além de sobrecarregada e cansada.

Nos dias que se seguiram, ela teve uma série de problemas — tanto profissionais quanto pessoais, de demissão de seu funcionário a exames de rotina —, o que a impediu de encontrar Leandro, que, era de se esperar, insistia em vê-la de novo.

Mesmo explicando a série de imprevistos e azares, Leandro ficou decepcionado com a demora em revê-la e começou a esfriar, acreditando que isso seria o prenúncio de um relacionamento difícil. Sim, os dias de hoje são assim: muita agilidade, rapidez e pouca espera. É tudo pra hoje e pra já. A fila anda e anda rápido. O tal *timing* de que falei no início desta prosa.

Oi, Leandro. Tudo bem?

Tudo e você?

Vamos nos ver no sábado? Tô bem tranquila e louca pra repetir o sushi, rs.

Ana, tenho almoço de família sábado e acho difícil que eu me libere cedo.

Ah, sim, entendo. Vamos tentar domingo?

Tinha marcado com uns amigos. Vou ver aqui e te falo, tá? Te chamo no WhatsApp.

Ana era esperta e, apesar de não ter tido voz, ela havia notado a mudança de tom dele. Como não deixava barato, resolveu abrir o jogo logo:

Leandro, você tá claramente diferente. Nós nos vimos há uma semana, e foi ótimo, pelo menos pra mim. Aconteceu algo pra você mudar assim?

Tá tudo certo, Ana... nos falamos na semana que vem. Nada de mais, não.

Lógico que tinha esfriado. Só que a razão não era lógica para Ana, e ela não aceitava conviver com pensamentos ilógicos e fatos que ela não compreendia, então resolveu "fazer a louca" e cobrar explicação. Afinal, não era aceitável passar um dia transando loucamente e no outro, mesmo que com alguns furos dela (justificados), tratá-la assim.

Oi, Leandro, eu não vou mais falar sobre a gente se encontrar. Nem hoje nem semana que vem, como sugeriu. Mas, pra efeitos didáticos, pra aprimorar meu aprendizado, você se importa de me dizer o que tá acontecendo, para você ter mudado o tratamento comigo?

Cara, depois daquele dia não nos vimos mais, eu continuei no Happn (até porque não tinha nada oficial entre nós) e encontrei uma colega de faculdade que não via há anos no aplicativo. Saímos, e foi ótimo. Com você também foi ótimo: você é incrível e fora da curva. Mas eu e a Malu acabamos não desgrudando mais e estamos namorando. Desculpa, mas não achei que devia explicar isso tudo.

Ana respondeu mentalmente: "Devia, sim. Quem você pensa que é? Me convidou pra sua casa, me comeu várias vezes, me disse coisas incríveis e uma semana depois tá namorando? Não tem compreensão com o trabalho alheio? Não sabe o que é administrar problemas ou ter que fazer ultrassonografia e mamografia regularmente? Vai se foder!".

Com o orgulho que lhe pertence, Ana só disse:

Ok, Leandro. Acho que não íamos mesmo funcionar. Boa sorte, e seja feliz. Espero que fiquemos em contato.

— Claro que sim! Você é demais.

"Sou tão foda, que uma semana depois de me comer você já tá apaixonado por outra", Ana desabafa com seus lúcidos pensamentos.

Qual é a moral da história?

1) Não existe *serendipity* no mundo online. Ana e Leandro não se encontraram pelo acaso da sorte. Os algoritmos trabalharam em favor deles desde que o interesse em comum no LinkedIn os uniu. Não se iludam. Além disso, o GPS ajudou no dia da praia.

2) Leandro também não encontrou sua colega de faculdade no aplicativo porque o destino quis. Eles já eram amigos em outras redes, e o resto foi obra dos divinos algoritmos, que, pelos dedos de Leandro no modo *search*, já deviam saber de sua carência e urgência.

3) As pessoas andam frenéticas com o tempo de espera, e não é diferente no mundo virtual. Se não for pra já, não serve mais. O *timing* das pessoas tem que ser perfeito e acelerado. Qualquer dor de dente, o trem daquele relacionamento já passou e você perdeu o lugar.

4) *Serendipity* e *timing* não andam juntos na internet como parece. As pessoas definem *timings* alucinadamente curtos para acreditarem que foi *serendipity*.

Não foi. Não será. A não ser que o seu acaso ou o seu Deus sejam fruto de inteligência artificial e saibam cruzar dados dos candidatos à sorte do amor.

9

Platão online

Já faz seis anos.

Arnaldo conheceu-a pelo seu blog. Bons textos. Ótimos poemas. Fortes. Ela escreve e ele escreve. Cada um num canto do país.

Arnaldo começou a checar o *blog* da moça todos os dias. E depois a cantou nas redes sociais. Ele esperava conhecê-la logo pessoalmente, mas esse logo nunca chegou, e ele se acostumou a tê-la todo dia por perto, no modo digital.

Ele é um intelectual, e ela, uma pessoa que escreve por paixão, impulso e intuição.

Ela jamais será uma acadêmica ou uma intelectual reconhecida. E nem quer. Ele vive de seus conhecimentos: é professor universitário, PhD em filosofia e também escritor, já lançou três livros.

Arnaldo achou-a nas redes sociais. Via e revia suas fotos. Imaginava o dia em que se conheceriam e que ele a levaria pra comer no seu restaurante preferido, a melhor carne de sol do Nordeste. Sim, ele era do Norte, e ela do Sul.

O amor platônico digital é certamente mais possante e devastador do que sua versão analógica. Lembrando que o amor de Platão era um amor ao belo, e não somente entre duas pessoas. Platão era um apaixonado por filosofia.

Era platônico o amor pelo país, pela justiça, pelos ideais éticos, e sim, por pessoas. Platão falava em conciliar os muitos amores — algo típico de apaixonados, românticos e utópicos.

O conceito de amor platônico foi se modificando. De algo sentido com a alma e não vivido em carne e osso, ou seja, sem o elemento sexual, esse amor é visto como algo idealizado, não correspondido, muitas vezes impossível de vivenciar. Para o amante platônico a reciprocidade do afeto nem é o mais importante. O importante é o quanto aquela pessoa idealizada o afeta positivamente.

Voltamos a falar desse sentimento, mas agora nos dias de hoje. Em tempos líquidos. Eu diria gasosos, já.

Arnaldo passa muitas horas na internet e nas redes sociais. Com o passar do tempo ele vai parecendo gostar dela como se já a conhecesse e com ela convivesse. Ele lê seus poemas e contos, assiste às suas *lives* no Instagram e acompanha suas fotos — algumas bastante espontâneas e, por isso mesmo, sedutoras.

Ela tem cabelos loiros, levemente acobreados e suavemente cacheados. Eles poderiam ser lisos, crespos, pretos ou castanhos. Tenho certeza de que não faria diferença para Arnaldo.

Arnaldo se tornou um *stalker* do bem: acordava, abria suas redes sociais e ia conferir postagens novas no *blog* e nas redes sociais dela. Sabia de tudo: seus *hobbies*, estilo de música preferido, cor que lhe caía melhor, lugares que frequentava e melhores amigos. Sabia até de seu posicionamento político e de suas causas e pautas. Ele a conhecia melhor que muita gente que estava fisicamente ao lado dela.

Ela não era das que mais se expunha, mas, ainda assim, mostrava um bocado de sua vida, suas rotinas, seus hábitos e seus gostos. Tudo era alegre, bem-humorado, espontâneo e ideal de um jeito artificial.

Se o amor platônico de antes se tornava idealizado com facilidade, por não ter sido propriamente vivido, que dirá o de hoje, o qual, por si só, já mira no ideal por natureza.

No Instagram e nas demais redes, não há mau humor, não há abatimento, não há celulite nem rudezas. Todos são incríveis por dentro e por fora!

As pessoas vão se tornando falsamente perfeitas e despertando paixões das quais elas não fazem a menor ideia. E, para o amante platônico, isso é bom. Ser impossível, ser distante de sua realidade, isso o protege de sofrimentos e o faz viver algo que não viveria no mundo real. É livre de aporrinhações e queixas. É livre de rotina!

Arnaldo se percebeu apaixonado por ela. Nos *stories,* costuma mandar mensagens:

Casa comigo?

Em geral não tinha resposta, mas o silêncio. Um dia ela resolveu responder:

Que honra ser pedida em casamento aqui. De onde você é?

Arnaldo acreditou que essa seria a sua grande chance.

Sou da Paraíba, João Pessoa. Quer vir conhecer?

Já conheço e adoro. Conte-me de você.

Ela percebeu a existência do moço, e isso o fez custar a dormir naquele dia.

Vou a São Paulo te ver. Vamos passear pelo Ibirapuera, ver instalação na Pinacoteca e comer pizza na Consolação.

Ela riu e parou por aí. As distâncias não são só em quilômetros. Provavelmente, Arnaldo não vai namorá-la nem passar qualquer final de semana com ela. Mas continuará amando-a, desejando-a e acreditando que ela é a mulher de sua vida.

Quem é ela? Sinceramente, isso não faz a menor diferença. Esse amor é do Arnaldo.

E só dele.

10

Sobre se apaixonar e se casar

— Quando você sai de férias, Bruno?

— Em setembro, depois do casamento, férias com lua de mel.

— Ah, maneiro. Eu vou tirar uma parte agora em maio. Eu e Larissa queremos conhecer o México.

— Vão pra lá antes de casar, né?

— Sim. Aliás, eu tô exausto do assunto "casamento". Cara, ela não para de falar em festa de casamento, vestido, decoração, convidados, lua de mel. Eu não consigo falar de outro assunto. Outro dia, tentei conversar sobre política internacional com ela (diga-se de passagem, ela sempre adorou o assunto), mas ela não demorou a mudar de tema: *buffet*.

— Porra, cara. Nem esquenta. Patrícia tá assim também. É o sonho delas. A gente tem que ter paciência. Depois que casar, volta ao normal.

— Tomara. Minha terapeuta é que sofre. Eu tenho me perguntado se esse é o nosso maior valor como casal. São *links* e *prints* enviados por

WhatsApp pra eu olhar, aprovar. Mesa, flores, cardápio, músicas. Até mesmo o meu terno. No início eu achava legal, antes de virar um tema único em nossas vidas. E a cada um que casa no Instagram, parece que atiça o tema, provoca... Antes disso tudo, éramos melhores e mais divertidos.

— Eu não acho ruim, senão não teria topado. E sei que passaria sem, numa boa. Mas é a família dela que quer isso tudo, estou cedendo meu corpinho, kkk.

— Hahaha. A Patrícia parece ser mais tranquila que a Larissa. Espero que no México a gente se divirta e volte a ser a gente.

— Vai dar tudo certo. Aliás, minha mãe esteve no México há pouco tempo e voltou cheia de dicas. Não sei se essa é a sua onda, mas nós sempre fomos turistas alternativos que não gostávamos de turistar: a gente viajava pra se sentir local e frequentar lugares que locais frequentam. Se você curte esse estilo, posso pedir pra ela me passar umas dicas.

— Pô, gosto, sim. Acho um porre ficar só em roteiros turísticos, que podem incluir *vans* e ônibus vendo o que todo o turista vê. Eu sigo sua mãe no Instagram. Vou perguntar a ela, então. Valeu.

Guilherme e Bruno eram amigos de faculdade, ambos economistas, e hoje trabalham na mesma empresa. Além de se encontrarem cotidianamente no restaurante da empresa, saem a quatro, com suas noivas, e frequentam eventos sociais um do outro. Sempre tiveram afinidades. São dois caras bacanas, de bom caráter e simpáticos. Enfim, *tutti buona gente*.

Guilherme procurou Carla, mãe do Bruno, no Instagram. Falou-lhe da viagem e pediu dicas de programas diferenciados. Conversaram um bom tempo. Conversaram sobre história mexicana tarde adentro e acabaram em política e arte.

Ele agradeceu bastante. Ela se colocou à disposição para qualquer coisa que ele precisasse e comentou que, por acaso, em poucos dias receberia uma amiga que mora no México, pois foi alocada lá pela multinacional onde trabalha.

Guilherme passou 48 horas pensando nas coisas bacanas que faria no México, lembrando-se das dicas de Carla, e por obra do Deus

Algoritmo passou a ver todas as postagens dela, o que o fez perceber o quanto a mãe de um de seus melhores amigos é interessante.

Esse é o Céu e o Inferno da vida no Instagram. Vemos muito uma pessoa em nosso *feed* simplesmente porque interagimos com ela. Podemos enjoar ou ficar encantados com o tanto que vemos do perfil de alguém. Podemos, de repente, olhar de um jeito diferente para um perfil que sempre seguimos.

Oi, Carla. Tudo bem? Tava pensando: se você e sua amiga do México forem se sentar em algum lugar no final da tarde, tipo fim de expediente, me fala, que eu encontro vocês. Ela deve ter mais dicas ainda.

Oi, Gui. Claro. Sim, tem muito mais dicas que eu, haha. Estamos na praia, num quiosque, vamos sentar em algum lugar por Ipanema para comer algo lá pelas seis ou sete horas. Te aviso onde estaremos. Se puder aparecer, será um prazer apresentá-los...

Eram sete e meia da noite de uma quinta-feira ensolarada, e lá estava Guilherme, com traje de trabalho, sentado com as duas amigas numa cevicheria em Ipanema. Guilherme estava impressionado com a mãe do amigo. Talvez nunca tenha prestado a atenção devida ao tipo de mulher que ela era. Até porque, cá entre nós, era mãe do amigo dele, né?

Carla é interessante, comunicativa e espontânea. O jeito jovial lhe traz um frescor orgânico, sem parecer forçação de barra pra parecer mais nova (na verdade, ela tem bastante ego e por isso mesmo muito medo de parecer ridícula!). É simplesmente jovem. Tem um espírito jovem. É de fato uma mulher interessante e, por isso mesmo, nunca está completamente sozinha. Já foi casada algumas vezes, e parece estar sempre à espera de um grande amor.

Os três se divertiram bastante. Conversaram sobre um monte de coisas e, claro, sobre o México e seus segredos e encantos. Carla ligou pro filho pra ver se ele os podia encontrar, mas ele tinha outro compromisso. Guilherme se despediu das duas e se foi.

Oi, amor. Onde cê tá? Cheguei agora em casa.

Oi, Lala. Encontrei com a mãe do Bruno e uma amiga dela que mora no México. Peguei altas dicas para nossa viagem.

Nossa, Gui. Precisava encontrar? Que exagero... A nossa viagem vai ser boa anyway. Então, você já foi na Alfaiataria ver o modelo do seu terno? Queria ir com você. Pra garantir que vai conversar com todo o resto da festa, haha.

Não, Larissa. Ainda não fui. E confesso que não tô tão a fim de ir agora. Devo ir depois da viagem ao México.

Mania de deixar pra cima da hora. Odeio isso. Você tá vendo que eu tô superansiosa pra que tudo dê certo. Parece que fica descansado só pra me sacanear.

Larissa, menos. O que te importa agora não sou eu, e sim a festa. E essa vai dar certo, relaxa.

Vocês podem estar pensando que a luzinha da Larissa se acendeu com o fato de Guilherme não estar lá tão feliz. Enganam-se se acham que ela acordou um pouco. Larissa está tão obcecada pela festa perfeita de casamento, pela cerimônia mais emocionante, pela versão mais linda da Larissa, que nem sequer sacou o que ele quis dizer com a última frase. Achou que foi só um dia de mau humor e cansaço.

Guilherme agora via todos os *stories* de Carla e acompanhava toda a sua vida nas redes. Ela não postava tanto a vida pessoal, mas gostava de postar a vida profissional e acadêmica — professora universitária e sócia de uma consultoria na área de gestão e inovação.

Guilherme puxa assunto com Carla no Instagram novamente, assim que vê seu #TBT dos Lençóis Maranhenses.

Os Lençóis Maranhenses devem ser uma experiência única, né, Carla?

Muito legal. Repetiria fácil. Não é uma viagem barata, mas vale muito a pena.

Imagino que sim. Suas viagens parecem todas muito legais.

Eu tento me divertir e voltar diferente de como eu fui. Ensinei seu amigo Bruno a viajar com esse objetivo. Quando pequeno, ele já me acompanhava tirando o melhor de cada lugar que visitávamos. E você? Com o México eu sei que você está animado, e com o casório? Você falou pouco. Falta pouco, né? Tudo pronto? E a noiva? Muito ansiosa?

Bastante, rsrs. Eu tô animado, mas acho que seu filho tá mais que eu.

Bruno está mesmo muito feliz. Ele curte os ritos e as comemorações. Desde pequeno é assim. Que depois de toda a festa ele tenha a mais importante de todas as "felicidades", a do cotidiano compartilhado. O dia a dia tem que valer a pena, com todas as dificuldades e chatices.

Você não curte comemorações?

Menos que Bruno. Vai ver por isso ele ficou com esse gap, tadinho, haha. Casei uma vez formalmente numa igreja pequena e bucólica na serra. Os outros casamentos foram ritos entre o casal, somente. Sem plateia.

Legal, hein? Menos trabalhoso. Menos desgastante.

Você parece não estar tão seguro disso tudo. Espero que fique bem, Guilherme. Até prova em contrário, vive-se uma vez só.

Eu amo a Larissa, mas ela tá parecendo outra Larissa. Bruno disse que é assim e que passa. Porque, se não passar, não sei se quero a nova Larissa, sabe?

Como assim diferente?

Ela tá com ideia fixa no casamento, só pensa nos preparativos. Até aí normal. Mas aí ela tá mais autoritária, neurótica, parece que não liga mais tanto pra nada, nem pra sexo.

Entendo... Algumas mulheres têm esse sonho do casamento mais latente que outras. Às vezes por questões culturais ou familiares. Tenta conversar com ela. Vai dar tudo certo!

Obrigada, Carla.

De nada, querido. Desejo a sua felicidade tanto quanto desejo a do meu filho.

Guilherme agora fala com Carla amiúde. Trocam ideias sobre filmes, cursos, livros e exposições. A conversa passou do Instagram para o WhatsApp.

Um belo dia, Carla começou a achar um tanto exagerada a proximidade com o Guilherme e começou a cortar um pouco. Ele insistia no papo e chamou-a pra ir a uma exposição no CCBB durante o intervalo do almoço, num dia de semana.

Carla inventou uma desculpa, não foi ao encontro dele e resolveu mandar uma mensagem para o seu filho, Bruno.

Oi, filho. Tudo bem?

Tudo, mãe, e você?

Também. Patrícia tá bem?

Tá, sim.

Então, Guilherme andou me procurando atrás de dicas para uma viagem ao México que ele fará. Inclusive me encontrou num restaurante onde eu estava com a Tereza, pra ouvir as dicas dela também.

Sim, ele falou.

Só que ele tem me procurado muito pelo celular, e eu temo que isso possa não estar tão certo. Pode ir por um caminho equivocado.

Mãe, nada a ver. Deve estar querendo alguém pra conversar só. Não teria nenhum cabimento pensar em outra coisa. Mas, se você tá incomodada, corta. Guilherme é meu amigo há tanto tempo... Que papo esquisito...

Ok. Deixa pra lá. Devo estar viajando...

Bruno tinha um pensamento simples, reto. Ele era inteligente, mas não tão sagaz, talvez por lhe faltar malícia.

"Bobagem minha. Eu sou uma senhora, mãe de um amigo, com quem ele se sente à vontade de desabafar. Que pretensão a minha... é que ele me olhou diferente no dia da cevicheria... sei lá. Estarei eu misturando as coisas?", pensava Carla, volta e meia.

Carla não estava errada, não.

Intuição e percepção de mulher não falham. E mais, ela no fundo estava gostando dessa hipótese. Por mais que a sua consciência estivesse reprimindo o seu inconsciente (estes personagens que dizem morar em nosso cérebro pregam peças na gente mesmo!). Andou postando umas fotos sensuais em *selfie* e percebeu que ele havia visto todas.

Chega o aniversário da Patrícia, nora de Carla. Ela convida amigos íntimos e familiares para encontrá-la num bar de comida mediterrânea e, claro, Guilherme e Larissa foram também.

Carla chegou com um amigo, já imaginando que, assim, evitaria quaisquer constrangimentos.

— Amiga, não é que o garoto não tira o olho de você. Poderosa essa MILF, haha. Ah, se ele quisesse saber de mim... uma graça, o bofe!

— Para com isso. Essa hipótese me deixa tensa.

— Tensa pro bem, né?

— Não. Ele é o melhor amigo do meu filho. Fora que eu não me relacionaria com alguém tão mais novo que eu.

— Ah, tá, hahaha. Duvido! Ih, ele tá vindo pra esse lado do bar com sua noivinha...

Armando era um dos melhores amigos de Carla. Dava todo tipo de cobertura a ela. Uma relação, em muitos aspectos, melhor que a de irmãos.

— Oi, Carla!

— Oi, querido! Oi, Larissa, tudo bem? Esse é Armando!

— Prazer, pessoal!

— E aí, estão animados com a viagem pro México?

— Estamos muito, Carla! Não vejo a hora...

— Sim, estamos. Eu só estou um pouco tensa de deixar o Brasil bem no meio de todas as preparações pro nosso casamento. Medo de algo atrasar ou não sair direito, sabe?

— Entendo, Larissa... alguém da sua confiança não pode assumir algumas tarefas? Porque é legal você também se desligar e descansar!

— Estou tentando adiantar algumas coisas. Vamos ver... Tem uns estresses bizarros... é uma produção, né?

— Sim, sim. É uma produção e tanto. Bem, espero que vocês consigam curtir bastante!

Bateram um papo pra lá de superficial. Larissa, aérea. Carla, desconfortável. Guilherme, incisivo no olhar, e Armando observando tudo.

Bruno e Patrícia se juntaram a eles e, depois de algum papo, Carla avisou que já estava indo, pois tinha que acordar cedo no dia seguinte. Armando iria com ela até o seu prédio.

— Mãe, eu te levo rapidinho.

— Não, Bruno. Você é o anfitrião. Eu vou andando com Armando ou chamamos um Uber.

— Carla, eu e Larissa estamos indo também, podemos dar carona a vocês.

— Não precisa, Guilherme.

— Imagina, Carla. Será um prazer pra mim e pro Gui.

— Ok, vocês venceram, haha.

Deixaram Armando e Carla em frente ao prédio dela e seguiram. Armando sentiu um clima e avisou a Carla que aquilo não pararia por ali.

Passaram-se uns dias. Carla deixou de responder Guilherme no WhatsApp.

Numa noite de terça-feira, o celular de Carla toca às dez da noite. Era Guilherme.

— Carla, tô na minha mãe. Briguei com a Larissa. Nem sei se vamos mais pro México. Por causa desse maldito casamento. Especificamente por caixas de uísque e champanhe. Posso passar aí? Preciso conversar. Tô mal.

— Querido, você está na sua mãe. Converse com ela. O melhor colo nessas horas é o de mãe.

— É diferente. Você é amiga, tem um olhar moderno sobre as coisas. Queria muito.

Carla ficou dividida. Em tempos líquidos, ser dividido é o novo normal.

Ela deu sinal verde.

Em dez minutos Guilherme interfonou e subiu. Ele havia bebido. Não parecia tão triste.

Abraçou Carla assim que ela abriu a porta. Abraçou longamente. Ela tentou se desvencilhar, mas alguma linguagem não verbal disse que ele deveria ir adiante. Guilherme beijou-a no pescoço. Carla beijou-o no pescoço dele. Ele chupou sua boca com tamanha volúpia, que não restou muito a ela, a não ser se entregar. Foi algo bastante intenso, com desejo, pressa, calma, suor, brutalidade e delicadeza. Gozos longos e sons variados.

Carla praticamente expulsou Guilherme da casa dela. Não queria arriscar ter qualquer *feedback* negativo. Ao mesmo tempo, sentia-se traindo o próprio filho. Sentia-se imoral e ridícula, como nunca antes. Era um sentimento que se misturava a uma leveza de quem teve momentos intensos de tesão e paixão.

O rapaz tentou falar, se expressar, se abrir, elogiá-la. Não houve tempo. Carla o fez se vestir rapidamente e tirou-o da casa dela como se criminoso fosse.

Na mesma hora bloqueou Guilherme em todas as redes possíveis e decidiu não mais saber de sua existência. Ela estava abalada com as próprias emoções e reações. Como alguém com a experiência dela cairia numa dessas? "Ele vai se casar com alguém, frequentar a casa de seu filho, e você vai ser a eterna velha sem noção que deu pro garoto, comportando-se como uma idiota leviana", a pobre Carla pensou.

Carla tentou sumir. Ela queria de verdade. Ligou para Armando, mas ele não atendeu. Retornou depois.

— Amore, não posso acreditar que você esteja sendo tão dura com você mesma. Garanto que Bruno não ficaria chateado. Bruno é tão na dele, tão "de boas", sempre te apoiou em tudo...

— Armando, eu não podia ter cedido. Não me perdoo por isso. Bruno é um filho e tanto e me apoia, sim, nas minhas escolhas, mas não apoiará em se tratando de um amigo mais novo que eu e comprometido.

Uma semana depois do ocorrido e em um completo isolamento digital, Carla recebe mensagem de Bruno.

Oi, mãe. Tá tudo bem? Precisando de algo? Você anda quieta...

Oi, filho. Tá tudo bem por aqui. Como tá a Pat? E os preparativos?

Tudo caminhando. Um certo exagero nessa coisa toda de cerimônia e festa, mas eu abstraio e vou jogar bola, o melhor que eu faço.

Jogue seu futebol mesmo. Cada um deve saber o que lhe faz bem...

Mãe, você nem sabe. Guilherme e Larissa cancelaram o casamento. Ele saiu do apartamento e tá na mãe dele. Larissa tá tão mal, que nem tá indo trabalhar. Patrícia é que fala com ela.

Que chato, filho. Ruim terem deixado ir tão longe pra ter que cancelar já tão em cima.

Bem que você achou que algo não ia bem. Enfim, espero que revejam e voltem atrás. Ele anda meio quieto. Tô tentando respeitar. Não jogou bola essa semana. Foda.

Respeite o tempo dele e seja amigo, apoiando-o incondicionalmente.

Claro. Beijo, então, mãe. Qualquer coisa, grita.

Carla preferia não ter sabido disso. Ela rejeitava pensamentos de febre, nos quais se lembrava da pele de Guilherme, dos beijos em seu corpo, suas mãos meio brutas e sua virilidade inegável. Procurou mais uma vez apagar as lembranças, embaçar o que sentia e tocar a vida.

Três dias depois de saber do ocorrido, o porteiro interfona para avisar que havia uma encomenda para ela na portaria. Carla foi buscar. Era uma caixa com uma linda orquídea e um cartão, que dizia:

> "Minha vida virou de cabeça pra baixo, mas sei que foi pro bem, e você teve a ver com isso, mesmo sem querer. Obrigado. Vou pro México em cinco dias, não perderia a viagem nem as reservas. Adoraria que você fosse comigo.
> Sei que você nem quer falar comigo, mas pense nessa chance. Sem pensar no que virá depois. Sem registros em câmera ou redes sociais. Só o presente vivido. Você tem 24 horas para topar.
> Beijo,
> Gui."

Carla sabia que nos tempos de hoje ninguém conseguia esconder nada nem guardar segredos por muito tempo. Mas, por outro lado, sem redes sociais, quem saberia? Só com um azar grande. E se soubesse? Havia crime nessa viagem? Vergonha de quê? Carla passou a noite quase em claro. O pensamento era em espiral.

No dia seguinte, precisamente às sete da manhã, Carla desbloqueou Guilherme no WhatsApp e mandou a seguinte mensagem:

— A vida é curta. Topo.

11

Eloá

Se ela quisesse escrever um livro sobre sua vida, escreveria um incrível livro de memórias, com passagens de amor, traição, crescimento e dor.

Uma mulher lutadora e sempre à frente de seu tempo.

Em 2007, aos 64 anos, Eloá se aposentou. Sua história é a história de muitas mulheres: foi até onde pôde nos estudos, casou-se cedo, teve filhos, conseguiu voltar a estudar, fez um concurso público, trabalhou em jornada dupla (e, em muitas fases, tripla), criou filhos... e se aposentou.

No dia da oficialização de sua aposentadoria — o fatídico dia —, ela só se lembrava de seus sonhos de menina, do concurso de poesia que ganhou e de sua vontade de ganhar o mundo, diferentemente de sua mãe, a quem viu em casa, atendendo sempre à família, muitas vezes frustrada e macambúzia. Eloá sonhava com algo diferente daquilo pra ela.

E, assim, ela chegou ao fim de mais uma etapa: aos 64 anos, Eloá saía da rotina do trabalho diário, que durante anos a acompanhou. Já não tinha mais filhos em casa: eram ela e o marido, com visitas esporádicas dos filhos e presença dos netos quando tinha que socorrê-los ou quando promovia almoços em família.

Apesar de ela ter sido mãe e mulher dedicada, aquela porção adolescente que questionava a vida de outras mulheres, especialmente a de sua mãe, nunca se contentou com a rotina doméstica como preenchedora de seus anseios e sonhos.

Eloá era uma funcionária pública séria e querida em seu local de trabalho, o Tribunal de Contas da União. Nunca se entregou às tentações da burocracia e do comodismo por ser estável no emprego — procura até hoje se atualizar em cursos e palestras. Quando entrou pra faculdade, já era mãe de três filhos: cursou Direito, seu sonho.

Ela sabia que não seria defensora, um sonho desses impossíveis, pois jamais teria o tempo necessário para se preparar para um concurso daquele porte. Mas tinha um viés humanitário e não queria ser como as carolas da igreja que por muito tempo frequentou quando jovem; ela desejava empoderar os mais fracos e pobres, defendê-los das injustiças da vida. Eram pensamentos solitários e silenciosos, já que Eloá tinha convicção de que seria julgada erroneamente se expusesse suas ideias. Estava à frente de seu tempo, mas não sabia disso. E talvez nunca se dê conta.

Ela não chegou à defensoria como sonhara, mas não era do tipo que cultivava frustrações. Não se permitia apanhar seus próprios caídos: "Fui o que pude ser. Fui até onde consegui ir e fiz o meu melhor como mãe. Não sinto culpas nem frustrações", dizia ela. Admirável autenticidade.

Quando se aposentou, deu mais assistência à mãe, que era viva e autônoma, mas que demandava cuidados em seus quase 90 anos. Seu marido, Jorge, com 71, também já havia se aposentado, e lhes restava encarar a realidade de ficarem em casa e conviverem mais um com o outro. O dia a dia virará uma espécie de acareação, pro bem e pro mal.

Eloá caiu. Sua energia, alegria e ritmo ficaram mais lentos. Parar de trabalhar, olhar pelo retrovisor e ver todos os filhos grandes e criados, não ter muitos planos futuros não ter pequenos projetos pessoais a deixaram em baixa. Nada profundo ou grave — ela sairia dessa, por sua personalidade e histórico de vida.

Certa vez, ainda adolescente, ela viu os avós (que com ela dividiam a casa) morrerem num curto espaço de tempo, enquanto seu pai tinha perdido o emprego e sua mãe passara a costurar noite e dia pra fora. Nessa época, a tristeza de Eloá era profunda. O ar soturno que pairava pela casa arrancava a energia de todos. Até que Eloá um dia lavou o rosto com água gelada, olhou a família caída a seu redor e decidiu: "Enquanto o luto e o desemprego insistem em fazer parte de nossa rotina, eu vou ajudar minha mãe, que não sofre menos". Assim, avisou todos os clientes de sua mãe, bem como vizinhos e amigos, que venderia bolos e doces, entregando na porta de casa por um preço módico. Ela fez clientela, ajudou com as contas da casa, animou o resto da família e ainda virou uma doceira de mão cheia!

Para quem, em meio a diferentes lutas, consegue dar a volta por cima aos quinze anos, o que é o enfrentamento de uma nova fase, senão um desafio a mais em sua vida?

Uma colega mais jovem, que a via como uma espécie de tia conselheira, manteve um contato estreito com ela: fazia visitas, conversava, contava casos e provocava risos em Eloá.

Num desses encontros, em janeiro de 2008, Joana, a amiga-sobrinha de Eloá, lhe apresentou uma rede social: o Orkut. Até então, Eloá usava a internet para mandar e-mails e fazer uma ou outra pesquisa. Por força de seu jeito jovem e espírito de aprendiz, ela estava sempre aberta ao novo. Não negava o futuro que chegava: encarava-o de peito aberto, pronta para experimentá-lo. E assim foi com o Orkut também.

Com a tutoria de Joana, Eloá curtia os perfis e as comunidades, acompanhava os netos mais velhos e se informava. Seu dia a dia começava a ganhar um colorido maior, além, é claro, do período de adaptação da nova vida, que também ia dando lugar a novas rotinas. O ser humano é assustadoramente adaptável e Eloá não fugiria disso.

Ela vivia um casamento com um tanto de solidão a dois e de indiferença, o que dava espaço a um amor quase fraternal, sempre que as picuinhas e desgastes rotineiros davam uma trégua. Não, ela não viveu aqueles casamentos incríveis de exceção, nos quais casais há cinquenta anos juntos arrulham, se acariciam e se acompanham. Ela vivia o que a maior parte dos casais mais velhos enfrentava no final da vida: uma rotina sem muito sal e com momentos amargos. E, acostumada a isso, nem percebia que poderia ser melhor. Era o modelo *default* ao qual havia se adaptado.

Em 2010, Eloá ficou viúva. Jorge sofreu um AVC e não resistiu: "Melhor pra ele", disse Eloá com dor, mas com tranquilidade e gratidão. Ela se apaixonara por um Jorge de personalidade, opinião, e força moral e física. Para ela e o resto da família, vê-lo frágil e incapacitado de alguma forma seria por demais cruel.

A morte de Jorge teve um efeito quase mágico para Eloá: ela iniciou um movimento interno de idealização de seu casamento, resgatando fotos, cartas e vídeos como parte do processo de seleção das boas cenas desse filme da vida, onde as cenas ruins iam sendo sumariamente deletadas. Que processo inteligente! Era um luto que ela vivia com a sensação de dever cumprido e fim de ciclo e que, em breve, daria início a uma nova fase.

Depois de muito choro e saudade, um novo período se iniciava e, com ele, novas adaptações. Afinal, o casamento real, mesmo com todos os possíveis defeitos e acomodações, trazia com ele constante companhia e uma segurança de não se estar sozinha. Eloá agora se deparava com a solidão — física e espiritual. O que esperar da vida?

Ao telefone, trocando ideias com o filho:

— Mãe, tive pensando, não seria bom você ficar um tempo morando aqui em casa? Temos o quarto dos brinquedos e dá pra adaptar pra você.

— Carlos, querido, eu atrapalharia a rotina de vocês. E ainda gosto de ter meu cantinho, minhas coisas. Vou reformar esse apartamento. Ou mesmo me mudar. Terei tempo pra pensar nisso. E tem outra: apesar de sua avó ter uma vida estruturada com sua tia morando lá e com todos que cuidam dela, eu posso precisar assumir se sua tia necessitar ou quiser, e é melhor que eu tenha o meu espaço. Mas só o fato de você pensar nisso a sério me deixa comovida e feliz.

— Que é isso, mãe. A hora em que você quiser. Andréa superapoia.

Eloá ainda sofria. Lembranças de sua juventude, da festa onde conheceu Jorge, da lua de mel, das três gestações, de tudo. Dias melhores, dias piores, choro, cansaço, desânimo e breves sorrisos que algumas lembranças provocavam. Foram meses assim.

E, como tudo na vida passa, Eloá foi novamente se erguendo e cavando suas pequenas alegrias no dia a dia. Era o reinício que se anunciava.

Foi assim que, um dia, sua eterna amiga, a jovem Joana, que já havia trazido a diversão do Orkut quando Eloá se aposentou, lhe apresentou a mais recente sensação da internet: o Facebook.

Eloá criou um perfil por lá e começou a usá-lo. Àquela altura ela ainda não sabia, mas o Facebook mudaria muito a sua vida. Com o passar do tempo, reencontrou colegas de trabalho do tempo do TCU, colegas de faculdade e colegas do curso normal. Encontrou amigos do casal e dos filhos também!

Sua vida virou uma espécie de festa! Sempre uma novidade, sempre alguém novo, sempre um plano, um convite. Fizeram grupo de mensagens no Facebook, agendaram saídas, almoços, lanches e até planejaram pequenas viagens. Eloá ganhou o colorido que havia perdido: a vida social.

Em pouco tempo ela começaria a usar o WhatsApp e a ter também grupos por lá. Portanto, se seu corpo estava sozinho em casa, sua alma estava muito bem acompanhada no Facebook e no WhatsApp.

Um belo dia, no WhatsApp de Eloá:

Bom dia, mãe!

Bom dia, Liana, filha amada!

Como você está?

Bem, e vocês? Como vai minha netinha linda?

Vai bem! Agora, com dever de casa e caderno com pauta. Super feliz e se sentindo quase adulta, haha!

Quero ver esses cadernos! Deixa ela aqui comigo semana que vem, pra eu fazer os deveres com ela e brincar também. Saudades de vocês.

Sim, mãe. De repente você pega ela na creche e já leva pra aí.

Oba!

Mãe, vamos pra Itaipava no fim de semana, pra casa dos meus sogros, e pensei em te levar. Vamos? Lá é lindo!

— Adoraria, mas tenho uma festa de cinquenta anos de formatura do curso normal. Estamos todas muito animadas!

Que legal, mãe. Fico feliz. Na próxima você vai com a gente, sem desculpas.

Claro, minha filha. Adoro seus sogros e vou adorar o final de semana!

Assim era a vida de Eloá agora. Movimentada socialmente.

Em 2014, algo inusitado aconteceu. Eloá reencontrou no Facebook um colega de trabalho, também advogado. José Luiz era alguns anos mais novo que ela, casado, com filhos e netos e a adicionou no Facebook. Ela o aceitou, e os dois logo começaram uma conversa. O papo começou com a aposentadoria de Eloá, e logo passaram a falar do tribunal. Era muito assunto, por isso os dois perceberam que se falavam quase o dia inteiro. Passaram para o WhatsApp, e lá o papo começava com um bom-dia e terminava com um boa-noite.

Num belo dia de sábado, já tarde da noite, José Luiz deixa a seguinte mensagem no WhatsApp de Eloá:

Sempre te acompanhei de longe, no tribunal. Sempre te achei charmosa, inteligente, bem-humorada. Seu olhar, seu sorriso, seus gestos firmes, seus vestidos, seu cruzar de pernas... tudo me encantava. Será que eu era apaixonado por você e não sabia?

Eloá era uma mulher exuberante, por suas curvas, seus cachos, sua autenticidade, sua risada e sua personalidade forte. Ela não sabia disso, mas foi capaz de atrair muitos homens ao longo de sua vida profissional. Jorge percebia e ficava atento.

Eloá não teve resposta para escrever. Mandou um emoji de um sorriso tímido. Estava curtindo toda a interação com Zé Luiz, mas não imaginou que teria esse desfecho. De certa forma, ela era ingênua.

A verdade é que tal mensagem teve um efeito avassalador nos desejos de Eloá — de hidratante e maquiagem a roupa nova e salão de beleza. Eros bateu à sua porta e expulsou Tânatos de vez. Sim, isso tudo por conta de uma declaração no WhatsApp.

No domingo José Luiz mandou mensagem novamente:

Desculpa se me excedi e te assustei. Tinha bebido. Mas não menti. Adoraria te encontrar.

Dessa vez, Eloá resolveu responder.

Me senti lisonjeada. Quanto a encontrar, seria ótimo, mas sou antiga, sabe, Zé? Você é casado, e isso me incomodaria.

Por quê? Você não sabe o que se passa na minha vida. O que deve importar é você mesma e depois eu. Falo da minha busca por momentos felizes. Não pensa em se dar esse tipo de presente de vez em quando?

Eloá era o tipo de mulher que se colocava em segundo lugar sempre. Mãe primeiro, marido primeiro, filhos primeiro, netos primeiro. Não seria ruim experimentar "Eloá primeiro".

E foi o que ela fez. Aceitou o convite de Zé Luiz e saiu para jantar. Arrumou-se como não fazia há tempos. Do auge de seus quase 70 anos, fez unha e cabelo, caprichou na maquiagem e perfumou-se. Usou pérolas há muito guardadas na gaveta e um vestido preto indefectível. Eloá se sentia viva. Sentia viver a vida com um futuro que há muito não tinha.

Foi uma noite divertida. Boa comida, bom vinho, pouca luz e um clima romântico no bistrô que Zé Luiz escolheu. Na saída, na calçada, passada a meia-noite, se beijaram.

E dali em diante não pararam mais.

Eloá quis dividir a aventura com alguém. Contou tudo pra Joana, que a apoiou com restrições, já que conhecia Zé Luiz e sua mulher e sabia que a amiga poderia ter problemas e se machucar.

Eloá quis arriscar. Mas não sem antes conversar com um de seus filhos. Ligou pra Liana, que a recriminou e ligou pro irmão, que contou pra mulher, que contou pra sua mãe (sim, pra sogra do filho de Eloá) e todos em uníssono alegaram "preocupação". Em pouco mais de 24 horas criou-se uma assembleia geral para assuntos extraordinários na sala de estar de Eloá. Felicidade sem rede de proteção assusta mais os outros do que a nós mesmos.

— Mãe, ele pode dar um mole em casa, no celular, e a mulher dele pode descobrir e vir com tudo pra cima de você.

— Não sabemos o que ele pode estar querendo. Tudo muito estranho.

— Dona Eloá, tá cedo pra ter outro relacionamento.

— Vó, cê tá namorando? Ele é legal?

— Mãe, ele é mais novo. Vai te fazer sofrer.

Eloá ficou desolada com sua descoberta. Preconceitos e ideias engessadas travestidas de preocupação no meio da própria sala. O mais limpo dos preconceitos adquiridos ao longo da vida era seu neto, que queria saber se a avó estava com um cara legal, simplesmente.

Eloá olhou para todos, foi ao banheiro tomar umas gotinhas de seu diazepínico mágico, voltou pra sala, e, depois de um registro profundo, disse, com coragem:

— Não vou parar de ver o Zé Luiz. Vou arriscar o tombo por dias de bem-estar, amor-próprio, alegria e motivação. Quantas noites e dias fiquei num estado de não saber bem por que tinha ficado viva? Quanto aperto no peito senti, no meu quarto escuro e na minha cama vazia, enquanto a vida de vocês corria solta?

— Poxa, mãe, chamamos você para tantas coisas. Não é justo falar assim.

— Não é crítica, meus amados. É o fluxo da vida. Eu vou seguir meu desejo e, caso me despedace, sei que tenho vocês para recolhê-los e me ajudarem a colá-los. Amo vocês. Fiquem tranquilos.

Eloá encerrou o assunto de forma digna e elegante.

Voltando a Zé Luiz, Eloá sabia que ele não largaria sua mulher, família e estrutura que havia construído. E, cá entre nós, ela nem sabia se queria isso. Ela sabia que, no lugar dele, ela também teria dificuldades em largar tudo por alguém. Porque o tudo é a vida que construímos ao longo de quase toda a nossa existência. O tudo é o nosso castelo material e, por que não?, emocional. Largar o tudo já na última etapa da vida significa romper com quase toda a sua trajetória. Eloá conseguia entender isso.

De certa forma, existia uma sabedoria cartesiana na funcionária aposentada do TCU.

Ela chegou a ensaiar uma sensação de culpa depois da junta de aconselhamento dos filhos e da opinião pouco favorável de Joana, mas rejeitou com veemência todo e qualquer sentimento assim. Como se estivesse dando início a uma série de exercícios diários que não poderia deixar de fazer.

Ela mergulhou naquele romance com José Luiz e jamais se sentiu culpada.

Levaram o romance por muito tempo. Ele desalugou um de seus apartamentos e nunca mais o alugou — era o refúgio dos dois.

Ele sentia uma gratidão profunda por ela não lhe cobrar decisões ou posicionamentos. Os dois tinham o que podiam ter e estavam felizes assim. E acreditem-me, a mulher de Zé Luiz não estava triste: o que ela queria dele àquela altura ela tinha. Ele também a amava e respeitava, e não deixou de ser um bom marido.

Final feliz? Não sei, você escolhe.

Pra mim, que acompanho esta história, é um final humanamente possível para nós que assistimos.

Difícil de entender? Talvez sim. Mas Eloá entendia. E gostava de viver algo completamente novo, preservando a liberdade que havia conquistado naquele momento da vida. Eloá era genuinamente moderna. Sem estardalhaço e de forma discreta, estava à frente de seu tempo.

E assim ela seguiu a vida, com intervalos de romance, muita vida social promovida pelo Facebook, além de reuniões, lanches, almoços e cinemas. Velhos e novos amigos, e uma vitalidade juvenil que só as redes sociais poderiam promover em alguém de sua geração. Eloá é hoje uma mulher que acompanhou a evolução do mundo, leu mais, se informou mais e passou a cuidar mais de si, por conta do mundo que se descortinou para ela na internet.

Um dia desses de encontro romântico, Eloá não apareceu. Tudo havia ficado um pouco mais morno, e tudo que Eloá não queria era a sua velha amiga, a acomodação. Fora que se esconder cansa. Ela poderia perder um mundo de coisas novas enquanto se escondia. José Luiz lamentou, mas também não teve a atitude que poderia ter tido se isso aqui fosse um conto de fadas. Ele não se divorciou para ficar com Eloá, e ambos seguiram suas vidas.

Esta, meus caros, é uma história de amores. E o principal amor não é o do José Luiz e da Eloá (por mais interessante que seja), nem o dos filhos pela mãe ou da mãe pelos filhos, apesar do amor maior evidente.

O mais lindo amor desta história é o amor de Eloá por si mesma e pelo museu de novidades a ser explorado. Só esse amor permite a reciclagem de valores e a reinvenção da própria vida.

12

A leitora

Existe o detetive particular, o *stalker*, o fofoqueiro, e o leitor exímio de redes sociais e Google.

Bem, você sabe qual é o trabalho do detetive particular e sabe bem como se porta um legítimo fofoqueiro.

O *stalker* é o obcecado, o cismado. É aquele que acompanha pessoas específicas nas redes. Em geral, segue os ex e os que nunca foram nada senão objeto de seu desejo, além de, obviamente, seguir os que inveja e odeia. E seguem de maneira obsessiva, checando a vida alheia várias vezes ao dia. Acompanha rotinas, *stories* e postagens de suas vítimas dia e noite. Ideia fixa. Esse perfil muitas vezes fica absolutamente invisível nas redes, o que é um perigo.

O fofoqueiro é um velho perfil que atravessa gerações e séculos. Hoje a fofoca acontece no WhatsApp e nas mensagens privadas da vida. Fofoqueiro adora dar *print* e mandar *link*. É aquele perfil que se senta na praça ou apoia os cotovelos na sua janela para ver a banda e mais um monte de gente passar, a fim de ter o que contar. Nem sempre há maldade ou vontade de fazer o mal. Trata-se de gente novidadeira. Curiosa mesmo.

Mas aposto que você não sabe bem de quem se trata o leitor de redes sociais.

Ele não se fixa em ninguém específico por muito tempo ou por motivos pessoais. Ele não tem vontade de espalhar nada que descobre na internet e nem fuça profissionalmente ou para obter qualquer vantagem.

O perfil do leitor de redes sociais e de Google é o mais interessante de todos. A pessoa com esse perfil em geral tem o pensamento ágil, é maliciosa e inteligente. É também observadora e acredita que nenhum *like* ou *tag* é por acaso.

Essa pessoa consegue sacar novas amizades, brigas, separações, traições, pré-traições e pré-separações por observar *posts* e movimentos nas redes. É uma pessoa sagaz que desconfia, intui e corre atrás pelo simples prazer do desafio cognitivo e descobre, muitas vezes, o inimaginável.

Carolina é uma exímia leitora de redes sociais. As redes dela, em si, exibem muito pouco de sua vida ou de seus hábitos.

Ela é discreta e fala pouco, mas, até porque é obrigada a usar redes sociais — trabalha com *marketing digital* —, acaba passeando em excesso por diferentes perfis e entendendo muitos dos comportamentos alheios pelo Instagram, Twitter e Facebook. Ultimamente tem conseguido fazer boas leituras também no LinkedIn.

Foi assim que Carolina descobriu algo bastante inusitado sobre a vida pessoal de um querido colega de trabalho. E precisou compartilhar a descoberta...

— Maria, descobri algo no mínimo engraçado sobre o Jorge.

— Sério? O quê?

— Ele tem uma mulher da qual ele fala pouco, certo?

— Eu nem sei bem. Há uma corrente maldosa e preconceituosa aqui na empresa que afirma que ele é *gay*. Sei que ele é casado.

— Tá, mas isso não vem ao caso. O que interessa é que eu achei o perfil da mulher dele no Instagram e no Twitter. Normal. Mas depois de um tempo, eu descobri o segundo perfil da Roberta nas mesmas redes.

— Nossa, a mulher tem dois perfis?

— Sim. Quer dizer, até então tem dois. Quem garante que não tem mais?

— Tá, e o que tem de engraçado nisso?

— Então, Roberta é @robertacavalcantep e também @Ju_playgirl no Instagram. Tem uns 8 mil seguidores no segundo perfil e posta fotos e vídeos sensuais-quase-eróticos. Que bafo!

— Ela é garota de programa real ou tá só se expressando com mais liberdade nas redes?

— Num primeiro momento diria que parece óbvio que ela é profissional, mas pode ser que não seja...

— Como assim, gente? Ou é ou não é!!

— Aparentemente, ela faz ensaios, tira a roupa, coloca seu contato... mas vende fotos. Não sei se ela transa presencialmente com seus clientes. Bizarro assim, haha.

— Ué, então ela é garota de programa digital. Pronto. Quase um metaverso no sexo. Como ela é?

— Eu diria que é exótica, charmosa e com curvas acentuadas.

— *Plus size*? Nossa, ela tá surfando a melhor onda. As *plus size girls* tão com tudo! Graças a Deus. Mas vem cá, o Jorge sabe disso? Tá de boas?

— Sim, ele sabe e deve aprovar, né. Pelo menos ele a respeita, o que eu já acho o máximo!

— Aff. Será que é relação aberta?

— Isso sabemos que é. Pelo menos pros padrões sociais caretas existentes. Só resta saber qual é o acordo deles. Bem, não temos nada a ver com isso... Deixa eu voltar pro meu trabalho aqui. Achei engraçado como eu acabei encontrando esse perfil da Ju Playgirl...

— Não vou perguntar como você achou a *playmate,* senão a gente não trabalha hoje. Então, você vai contar pra ele o que viu?

— Ele sabe, pô. Eu vi os *stories* dela direto. E ela certamente perguntou a ele quem eu era. Afinal, não são tantos seguidores assim...

— E não comentou nada com você? Tipo ela sabe que ele sabe que você sabe?

— Sim, exatamente.

— E será que ela faz programa mesmo? Tipo ir pra hotel, cobrar antecipado...

— Não posso afirmar, mas algo me diz que não. Ela é um tipo popular, roupas bem exageradas, maquiagem pesada. Ela faz um tipo...

— Será que o Jorge tem vergonha? Será que ele se sente humilhado?

— Por que se sentiria, gente? Não conhecemos ele profundamente, mas vai ver ele é um cara moderno, bem-resolvido. Vai ver tem até tesão nessa exposição toda. Quem pode saber? Cabeça de gente não tem lógica.

— Porra, Carol. O cara é cheio de ambições, quer crescer e ganhar dinheiro. Vivemos uma sociedade moralista e hipócrita. Você acha que ele pode se tornar um baita executivo e levar a *playgirl* dele para jantares e outros eventos corporativos se ela crescer em popularidade? Pode não... Lobo mau tá aí pra pegar a Chapeuzinho!

— Nisso você tá certa, admito.

Claro que Maria não se aguentou e passou a história adiante.

Um outro colega, Carlos, ligou alguns pontos:

— Aaah, será que é por isso que o chefe outro dia tava um tempão com Jorge na sala? E saíram leves e sorrindo.

— Ué, Carlos, o cara tem que sair rindo da sala do chefe porque sua mulher tem perfil de *playmate*? Só pode ser por isso a alegria? Você bebeu?

— Nãaao. Foi logo depois que Jorge virou chefe do seu departamento. E eu já tinha ouvido dizer que nosso amado chefinho gosta de comer puta.

— Peraí, você acha que ele saiu com a mulher do Jorge, intermediado pelo próprio Jorge? Você é um psicopata. Se isso for verdade, eu pego a primeira nave espacial que passar e vou embora daqui de carona.

— Não disse que acho... Mas acho que tudo é possível... e a gente aqui de papo procrastinando por conta da Roberta do Jorge.

Maria e Carlos, influenciados pelas descobertas de Carol, resolveram seguir a misteriosa Ju Playgirl em tudo, especialmente no Instagram e no Twitter, nos quais os *posts* são menos censurados.

Carlos resolveu puxar papo com a Ju do Jorge e saber como fazia para conhecê-la melhor. Ela não tinha muito como saber da relação entre Carlos e Jorge, porque o Instagram do Carlos não tem nada sobre ele, e os dois colegas de trabalho não se seguiam. Esse foi o raciocínio de Carlos.

O que aconteceu foi que ela ofereceu fotos dela, num valor baixíssimo para um combo com 5 fotos e cobrou bem mais se fosse uma videochamada com ela fazendo *striptease*.

Carlos pirou. Resolveu comprar a videochamada com a Ju e marcou para a quinta seguinte. Àquela altura a notícia já havia se espalhado.

Carol era exímia leitora, mas junto dela havia os fofoqueiros de plantão.

Era um tal de passar *link* de perfis com fotos da Ju por grupos de WhatsApp, que nem te conto. Um fervo na empresa!

Carol já havia se arrependido de dividir o que descobriu com Maria e temia pelo colega. Achava que Jorge poderia se magoar com isso.

Agimos com leviandade muitas vezes de forma culposa. Carol jamais pensou em sacanear Jorge.

A quinta chegou. Carlos bateu papo com a coelhinha, mas não falou do trabalho, só de *hobbies* e gostos. A essa altura ele já havia feito um Pix para a conta dela.

A coisa foi esquentando e Roberta, ops, Ju começou tirando o sutiã preto com gestos tão sensuais quanto vulgares. Mas nem muito sensuais nem tão vulgares. Uma vulgaridade *light*. Um olhar doce, olha que coisa!

Eis que, de repente, quando os nudes, as poses e os gestos começaram a esquentar, ela perguntou se Carlos gostaria de ter mais alguém no papo e se ele gostaria de ficar mais à vontade, sem roupa.

— Tira a roupa, seu gostoso. Fica de cueca. Quero ver o seu potencial na tela.

Carlos não conseguiria. Era a esposa de um colega de trabalho. Isso era demais. Ele estava arrependido e querendo desligar, quando veio a proposta final e fatal.

— Se você tirar a roupa e mostrar seu pau pra mim, eu vou te dar algo bem gostoso em troca.

"Foda-se. Vou tirar. Desculpa, Jorge. Não resisti", desculpa-se mentalmente o já atormentado Carlos.

Carlos ficou pelado e de pau duro na frente da tela do celular, enquanto Ju Playgirl fingindo estar muito excitada (ou vai ver era verdadeiro, apesar de não parecer). De repente, ninguém menos que Jorge aparece na tela, meio sem graça, como um ator canastrão, sabe? Apareceu propondo brincadeiras a três e elogiando o pau... do Carlos.

— Caralho! O Carlos lá da empresa!! Como ele descobriu a Ju? Desliga isso, Roberta.

Roberta não se moveu.

Olharam-se constrangidos. Nada falaram. Depois de alguns segundos, literalmente murchos, encerraram a chamada em vídeo e não se falaram mais.

Carlos e Jorge nunca tocaram nesse assunto ou em qualquer outro. Eles não se falavam mais, a não ser o estritamente necessário no trabalho e sobre trabalho.

Quanto ao Jorge, passou o resto de seu tempo nessa empresa, de forma discreta e profissional. Todos sabiam do ocorrido. Ninguém falava nada. Em menos de seis meses, teria trocado de agência para viver melhor no seu ambiente de trabalho.

Dizem que ele continua escondendo de amigos e colegas as atividades da mulher. Será possível esconder algo assim nos dias de hoje?

13

Dor machadiana

— Apaga a luz quando deitar?

— Ok, apago.

— A luz do seu celular tá me incomodando. É quase meia-noite, e não é possível que você tenha o que fazer aí. Tá de papinho com alguém?

— Isa, olha a paranoia. Tô conferindo uns e-mails que ficaram pra trás hoje. Dia corrido.

— Sei. Só que eu tô com sono, e essa luz não vai me deixar dormir.

— Tô acabando. Só um minuto.

Isa tanto fez, perguntando mil coisas sobre o porquê de Gabrielle estar àquela hora tão entretida, que Gabi por fim se encheu:

— Porra, Isabella. Dorme, cacete. Não encho o teu saco quando você fica pendurada no celular.

— Você sabe que eu fico trabalhando na campanha ou checando as redes da sua filha, e você poderia ficar feliz com isso. Ela é uma pré-

-adolescente e deve ser acompanhada. Eu sempre mexo do seu lado, só pra você ver. Já você quase se contorce pra eu não ver a sua tela. Posso ver? Me dá? Me dá aqui?! Me dáaaa!

Isa parte pra cima do celular de Gabi e o arranca das mãos dela com certa agressividade. Gabi devolve o gesto agressivo e o toma de volta. Uma cena feia de se ver.

— Isso é doença. Você precisa se tratar. Não podemos viver assim. Você podia ter me machucado.

Isa gritou, berrou, chorou:

— Doença que você provoca. Se eu estou doente, você é a causadora. Por que faz isso comigo? Eu não mereço isso.

— Isa, eu não faço nada com você. Estou respondendo a e-mails, e você acha que eu estou cantando mulheres por aqui. Cara, dá um tempo.

Isa pegou o travesseiro e foi pra rede da sala. Demorou, mas conseguiu dormir. Gabi continuou friamente em seu celular. "É bom mesmo que fique longe pra se acalmar e recobrar o juízo."

Isabella e Gabrielle se conheceram ainda bem garotas no famoso Instituto de Filosofia e Ciências Sociais (IFCS) da UFRJ: Isa estudava ciências sociais e Gabi, filosofia. Ambas tinham namorados. Isa namorava uma colega de sala, a Flor, e Gabi namorava um rapaz também do curso de ciências sociais — o simpático Luciano. Anos depois se reencontraram no coletivo Slam das Mina e ali não se desgrudaram mais. A decisão de morarem juntas foi rápida e aqui estão, tendo problemas com o celular da Gabi. Não, com o celular, não: com as conexões dela.

Isa não conseguia dormir. Estava irritada, enciumada, desconfiada e com taquicardia. Levantou-se da rede e foi até a mesa onde ficava o *laptop* da família (mas que era usado mesmo pela Gabi).

Sentou-se para ver algum vídeo no Youtube, plataforma esta que estava logada na conta Google da Gabi. Pronto! Ao primeiro sinal gritante de "histórico de pesquisa", Isa começou a checar todas as buscas de vídeos da Gabi. São vídeos de música, de *yoga*, candomblé, dicas de beleza, vídeos das companheiras de Slam e outros com belos depoimentos feministas. Havia também alguns vídeos de uma ativista negra chamada Tatiana. Na verdade, vários vídeos e várias fotos delas. Mas nenhuma comprometedora.

"Preciso ficar mais ligada nas ações do Slam. Fiquei muito focada no mestrado e larguei meu território sem marcação."

O dia chegou, e logo acordou Isa na rede. Ela acordou meio sem entender: "Por que mesmo eu dormi aqui?". Quando nos fazemos essa pergunta, é um sinal claro de que levamos brigas a extremos desnecessários. Não há razão pra tanto.

Isa foi preparar o café e, enquanto isso, se preparou para pedir desculpas. Ela tem consciência de que foi tóxica arrancando o celular da mão da namorada. Mas, pela reação de Gabi, "aí tem", afirma Isa em pensamento.

Gabrielle se levantou e foi pra cozinha.

— Bom dia.

— Bom dia, Gabi. Queria te pedir desculpas por ontem. Tem café passado.

— Não podemos normalizar esse tipo de atitude. É doente. Na próxima você vai me agredir.

— Eu pedi desculpas. Não vai se repetir.

— Ok. Espero mesmo. Não podemos defender bandeiras e em casa agir contra tudo em que acreditamos e pelo qual lutamos.

— Sim, sim. Você tá certa.

Mais um dia de batalha começou. Ambas começaram a se arrumar para sair. Gabrielle dá aulas em faculdades diferentes, além de trabalhar em uma ONG ligada à educação inclusiva. Isabella tem livros escritos e trabalha como assessora parlamentar na Câmara de Vereadores do Rio de Janeiro. Gabi é vaidosa e leva um bom tempo montando seu incrível visual, que inclui lindas tranças — longas e perfeitas — chamadas por aqui de *box braids* (mais um americanismo no nosso dia a dia).

Gabi estava terminando sua maquiagem em frente ao espelho do quarto, quando Isa veio por trás dela, beijando-a delicadamente no pescoço e acariciando seu quadril.

— Você é linda. Me desculpe.

Nada mais foi dito. Elas se abraçaram e se despediram. O dia tomou seu rumo.

Isa voltou para casa cedo. Fora do *rush* tudo vai rápido, sem fila ou espera em ônibus, metrô, trem. Ainda não havia esquecido as fotos e os vídeos da tal Tatiana. Resolveu voltar pro computador da casa.

A verdade é que todo mundo se preocupa muito com as senhas de celular, mas se esquece de que nem todos os lares têm um *laptop* para cada um e ele acaba sendo compartilhado. E as pessoas se esquecem mais ainda de que muitas contas ficam logadas ao fechar o computador. Afinal, a vida é curta para se deslogar e logar tanto, bem como para apagar rastros e históricos. Há que se falhar.

Isa vasculhou a conta Google de Gabi e até mesmo o Facebook e o LinkedIn dela.

Não é uma questão de achar que não tem nada de mais o que ela está fazendo agora. Ela sabe que está errado. Ela sabe o tamanho do erro. Mas é um impulso irracional que a leva a abrir tudo o que vê pela frente. Ninguém conseguiria deter a força desse impulso. Só um flagrante.

Isa tanto fez, tanto fuxicou, que achou foto de Gabi e Tatiana rindo, numa cena de alta cumplicidade, e achou e-mails trocados marcando de se encontrarem num bar no centro do Rio, depois do expediente, para falar de campanha eleitoral. Pareciam ter intimidade. Se tinham, por que Isa nada sabia sobre a tal Tatiana? "Se era uma nova amizade, por que não apresentar à sua mulher, ou ao menos falar dela?"

O pensamento é algo curioso, ele pode aumentar de intensidade e velocidade como numa espiral. A gente começa a acreditar no que não para de pensar, e aquilo se torna obsessivamente verdadeiro pra nós.

Naquele momento, para Isa, Gabi estava tendo algo com Tatiana. E ponto-final.

Isa então resolve fazer o que de pior poderia: abrir o WhatsApp Web e fuxicar o histórico de conversas de Gabi. Isa usava o *laptop* muito mais que Gabi para resolver suas coisas no trabalho. Mas nos últimos dias, Gabi esteve gripada e trabalhou de casa — uma maldita sorte para Isa.

No WhatsApp da namorada, Isa viu tantas coisas que a desagradaram, mas tantas! Isa provou o que eu, a narradora que vos fala, já sabia há algum tempo: a privacidade do parceiro incomoda, provoca, chateia, não importa o que se descubra ou veja por engano. De alguma maneira acaba aporrinhando o outro, a não ser que o outro já não se importe com muita coisa. Mas não era o caso da Isa. Ela achou Gabi muito simpática com um cara, achou-a solícita com a moça da Câmara e íntima da Tatiana. Ou seja, Isa ficou pra baixo, com taquicardia, boca seca e vontade de chorar.

Fica a pergunta: vale fuxicar tanto? Porque de fato, não havia nas mensagens de Gabi nada de muito concreto. Mas havia o suficiente pra minar a confiança e a felicidade de Isabella.

O dia virou noite, e Gabi chegou em casa. Isa estava na sala vendo notícias.

— Oi! Como foi seu dia?

— Bem, e o seu? Muito trabalho na Câmara?

— Normal.

— Você não tem nada de novo pra me contar? Trabalho novo? Amigos novos?

— Hummm. Acho que não. Tudo velho. Por quê?

— Sei lá. Sempre conversamos sobre tudo. E hoje você não me conta mais quase nada.

— A vida tá corrida, Isa. É por isso que você delicadamente arrancou meu celular ontem de minha mão? Olha, eu estava esperando a poeira baixar, mas quero dizer que não vai haver próxima vez. Se algo assim acontecer de novo, eu vou dormir fora daqui e só volto pra buscar minhas coisas.

— Já me desculpei.

— Mas desculpa não é palavra mágica que apaga tudo.

— Então não tenho o que fazer.

A vida das duas seguiu como um vaso quebrado e colado. Não era mais a mesma coisa. Isa sempre desconfiada, Gabi mais irritada com ela. Se alguém estava encantando a Gabi, não seria assim que a Isa viraria o jogo a seu favor. Sua desconfiança aumentava e seu poder de atrair Gabi diminuía. Ela estava se tornando uma chata.

Um dia desses, Isa resolveu buscar Gabi no trabalho.

De surpresa.

Ah, o perigo das surpresas!

Ela esperava Gabi do lado de fora e pretendia convidá-la pra comer e beber no Bafo da Prainha, na Pequena África carioca. Quando viu, Gabi saía com amigas e amigos, rindo e se dirigindo a um carro. Não a viu. Ela acenou. Nada. Ligou duas vezes. Gabi atendeu.

— Não me viu na sua frente te esperando?

— Oi! Isa? Não vi. Onde você tá?

— Na frente da Câmara Municipal. Vim fazer uma surpresa.

— Por que não avisou? Peraí, que vou aí.

Gabi parecia constrangida. Eu a entendo: não gosto muito de surpresas. Ela também não deve gostar.

— Oi, Isa. Que bom que veio. Por que não me avisou?

— Ué, quis te fazer uma surpresa!

— Se é isso mesmo, ótimo. Se fez surpresa tentando me pegar em algo, vamos direto pro hospital psiquiátrico! Não é possível.

— Você não devia agir assim, como se eu fosse louca. Tá tentando fazer *gaslighting* comigo?

— Não, Isa. É porque realmente eu não faço nada que lhe dê motivo de estar cismada. Que loucura isso... nem dá ânimo de voltar pra casa.

— Por quê? Tá de saco cheio do nosso casamento?

— Ainda não, mas tô ficando...

— Aonde você tava indo? A gente ia sentar num bar com *jazz* ali na Rua do Rosário! Vamos?

— Não, vai lá. Você não me chamou antes, não era pra eu ir, né? Eu ia te chamar pra ir pro Bafo da Prainha comigo. Tomar uma breja e conversar, rir.

— Ué, eu posso não ir com eles. Vou lá me despedir, peraí.

— Tem certeza?

— Tenho.

As duas sentaram numa mesa no Largo de São Francisco da Prainha e conseguiram relaxar e se divertir. Até que o celular de Gabi tocou. Não estava na bolsa e nem virado para baixo. Estava na mesa e vinha escrito no visor: "Tati".

Gabi tirou o som e não atendeu.

Ferrou.

— Por que não atendeu?

— Porque não é nada urgente, coisa de trabalho.

— Quem é Tati? Colega de trabalho?

— Ela trabalha na Câmara, sim.

— Hummm. Você nunca me falou dela. Conheço tantos dos seus colegas de trabalho... é amizade recente?

— É...

— Então me conta dela. O que ela faz lá na Câmara?

— Ela trabalha pro cerimonial.

— O que mais?

— O que mais o quê, Isa? É uma pessoa que trabalha comigo. Que interrogatório.

— Não, Gabi. Não é interrogatório. Eu tô agindo com a naturalidade de sempre. Tô calma e procurando agir dentro da normalidade. Quem tá sem graça e gaguejando é você!

— Gaguejando, eu? É porque você é chata. Já demonstrou ciúme e insegurança. Como quer que eu fique? Saco cheio disso.

— Você tá de saco cheio de mim!!

Toca o telefone mais uma vez. É a Tati de novo. O sangue de Isa subiu, e ela pegou o celular e atendeu.

— Oi, gata. Por que não me atendeu?

— Não é a Gabi, é a mulher dela.

Gabi arrancou o celular da mão da Isa, levantou da mesa e saiu andando e falando ao telefone. Não voltou.

Gabrielle não voltou mais.

Isa ainda sofre de: solidão, saudade, arrependimento, medo da loucura.

No final das contas, algumas lições podem ser tiradas da história de Isa e Gabi:

1) Isa não estava louca, e possivelmente a relação de Gabi e Tatiana era algo que Gabi queria manter preservado.

2) Invadir a privacidade do parceiro ou da parceira é uma espécie de autoflagelo: sabemos que vai machucar muito e, ainda assim, vamos até a última consequência.

3) Nunca saberemos se a Gabi estava traindo a Isa. O que sabemos é que, de alguma maneira, a relação já não era mais equilibrada. Um lado estava diferente do outro, e isso sim importa.

4) Traição é um conceito subjetivo. Para muitos, traição é simplesmente algo que duas pessoas sabem e uma não. Para outros, traição é quando há conjunção carnal. Portanto, não importa se Isa foi traída ou não; importa como ela estava se sentindo.

5) Procurar ajuda profissional quando nos sentirmos como a Isa é o melhor caminho.

Por fim, acima de tudo, ame-se a si mesmo. Eis o começo de um romance para toda a vida (essa é do Oscar Wilde).

14

Final feliz?

"Nossa, não consigo achar ninguém que me interesse aqui. Na verdade, nem sei se sei usar esse aplicativo corretamente. Desisto."

Flávia não desistiria. Ela está solteira, e ter um perfil em aplicativos de paquera como o Tinder de alguma forma preencheria seus dias.

Flávia já namorou meninos e meninas, eis a flexibilidade para muitos invejável e, em geral, mais bem resolvida entre os *millennials* — registrando que, para esta narradora que vos fala, ser da geração X, Y ou Z é menos a data de nascimento e mais a cabeça de cada um!

Sua mãe mora no Rio, perto de seus avós, e ela, buscando vida nova, resolveu morar em São Paulo. Para tal mudança, pediu abrigo ao pai, que há tempos mora lá por conta de seu trabalho.

Apesar da saudade do Rio, das Havaianas num sábado à noite e daquela possibilidade única que o Rio nos dá, de ir para a praia, se encantar com sua beleza e esquecer da vida por lá, Flávia tem descoberto encantos jamais imaginados na cidade de São Paulo.

Ela mora com seu pai e com a mulher dele no bairro de Higienópolis. Pensa em morar sozinha em breve, mas por enquanto, para conseguir juntar algum dinheiro, fica na casa do pai, que é grande o suficiente para que ela não atrapalhe a rotina do casal e ainda consiga manter um pouco da própria privacidade.

"Preciso movimentar minha vida. Ninguém pode viver só de trabalho e estudo. Será que eu ainda sei namorar? Deixa eu ver se dou sorte no aplicativo agora."

Flávia volta para o celular, em mais uma tentativa de fazer as pazes com o aplicativo de paquera e ver se acha alguém por lá. Não sabe usá-lo bem. Configurou seu perfil para homens e mulheres. Passa por ambos o tempo todo. O dedo é frenético arrastando fotos para um lado e para o outro. Existe uma ansiedade nos dedos e na alma. Seria muito bom encontrar alguém legal pra namorar.

Flávia tem 23 anos, cabelos e olhos castanhos, e curvas que chamam a atenção. Além disso, tem um jeito especial de se vestir: roupas despojadas, autênticas, por vezes femininas e por vezes não — é o jeito que ela mistura tudo que a faz sempre cheia de charme. Sua curiosidade e cultura a posicionam completamente fora da curva. Ela colocou seus melhores diferenciais na descrição de perfil do aplicativo, e isso fez toda a diferença para chamar a atenção dos mais diferentes tipos de gente. Eram muitos *likes* e *matches,* e talvez esse sucesso todo a estivesse fazendo se perder no manuseio do Tinder. Flávia agrada a homens e a mulheres. Imagino que ser bissexual nessas horas seja um desafio a mais — o carrossel de opções é mais vasto e sortido.

Pois bem, ontem ela se embaralhou com as direções do dedo e provocou algo inusitado. Ela puxou o dedo pro lado errado: achou que tinha rejeitado, mas na verdade acabou curtindo um sujeito. Ela estava zapeando pelo app na sala de TV com Adriana, mulher de seu pai, e de repente falou alto:

— Putz, fiz merda.

— O que houve?

— Curti um cara nada a ver. Ele é diferente, estranho, nada a ver comigo. E deu *match*. Saco!

— Ué, não responde. Bloqueia. Sei lá...

— Mas é escroto fazer isso, coitado... vou ter que falar alguma coisa. Quer ver a foto?

— Putz, Flavinha. Nada a ver mesmo com você. Nem na aparência que ele desenhou pra ele (olha o cabelo e os *piercings*!), nem no gosto. Você, com um cara místico? Nem dá papo pra não alimentar nada. É tipo a princesa e o sapo.

— Preconceito seu também. É só um estilo diferente. E sapos podem virar príncipes.

— Ei, ei! Nem vem, você que disse que ele era estranho. Você começou. E é mesmo. Estranho pra você. Esse não vira príncipe, não.

— Adriana, é uma metáfora. Como você pode saber que não?

Flávia não gostou do cara inicialmente, mas o defendeu o tempo todo, protegendo-o do julgamento da madrasta, que, coitada, só concordou com a moçoila confusa.

A jovem continuou mexendo no aplicativo de paquera, até que o cara a chama no *chat* do Tinder:

Nossa, você foi a surpresa do dia. Como eu poderia imaginar que você ia me dar um like? Você é definitivamente muita areia pro meu pobre caminhãozinho. O que fez você deslizar o dedo para a esquerda? Agora fiquei curioso...

Flávia era uma moça doce. Podia ser um pouco mimada e às vezes malcriada, mas era também educada e fina. Jamais diria algo que pudesse ofender ou chatear o sujeito.

Ela foi rapidamente ver o perfil dele. E não é que tinha coisas interessantes? Não precisaria mentir pra responder satisfatoriamente a ele.

Ah, você é defensor dos direitos humanos, gosta de bandas que eu achei que só eu gostasse... tipo Neutral Milk Hotel, haha. Achei foda...

Não era nenhuma mentira. Ela só não se sentiu atraída por ele quando viu suas fotos, talvez porque, mesmo de maneira inconsciente, guarde um padrão de beleza que precisa ser rompido para ambos os sexos. Afinal, padrões existem para serem quebrados e/ou desconstruídos.

Nossa, que honra a minha. Você é linda!

Obrigada.

Flávia não sabia o que dizer ou por que continuar. Mas sua boa educação e sensibilidade não a deixavam ser rude. E assim ela foi respondendo ao João e, sem perceber, engrenando um papo bom.

Vamos passar pro WhatsApp? É mais fácil!

Ok, João. Mas só pra deixar claro: apesar de estar no Tinder, estou num momento bem complicado da vida e com dificuldades de pensar em qualquer tipo de relacionamento.

Esse é o discurso-código usado quando se gosta só um pouquinho. Quando não é paixão e nem vale um relacionamento que prenda ou mesmo nos limite. Todos que aqui me leem já devem ter dito ou ouvido coisa parecida.

João era bastante inteligente e entendeu muito bem o recado.

Flávia, ser seu amigo já é bem bacana. O resto é lucro. Você parece ser uma menina diferente. Bora lá. O que seria da vida sem nos arriscarmos?

Nossa, Flávia adorou a pergunta final! Aliviada e de certa forma feliz, ela enviou o número de WhatsApp, e os dois se adicionaram rapidamente.

E assim foi crescendo algo diferenciado entre Flávia e João. Algo permeado pelo afeto, importante ressaltar.

Para Flávia, tirar o peso do namoro, do sexo, do compromisso e da monogamia era tudo o que ela mais queria naquele momento. Algo novo, mas que não cerceasse sua vidinha já estabelecida. Errada ou não, era isso que ela sentia — perdoem-me por voltar com os clichês inconvenientes, mas quem somos nós para, no campo dos sentimentos e dos relacionamentos, dizer o que tá certo sentir ou querer?

Flávia e João se tornaram amigos.

Saíram algumas vezes: cinema, livraria, loja de vinis, barzinho (São Paulo tem uma variedade enorme de bares incríveis). Teve rodada de jogos de tabuleiro com amigos de João e visita a espaços culturais desconhecidos para Flávia. Um mundo novo se abria para a estrangeira carioca. Existe algo melhor do que ter um amigo incrível que acompanha você e tem gosto parecido, além de ter uma inteligência bem acima da média e te tratar com carinho e cuidado?

Ambos continuavam no aplicativo de namoro. E tudo bem.

João dá aulas na faculdade e está terminando seu pós-doutorado em Filosofia. Flávia estudou marketing, faz um MBA e trabalha numa *startup* em plena Faria Lima.

Mundos diferentes, mas interesses que se complementam e se atraem. Como pode? "Podendo" — diria esta contadora de histórias que vos fala.

Eis que, de repente, João dá uma sumida. Dois dias sem dizer nada no WhatsApp. Nem um "oi, como você está?".

"Será que aconteceu algo? Que estranho!", pensou Flávia, já angustiada.

João, tá tudo bem por aí?

Oi, Flavinha. Tá, sim! Como você tá?

Tô bem. Senti sua falta.

Desculpa, lindona. Ocupadão...Tese com prazo, corrigindo provas, mãe veio visitar... doideira total.

Poxa, nem contou. Vamos na Pinacoteca? Tem uma instalação foda lá!

Hoje? Não dá.

Por quê?

Porque tenho outro compromisso.

Como assim? O que pode ser mais interessante do que ir à Pinacoteca comigo?

Tenho um date. Uma professora lá da PUC... te conto depois...

Tá bem... Mais velha que eu, né?

Claro, né, baby? Rs... você é uma criança , apesar de esperta, madura e culta.

João era dez anos mais velho que Flávia. Isso não foi mencionado até aqui, porque não faria qualquer diferença no rumo desta história. Mas talvez agora explique algumas coisas.

Ela era para ele um bibelô, um sonho. Mas ele também sabia que teria que andar com a própria vida antes que ela aparecesse com um príncipe e ele sofresse mais do que pudesse aguentar.

Já a Soraya tem 35 anos, é professora de História, culta, independente, charmosa — um mulherão da porra, segundo o próprio João.

João atrai as mulheres pelo seu papo, seu jeito e, sobretudo, seu olhar sedutor, que despe com vontade sem sequer tocar. E isso ninguém vai perceber numa foto de aplicativo. É preciso muito "ao vivo e em cores" para entender e cair no borogodó do João.

Flávia tentou disfarçar, mas ficou passada com a negativa de João.

Legal, João. Tomara que seja bom e que você se divirta.

No mundo encantado da Flávia, jamais se imaginaria que um cara como João dispensaria um programa com ela, pra sair com outra mulher.

Flávia resolveu então aceitar o convite de um carinha do aplicativo para encontrar num bar. Mais um homem, apesar de estar à procura de ambos no Tinder.

Um gato! — alto, atlético e de olhos verdes. Surfa, escala, luta, lava, passa, trabalha, ganha, gasta. Enfim, todos os verbos que se pode querer num futuro namorado — Mas a princípio Flávia não queria um namorado, lembram?

E assim foi. Flávia se encontrou com Eduardo num bar na Consolação.

Foi bom. Somente bom. Nada de especial. Nada de diferente.

Papo *default*. Cerimônia padrão um com o outro, também. Mini-desconfortos padrão, também. O combo de assuntos meio sem tempero incluía viagens feitas e não feitas, culinária, dietas e, no pico da noite, séries em *streaming*.

"Nossa, cadê João?"

Flávia voltou para Higienópolis de Uber. De dentro do carro mesmo, resolveu dar um oi pro João, pelo WhatsApp. Ele não respondeu.

Ligou pra ele. Ele não atendeu. Flávia já percebia a sua própria inconveniência. João não atenderia. Soraya estava na casa dele. Dormiria lá.

No dia seguinte ele chamou Flávia e contou da noite que teve. Estava feliz.

Ela não respondeu.

Flávia podia não admitir, mas começava a gostar de quem, de início, parecia um ogro. A Bela queria a Fera.

E, claro, todos aqui de fora torcemos para o casal, mas, como a vida não é definitivamente um conto de fadas, o casal mágico não se formou.

Pelo menos não agora.

João gostava muito de Flávia, mas sabia das inúmeras diferenças e do abismo entre sua vida e a dela. Ele sabia o quanto a beleza clássica e óbvia ainda seduzia mais que o normal uma menina de classe alta de 23 anos.

Mas sobretudo: ele e muitos de nós sabemos que opostos podem se atrair num primeiro momento, mas são as afinidades e os contextos em comum que fazem uma relação funcionar de maneira macia, duradoura e mais prazerosa.

Soraya era voluptuosa, forte e independente. Pra alguns homens (não muitos), mulher inteligente e independente é afrodisíaco. João era desses. "Que tesão essa mulher. Me arranca um beijo sem permissão, se entrega na primeira trepada e ainda tem gás pra discutir política e ideologia noite adentro."

João e Soraya vivem um tórrido romance.

Flávia continua saindo com os gatinhos e gatinhas bem-nascidos de São Paulo.

Flávia sente saudades do João, a quem ela vê bem menos.

João sente saudades de Flávia, mas achou por bem parar de sair tanto com ela. Encontram-se rápido e muito de vez em quando.

Essa história com certeza não acabou e provavelmente tem uma moral até aqui. Mas não me arriscarei a dar lição em quem quer que seja.

E segue a vida nos aplicativos, e sobretudo fora deles.

15

A Lava a Jato e o amor

— Ivana? Oi, querida. Vamos marcar cabelo e *make* na sexta próxima, às duas horas da tarde? Você tem horário? Espero que sim!

— Para você sempre tem, Nina. Um dos ícones da nossa sociedade nos dando a honra de nos entregar seu visual? Como não te atender? Marcado! Alguma recomendação para a equipe?

— Então... é um jantar beneficente. Sou uma das organizadoras. Vou de vestido mídi de seda e renda rosê, meio nude, sabe? Maquiagem suave, em tons nudes também. Algo discreto...

— Avisarei. Esperamos você. Beijo! — Ivana finaliza a ligação.

Nina é advogada e tem 58 anos. Casada com um empresário do ramo têxtil, ela frequenta as altas rodas, sendo membro integrante do *jet set* carioca. Nunca trabalhou como advogada.

Nunca trabalhou, na verdade. Viveu os anos de ouro das colunas sociais dos jornais impressos.

A partir do final dos anos 80 até poucos anos atrás, acordava religiosamente cedo aos finais de semana e checava os principais jornais que eram deixados à sua porta antes das sete da manhã. Checava todas as colunas. Lia tudo de cabo a rabo. Quase todo o final de semana seu nome e, com sorte, sua foto estavam impressos em algum deles. Era a vida dela: ser *socialite*.

No final do século passado, para quem não sabe, havia várias colunas sociais em diferentes jornais impressos, e algumas, disputadas a tapa. Os assessores de imprensa eram contratados para colocar notícias sobre a vida de celebridades e *socialites* em tais colunas. Era um fervo só sair em algumas das badaladas colunas da época.

Essa foi a vida cotidiana de Nina Baizan.

À medida que entrávamos de sola na era da informação, na era digital, os jornais impressos foram perdendo *seu glamour*, e ao mesmo tempo as redes sociais e os *blogs* foram ocupando os espaços de divulgação.

Quem precisaria esperar pelos jornais e suas gloriosas notas e fotos, quando as mesmas notícias e novidades estariam postadas em tempo real em alguma rede social ou portal de fofocas? Ou em tudo simultaneamente?

A era do colunismo social entrava em declínio ou, melhor dizendo, em um novo formato.

Já usando a internet e um tanto perdida, em 2013 Nina cria uma conta no Instagram com a ajuda de um jovem jornalista amigo da família Baizan.

Fotos com José Luiz Baizan, seu marido, com filhos, com alguns VIPs, em sua sala de estar, em festas, enfim, Nina foi cuidadosamente montando seu próprio *blog* de notícias e registros sociais. E entre postagens e novidades ela continuava promovendo seus eventos.

— Zé Luiz, amanhã é o jantar beneficente para o asilo Fonte de Luz, e eu gostaria muito que você me acompanhasse.

— Nina, amanhã tenho que receber o diretor comercial de uma de nossas empresas parceiras e não sei a que horas me livro disso. Ele é gringo. Ainda mais numa sexta-feira... Não vai dar, não.

— Poxa, José, você praticamente não me acompanha mais nos eventos que organizo. Aliás, nem me lembro de quando foi a última vez que você foi comigo a uma inauguração, evento beneficente, ou a certas festas.

— Meu amor, me perdoe. Prometo tentar na próxima. Ando muito atribulado na empresa. Precisa de algo? Alguma verba extra para seus projetos sociais?

— Não... preferia que você fosse comigo ao jantar. Quer dizer, precisar não preciso, mas ando sonhando com a nova coleção de anéis da Graff. Assim que for a São Paulo, experimentarei alguns.

Zé Luiz precisava levar sua vida em paz e sabia que, deixando Nina feliz, isso se tornava muito mais fácil. O que poderia compensar sua ausência na vida de sua mulher? Joias, ora. Ele sabia que chegava a hora de agradá-la e fazê-la sentir-se completa diante de amigas e amigos, então telefonou para seu assistente pessoal, e mandou-o verificar algumas aplicações e conferir os anéis da joalheria Graff. Pediu pra que ele, Edivaldo, conferisse junto à secretária de Nina qual anel a havia encantado. Feito. Mandou comprar.

Nina entendeu a surpresa do marido e cumpriu seu papel de fingir não saber de nada.

Uma semana após contar-lhe sobre o anel que desejava, ela recebeu das mãos do marido, este com duas taças de *champagne* na mão, um anel de turmalina azul da Graff. Seus olhos se encheram d'água. Era muito mais do que ela merecia. Beijou-lhe a mão, a testa, o rosto e a boca, num selinho prolongado de muito carinho. Era um beijo de pura gratidão.

Naquela mesma noite, José Luiz embarcava a negócios para a Suíça, numa viagem de uma semana. Sem perguntar detalhes sobre isso, Nina se despediu do marido, chamou sua secretária, Janete (a que havia dado o bizu do anel da Graff para Edivaldo), para fazer uma foto para seu Instagram — uma foto de sua mão com o novo anel.

A legenda criada por Nina:

"Amar não é olhar um para o outro, é olhar juntos na mesma direção." — Antoine Saint-Exupéry.

Obrigada, meu amor. Olhemos sempre para o mesmo lindo futuro que nos espera. Juntos."

Foi um sucesso. Muitas curtidas e comentários.

Em pouco tempo Nina já alcançara a marca dos 18 mil seguidores no Instagram, e o conteúdo de seu perfil nada mais é do que sua vida privada. Quer dizer, pública.

Nina estava se tornando uma influenciadora.

As notícias são simplesmente a Nina. A moda é a dela, sempre marcando as diferentes marcas que usa. A agenda é a dela, também marcando lugares e empresas. Sem falar nas pessoas que até hoje têm a honra de aparecer em seu Instagram e serem marcadas.

Na minha humilde opinião de observadora e curiosa, Nina alcançou um feito e tanto: não há *reels*, nem fórmulas, nem pensamentos, nem arte, nem humor, nem prestação de serviços: trata-se dela, somente dela, uma mulher de meia-idade, "da sociedade", seguida e admirada por cada vez mais gente. Nina seria uma espécie de *coach* do bom gosto, da riqueza e dos sonhos inalcançáveis.

O Instagram dela também replicava *posts* em *blogs* e *sites* de notícias sobre ela — eram os chamados *media posts*. Ela fazia questão de postar ou repostar fazendo referência e marcando, todos os envolvidos naquela "notícia". Montava o seu próprio *clipping* de notas e matérias sobre ela, coisa que no século passado era somente feita por assessores de imprensa.

Era um Instagram alegre e movimentado para os que gostam: tinha celebridades da TV, modelos, empresários, personalidades da moda, da música, tinha até *coaches* e gurus renomados. Nina era eclética e sabia que seu papel na sociedade era aproximar diferentes pessoas, mostrar-se múltipla e dual: tradicional e descolada, sofisticada e simples, superficial e profunda.

Ela arrasava como *socialite*. Vendia uma imagem poderosa de influência e simplicidade, bondade e altruísmo, riqueza e espiritualidade.

Tudo parecia bem na manhã seguinte à viagem de José Luiz. Nina, em seu computador, e Janete conferindo perfis importantes nas redes sociais, a pedido de Nina. Ambas no apartamento do casal, na Vieira Souto, onde o único filho já não mais morava. José Luiz Filho mora em São Paulo desde 2017, com a esposa e um filho de dois anos.

Toca o interfone.

Toca a campainha.

— Janete, quem será a essa hora? Zé Luiz está viajando. Peça a Eliane para abrir pela cozinha, por favor.

Janete se levantou para orientar e já se deparou com policiais federais adentrando a sala de estar de Nina.

— Temos um mandado de busca e apreensão em nome do empresário José Luiz Corrêa Baisan. Esta é a residência dele, certo? Ele se encontra em casa?

Janete e Eliane, a cozinheira, arregalaram os olhos. Manuel, o motorista da família, levantou-se, como se sua expressão corporal dissesse à patroa: "Estou à sua disposição, Dona Nina".

Nina não sabia bem como fazer. Pediu a Manuel que ligasse para o José Luiz na Suíça. Manuel, nervoso, hesitou. Nina insistiu. Manuel gaguejou.

Os homens da PF elevaram o tom, perguntando por Zé Luiz. Nina levantou-se em direção a Manuel, gritou com ele, exigindo que ele ligasse para Zé Luiz na sua frente para contar-lhe o que estava acontecendo.

Manuel, tremendo como vara verde, ligou. Nina exigiu mais:

— Anda, Manuel. Chame ele em vídeo, como faço à noite, quando nos falamos.

— Senhora, isso aqui é trabalho. Não estamos à disposição de vocês. Começaremos a vasculhar o quarto do senhor José Luiz.

— Por favor, senhores. Dê-nos um segundo. Tenho direito de falar com nosso advogado.

Manuel, com uma faca metafórica no pescoço, liga então para seu patrão, José Luiz, no modo vídeo (todos sabiam que Zé Luiz gostava de falar com a Nina em vídeo quando viajava).

Em cinco segundos muito mudaria na vida de Nina.

Chamada em vídeo tocando:

— Oi, Manuel. Zé Luiz está esquiando. Aconteceu algo?

Na tela, uma bonita morena de no máximo 40 anos falava.

Nina não poderia jamais supor que a viagem de Zé Luiz não fosse de negócios. Ou que ele tivesse acompanhante. Nina não quis ver.

Há coisas na vida que não valem ser apuradas, especialmente quando se ganha um anel da nova coleção da Graff antecipadamente.

Mas ela não se nega a olhar por mal. Ela ama Zé Luiz. Ama o que ele lhe dá. Ama a vida que tem. Nina é tão absorvida por sua intensa vida social, que não há muito tempo para se aprofundar na relação a dois. São muitos anos. E tudo anda tão bem assim. Pra quê? Deixa quieto.

Mas agora, infelizmente ela seria obrigada a encarar o que viu. Afinal, havia muitas testemunhas naquela sala. Era no mínimo humilhante. Nina se retirou da sala.

Manuel gaguejou:

— Dona Andréa, diga ao Dr. José Luiz que a Polícia Federal está aqui no apartamento. Dona Nina está aqui do meu lado.

— Meu Deus, Manuel. Vou descer e chamar ele agora!

Nina foi para o quarto, lavou o rosto para limpar o choro.

Os policiais resolveram esperá-la na sala. Acredito que tenham se penalizado com a situação de Nina naquela sala, diante daquele visor do celular do motorista.

Nina voltou e acompanhou os homens até o escritório. Sentia-se vazia. Sua alma se assemelhava a um castelo de areia se desmanchando porque a maré subiu. Ela pensava obsessivamente na repercussão daquilo, na notícia que poderia ser dada na página policial. Seria uma bomba. O fim de sua trajetória de *socialite* e influenciadora.

Nina achava Lava Jato um termo distante de sua realidade. Na verdade, ela não lia esse tipo de notícia mais. Como disse, Nina dedicava seu tempo à vida de dondoca com propósito — e isso determinava seus interesses e sua disponibilidade de tempo. Hoje, as redes sociais e a organização de festas e demais eventos (que precisavam de divulgação nas redes) tomavam todo o tempo de Nina.

E era nelas, nas redes, que Nina pensava agora, enquanto acompanhava a Polícia Federal na apreensão do que quer que fosse. Nina chorou, contatou seu advogado (que estava a caminho) e, mantendo-se de pé com a elegância de sempre, assistiu aos policiais arrancando gavetas, papéis e computadores da parede, enquanto pensava o que seria de suas próximas postagens. Qual seria a melhor conduta? O que deveria postar e dizer?

Nina foi pega de surpresa tanto pelo mandado judicial quanto pela namorada de José Luiz. Mas a raiva maior que tinha dele naquele momento não era o fato de ele ter uma namorada, e sim de fazê-la passar por tanto desconforto e humilhação perante seus empregados e, em breve, perante muitos seguidores e amigos.

Ela não perdoaria o fato de tudo ter ficado tão evidente e exposto. Ela nem sequer percebeu que Manuel parecia já conhecer a tal Andréa.

Sua dor é que o público dela em breve saberia de tudo. E saberia, mais que tudo, que seu marido fazia algo errado, que poderia ir preso e que ela poderia ficar sem dinheiro. Era exposição de mais para um ícone digital só.

Nina desligou seu celular. No momento, não sabia se queria ligá-lo novamente.

A partir de agora, Nina não quer ver ou ouvir mais nada. Se não é para postar sua vida feliz e glamourosa, para que ter celular? "Nunca perdoarei Zé Luiz por me fazer passar por isso."

A Polícia Federal foi embora levando *laptop* e pastas. Mas ficou furiosa de não poder levar o celular.

Nina adormeceu suas redes sociais até entender o que estava se passando e qual seria o tamanho do estrago pra vida dela. E não poderia demorar muito escondida como agora, já que a sociedade carioca precisaria acompanhar sua vida, suas festas, seus passos.

Aparências, afinal, são o que importa. Manter a imagem que causa inveja em amigo, seguidor e *stalker*, sempre.

Nina não era a única na vida de José Luiz. "Enquanto ele não pensar em sair de casa, divorciar ou mexer no nosso patrimônio, ok, ele ter namorada. Eu também tenho os meus namoradinhos secretos pra me alegrarem o corpo e a alma enquanto estou só, esperando Zé Luiz voltar. O que não pode é me expor com seus negócios ilícitos. Por que não se protegeu melhor da Lava Jato?", Nina pensava enquanto se maquiava.

Essa era a vida real do casal Baisan. Sem inteligência artificial ou metaverso. Nua e crua. De carne e osso. Vida realmente real.

Esses eram os valores de Nina, e é sobre eles que se ergue a história da personagem Nina das redes sociais.

Cada casal tem seus acordos, falados ou não. Errado é quando um fura o combinado de alguma maneira. Para Nina, aquilo foi imperdoável.

16

O gênio da lâmpada

— Elisa, sou o gênio da lâmpada, e você tem direito a um só desejo que considere impossível, desde que não seja ilegal ou imoral. Qual é o seu desejo, ama?

— Entrar sem perigo no celular do meu namorado e vasculhar tudo com calma e sem ser pega.

— Mas você sabe que isso é ilegal, certo, Elisa?

— Se eu não hackear, não é. E, se você é um gênio de verdade mesmo, descola as senhas dele, que eu não pratico crime nenhum. Entrarei pela porta da frente, sem arrombá-la.

O gênio ficou alguns segundos pensativo e confuso, mas achou Elisa muito esperta e resolveu atendê-la.

— Uau, olha o celular dele aqui! Na minha mão e todo pra mim!

De repente...

Elisa acordou.

Sinto muito, Elisa.

Era um sonho.

Essa é a Elisa, moça madura, de quase quarenta anos, cujo principal sonho e agonia é ver tudo o que se passa no celular do namorado, com quem divide apartamento.

Elisa vive seu próprio inferno particular.

Não, ela não é somente uma mulher insegura. Na verdade ela nem é tão insegura assim. Ela é realista, pé no chão, curiosa, controladora e bastante orgulhosa. Só de pensar que pode ter alguma mulher no mundo que se relacione com o homem dela e a considere corna, coitadinha ou panaca, ela espuma de raiva.

Por tudo isso junto e misturado, Elisa sonhava em escanear a vida do rapaz, o Toni, no celular. Ela já fez uma lista mental de por onde começaria: WhatsApp, claro, além de Direct Messenger do Instagram e até Facebook Messenger. Não satisfeita, ela iria em histórico do Google e do YouTube. Veria depois as ligações e o tempo delas. Veria fotos. Veria aplicativos. Veria tudo.

Elisa tinha esse sonho, que ia se tornando uma obsessão cada vez mais forte. Não havia dia em que ela não pensasse nisso.

Toni não dá mole pra Elisa. Pra ele, não tem esse papo de compartilhar senha e mostrar o celular pro outro. Trata-se de privacidade, segundo ele e muitos por aí. — Eis o grande tema do novo século: isso é traição digital ou o exercício da privacidade?

Elisa não sabe as senhas de Toni, e ele é sempre muito cuidadoso, até mesmo com a configuração do aparelho: conversas privadas, por exemplo, não aparecem no visor em nenhuma hipótese. Vive agarrado com seu celular: leva pro banheiro e cola na cabeceira da cama. Elisa dedicou-se a ler e ver tutoriais para retirar o desbloqueio por biometria (vai que ele dorme um sono profundo, e ela consegue abrir o celular com o polegar dele?).

Para ser sincera, Toni é mais do que somente um cara cuidadoso com a sua privacidade: ele é misterioso e um tanto esquisito. É fácil entender a Elisa e o seu desejo de que um gênio da lâmpada lhe dê senhas e passe-livre pro celular do Toni.

Ela gosta dele. Com todas as esquisitices e um jeito um tanto seco, muitas vezes ele é seu companheiro e valoriza família e amigos, o que pra Elisa é deveras importante.

Nos últimos tempos, Toni anda especialmente impaciente e um tanto indiferente com a namorada — parece mesmo já estar em outra.

Ou com outra.

"Ele tá com alguém. Deve estar esperando o lance deles firmar pra me contar. Ou ver se ela assume ele pra ele poder assumir ela também. Meu coração não se engana. Toni anda esquisito e mais agarrado que nunca com o celular."

E, já que não tem o gênio da lâmpada, Elisa resolveu contratar um desses aplicativos que entram no celular da vítima e acessam tudo que ela usa.

Elisa viu tutoriais no YouTube, acessou o site mais comentado dos vídeos e comprou o app. Ela só precisaria entrar no celular de Toni por alguns segundos e configurar o aparelho para a entrada do espião digital. Tinha consciência de que estava fazendo uma coisa errada. Muito errada. Pior que isso: uma coisa ilegal.

Mas a vontade de desvendar o mistério de sua relação era maior que o medo. A emoção suplantou a razão facilmente. Razão? Isso existe?

Mas esse seu sonho (ou pesadelo) ainda estava distante de se realizar: ela não tinha a senha do celular dele e não fazia ideia de qual era. Só lhe restaria uma manobra ousada: abrir o celular de Toni durante a madrugada, com ele dormindo. Abrir e tentar algo.

Oi, Tuca, tudo bem? Tenho algo sério pra te contar: vou instalar um app de espionagem no celular do Toni. Não aguento mais esse fantasma me assombrando.

Meu Deus, você pirou de vez. Tem que ir a um médico. E rápido!

Nunca estive tão lúcida. Ele não pode transformar nossas vidas nessa merda que estamos vivendo juntos.

Ué, gente, separar não seria mais simples? Ambos podem se dar uma chance de vida melhor. Lembre-se de que, mesmo se estiver sendo escroto, ele é livre.

Não é assim. Eu apostei nesse relacionamento: montamos apartamento, abri mão de outras coisas e de outras relações. Tempo não se recupera, e eu quero ao menos entender onde falhei.

Elisa, você sabe que tô contigo sempre, né? Mas sou contra o que você quer fazer. Não conte com minha ajuda. Além dos aspectos legais, eu diria criminais, acho que você não tá bem e esse não é o caminho para que você se equilibre.

Elisa não ouviu Tuca, sua amiga de tantos anos, pois havia se tornado tão obcecada com a ideia de desvendar os mistérios de sua vida amorosa e conjugal, que cegou.

Ficou tudo escuro e doentio. Elisa estava doente.

Foi na madrugada de uma quarta-feira que ela pôs em prática o seu plano. Serviu vinho no jantar. Vestiu um decote que passou despercebido por Toni, falou de séries da Netflix e de coisas engraçadas. Falou de antigas viagens. Conseguiu ver o Toni rir.

Uma garrafa e meia. Dormiram leves. Toni foi o primeiro.

Elisa acordou às duas da manhã. Como ela imaginava, Toni relaxou e descuidou de seu celular, que estava na mesinha ao lado dele.

Toni tinha sono pesado, e Elisa sabia disso.

E lá foi ela. Corajosamente, tremendo por dentro, pegou o dedo de Toni com toda a delicadeza para desbloquear o aparelho.

Meu Deus! Não foi! Tentou de novo, e nada. "Ele desativou a biometria!", desesperou-se Elisa.

Ela foi até a bolsa de trabalho dele, teria que haver algo ali, já que Toni também não desgrudava daquela pasta! E era um cara antenado com questões de segurança de dados. Elisa já o ouviu dizer que não se guardam senhas na nuvem, e sim em papel. Senhas escondidas offline.

Antes de continuar a narrar a saga de Elisa, vou adiantando que há dois finais para essa história, e ambos são plausíveis.

1) O primeiro e mais realístico cenário leva a um fim mais rápido e mais saudável para Elisa:

Ela não consegue a senha do celular de jeito algum, mesmo revirando tudo em casa enquanto o Toni dormia. Ele acorda, nota que suas coisas foram mexidas, e uma tempestade se abate naquele lar. Elisa não consegue comprovar nada, mas entende que não há como nem por que continuarem juntos. Eles se separam (no fundo, era o que Toni queria, mas ele era acomodado, preguiçoso ou dividido. Você pode escolher o adjetivo que melhor couber nas suas interpretações), e tocam suas vidas, Elisa com mais dor e mágoa pra se libertar.

2) O segundo final pra essa história é menos provável de acontecer e conta mais com a sorte. Mas isto aqui é ficção inspirada em fatos reais, e a narradora que vos fala pode brincar de Deus e mexer os pauzinhos pra termos um desfecho mais interessante.

Elisa atacou a pasta de Toni e as gavetas do armário que tinham chave e que, por alguma razão foi fácil localizá-la. Sabem onde? Na pasta. Claro! Ele saía de casa levando a chave do armário.

Ela pegou a chave, abriu a gaveta e achou lá no fundo uma caderneta Moleskine com senhas de banco, valores de aplicação bancária (uau, ela se surpreendeu com os números!), dados de INSS, de imóvel de família e... as senhas das redes sociais. Bingo! Em dois segundos Elisa achou também a senha que desbloqueia o celular. Fez uma foto da página de senhas e guardou tudo no exato lugar onde estavam. Sempre da maneira mais silenciosa possível.

Agora era a hora crucial. Abriu o celular, inseriu o código do aplicativo, conferiu mais uma vez e colocou o celular exatamente na posição em que estava.

Agora era hora de preparar o aplicativo para o dia seguinte. Abriu seu *notebook* e fez o *login*. Tudo pronto.

Elisa adormeceu às quatro da manhã com muita dificuldade. O coração batia acelerado e sufocava a respiração.

Naquela fatídica quinta-feira, o despertador tocou às 7h30. Ambos se levantaram sem qualquer afago ou arrulho e deram início ao processo de preparação para a lida.

Elisa não tocou no celular.

Toni começou cedo: o café ainda fervia quando ele começou a digitar, em silêncio. Ele saiu na frente. Deu um até logo seco, como de costume, e se foi pro trabalho.

Toni nunca foi carinhoso. Também não era grosseiro. Eram companheiros de afinidades e gostos. Mas ultimamente nem isso. Ele agia com bastante indiferença, e isso estava matando Elisa.

Sexualmente nem era o pior. Toni sempre fez Elisa feliz na cama e, mesmo que burocraticamente, ainda transavam.

Toni bateu a porta, e Elisa correu pro seu *notebook*.

Abriu.

Logou no aplicativo.

Chegou a hora.

Eles estavam no WhatsApp. O aplicativo funcionava como uma máquina de xerox. Ou um espelho retrovisor. Elisa conseguia acessar a tela dele.

Queria te abraçar. Te lamber, morder sua bunda. Senti muita falta sua, meu gatão.

Eu também. Mas ontem não deu. A tarde foi puxada no trabalho, e não deu pra fugir. À noite, Elisa preparou um jantar especial. Dá pra sentir a desconfiança dela. De certa forma fico mal com isso. Ela não merece. Enfim, não foi um dia bom...

Então faz alguma coisa, porra. Você precisa deixar de ser bundão. Respira fundo, toma coragem. A vida é uma só.

Não sei. Não sei. Sei que te amo, mas não desprezo a vida e a minha história com a Elisa. É uma merda sentir o que sinto. Vamos tentar nos ver hoje.

Foram muitos anos pra você se descobrir e entender o que sente aí dentro. Tá na hora de viver.

Ok, Maurício. Falamos mais tarde.

Era um Maurício. Elisa não tinha visto esse cenário à sua frente.

Seu coração foi à boca. Suava, tremia. Não conseguia chorar. Sentia um misto de nojo, raiva... e pena.

Sim, pena. De certa forma o cenário atenuou o sentimento de traição. Ela sofria, sim, mas ele também.

A dor de Elisa certamente a fará crescer.

Elisa foi pro banho vendo um breu.

Pobre Elisa.

Pobre Toni.

17

Envelhecer online

E o dia amanhece no WhatsApp:

Bom dia (com um lindo sticker)!

Bom dia, mãe. Como passou a noite? Tudo bem por aí?

Tudo certo, filho. Hoje vou a um almoço com as colegas de faculdade. Estamos comemorando quarenta e cinco anos de formadas!

Bacana, mãe. Todas aposentadas como você? Ou tem as que se formaram e não trabalharam?

Uma delas parou de trabalhar para ter filhos e nunca mais voltou. Mas todas aposentadas, algumas no serviço público, e outras, como eu, com aposentadoria do INSS mesmo. Quer dizer, uma delas, a Angélica, ainda trabalha (ajuda na empresa de consultoria da filha). E as meninas? Estão bem? Vi ontem no Instagram que elas tiveram uma festa. Estavam lindas!

Estavam mesmo. Márcia levou elas pro salão pra fazer cabelo, saiu pra escolher roupa... Era a festa de quinze anos da melhor amiga da Alice. Estavam a mil.

Lindas!

Mãe, vou correr aqui porque tenho que chegar mais cedo hoje. Bom almoço pra você e pras amigas. Achei demais essa história de vocês se reencontrarem pelo Facebook.

Sim, foi mesmo. Tenha um lindo dia, Paulo. Beijo na Márcia e nas meninas. De tarde ligarei para elas.

Beijo, mãe. Essa semana devo ir aí pra gente olhar a planilha mensal de gastos e pagar a Josete.

Tá bem.

Mercedes é mãe de Paulo e Carla.

Paulo, de quarenta e dois anos, é casado com Márcia e tem com ela duas meninas, Alice e Aurora.

Carla, quarenta, é divorciada, sem filhos e hoje mora na França, por conta de um doutorado.

Mercedes é administradora de empresas. Estudou administração ainda jovem e trabalhou para uma multinacional ascendente no final dos anos 1970. Era viúva havia cinco anos e estava aposentada e em casa há quatro.

No momento da vida em que podia curtir mais suas netinhas, elas já haviam crescido e não precisavam tanto da vovó. Tudo bem, Mercedes as acompanhava e as convidava para tardes de lanche gostoso e boas risadas. Ou para ajudar nos estudos — Mercedes continuava intelectualmente ativa e querendo ajudar as netas nos estudos de Matemática e História (eram os seus carro-chefes).

Mercedes se diferenciou das demais colegas por ter seguido uma carreira de executiva de grande empresa num tempo em que poucas mulheres eram. No final das contas, isso fez muita diferença.

Inquieta, encontrou caminhos para se atualizar e se divertir. Ela lida bem com as tecnologias, aproveitando o que de melhor elas podem lhe proporcionar. Passeia diariamente pelas diferentes redes sociais. Sua preferida é o Facebook: lá ela encontra amigos de escola e de trabalho, participa de grupos, acompanha a família e lê notícias e artigos de opinião. Mercedes entendeu rápido que, mesmo usando outras redes (até mesmo para se aproximar de filhos e netos), a praia dela era onde ela encontrava a galera dela, e essa praia era o Facebook. Volta e meia Mercedes estava online por lá:

Lembra de mim, Mercedes?

Como não lembrar, Sérgio?

Não sei... O tempo, os filhos, a família, o trabalho. Na verdade, nunca achei que eu fosse tão importante para você.

Como pode pensar assim? Vivemos uma linda história. Jamais fiz nada que fizesse você pensar assim.

Você recusou meu pedido de casamento pra, em menos de dois anos, estar casada com outro. Em 1974, mais precisamente.

Você está contando a sua história e, ainda por cima, fora de contexto. Não se esqueça de dizer que você queria que eu trancasse a faculdade. Você dizia que eu fazia um curso de homens. Lembra? Eu não tranquei. Depois você me pediu para não procurar empregos, não trabalhar em empresas, pois a carga semanal era como a dos homens, o que seria muito pra mim. Foi naquele momento que percebi que poderia não me sentir plena com você. Nunca foi falta de amor... Como você vai?

Vou caminhando com algumas dores e dissabores. Fiquei viúvo ano passado. Filhos moram longe. A caçula pensa em voltar.

Sinto muito pela morte de sua esposa. Eu também sou viúva, e Heitor até hoje me faz falta...

E assim Mercedes e Sérgio retomam contato após mais de 45 anos.

São muitas conversas paralelas no Facebook e no WhatsApp. Para evitar confusão, Mercedes conversa no Facebook pelo *seu notebook*.

Isso sem falar nos grupos de WhatsApp: são vários! Mercedes tem um de irmãs e primas, um grupo com seus filhos, um de colegas de faculdade, outro de colegas de escola, mais um de aulas de espanhol, e outro de amigas do Pilates.

Eu ouso dizer que a vida digital de Mercedes é um possante antidepressivo em sua vida.

E Mercedes não está sozinha: 26% dos adultos maiores de 65 anos usam redes sociais como WhatsApp e Facebook. O uso da tecnologia ajuda a estimular o cérebro dos adultos com idade mais avançada. O contato com a informática provoca o aumento do hipocampo, área do cérebro fundamental para a cognição e a memória, diz pesquisa científica.

Mas, como nada é perfeito e para todo o remédio há um efeito colateral, falamos aqui de uma geração que nasceu distante da tão falada era digital e que pode não ter a "tecnologice" necessária para lidar com o mal que nos cerca a todos também no mundo virtual. Além disso, lembremos que, estando mais sozinhos ou solitários (e ainda mais velhos), nós nos tornamos naturalmente mais carentes.

Carentes de atenção e carinho.

Carentes do tempo e do futuro.

Carentes de amor.

Mercedes entrou para as estatísticas: esperta, lúcida, conectada, chegou perto de cair num golpe. Conheceu um senhor que se dizia argentino. Seu avatar na rede trazia a foto de um sujeito de meia-idade, boa-pinta e sedutor.

Pablo Hernandez era o nome do sujeito por quem Mercedes se encantaria. Foi numa tarde de sábado que ele a adicionou no Facebook.

Não resisti ao seu doce olhar. Que olhos bonitos! Sou muito solitário. Na verdade, vivo sozinho desde que perdi minha mulher para uma doença terrível. Só me permito trabalhar. Mas disse a mim mesmo que isso acabaria e que eu me abriria para conhecer alguém especial.

Como você escreve tão bem em português?

Vivi muitos anos no Brasil e peço ajuda ao Google para escrever mensagens aqui. E você, é casada?

Não sou. Sou viúva.

E provavelmente Pablo sabia disso!

Mercedes conversou bastante com ele e, por achar que não merecia um homem tão atraente, sentiu-se um pouco envergonhada e optou por não dividir com ninguém o fato de ter um novo amigo virtual, um argentino, no Facebook.

Conversaram sobre tudo, e aos poucos Pablo ia entendendo as rotinas de Mercedes e também a realidade financeira dela.

Mercedes acordava mais animada que antes. Entrava em suas redes contando os minutos para conversar com o galã Pablo. Estavam cada dia mais próximos e mais íntimos um do outro.

Até que, numa determinada tarde de domingo, veio uma grande novidade:

Fechei um contrato de cinco anos com uma empresa no Brasil e terei que ir a São Paulo com frequência. Está chegando o dia em que ficaremos juntos... juntinhos. E em carne e osso.

Mercedes mal conseguia dormir. Sentia-se uma adolescente novamente. Aquele tempo voltou! E agora com mais sabedoria.

Precisarei enviar algumas coisas de valor para o Brasil. Você me ajuda?

Claro, querido.

Àquela altura, Mercedes já havia ganhado um *status* de futura namorada e faria qualquer coisa para que o namoro em vista se tornasse realidade.

Ela começa a ser contatada por bancos e transportadoras falsas, que lhe exigiam pagamentos adiantados.

— Por que eu tenho que pagar para a transportadora me enviar seus pertences? Por que o banco quer me cobrar taxas para receber depósito seu? Não estou entendendo.

Pablo, que na verdade era uma quadrilha de brasileiros e albaneses que aplicavam golpes em homens e mulheres mais velhos e mais estabelecidos financeiramente, percebeu que não seria tão fácil com Mercedes.

> *Não consigo pagar daqui, mas é claro que, quando chegar no Brasil, pagarei tudo o que devo. Não sou uma pessoa materialista, e só quero poder estar com você, Mercedes.*

Foi nesse ponto que todo o passado de Mercedes a ajudou. Ela trabalhava em uma grande empresa, com diferentes profissionais, planilhas, prazos, metas, processos claros e definidos e... dinheiro! Sabia que ninguém que fecha um contrato grande e tem objetos de valor pode ser desapegado completamente de dinheiro. O roteirista da gangue exagerou no texto, e foi aí que Mercedes sacou do que se tratava.

> *Vamos fazer uma conferência em vídeo? Posso te ligar agora pelo Skype? Você liga a câmera pra mim? Quero acertar alguns detalhes sobre o pagamento à transportadora e estou louca para te ver!*

Pablo nunca mais apareceu. Deve tê-la bloqueado, inclusive.

Mercedes viveu um turbilhão de sentimentos diversos. Desde orgulho por sua esperteza e rapidez, até vergonha e tristeza por ter chegado tão perto de cair no golpe. Fora a autoestima gravemente abalada.

"Claro que não poderia ser de verdade. Como aquele avatar com aquele homem charmoso ia querer algo comigo, uma velha cheia de rugas, bolsas e varizes? Ainda bem que não contei a Paulo e a Carla. Paulo costuma ser mais compreensivo, mas Carla é mais dura (e preocupada, e atenciosa), ia querer me matar!"

Dias depois da descoberta do golpe, ainda abalada, Mercedes recebe no Facebook uma mensagem de seu ex-namorado Sérgio:

Anda postando menos ou é impressão minha?

Você está certo. Ando mesmo mais quieta. Tem horas que essas redes cansam. E agora é uma dessas horas.

Mercedes, preciso te contar da minha alegria ao te achar aqui. Eu só entrei nesse Facebook porque meus filhos me disseram que me faria bem. Não acho toda essa graça. Mas, quando te vi, algo se acendeu dentro da minha escuridão. Nunca quis me separar de você. Tentei muito reatar nosso noivado, mas você resolveu viajar quando terminou comigo, e foi impossível encontrá-la. Bati na porta dos nossos amigos e até dos seus pais. Depois a vida seguiu seu rumo. Conheci Solange, me casei e toquei meu barco. Nunca te esqueci: você foi meu primeiro amor. E de verão! Rsrs.

Sérgio, juro que não sabia de tudo isso. Sofri muito com nossa separação. Eu o amava muito, mas sempre me amei também. Sabia que, se abrisse mão de meus projetos profissionais, estaria abrindo mão de ser totalmente feliz. Fiquei dividida, sofri. Emagreci. Foi uma fase bem ruim. Imagine uma mulher nos anos 70, não mais virgem, abrindo mão de um casamento, para encarar um mercado de trabalho absolutamente masculino... Não foi nada fácil para mim. Mas guardo as melhores recordações do nosso romance. Quase não brigávamos. Ríamos muito, gargalhávamos.

Eu era o que se esperava de um rapaz naquele tempo. Mas quero que saiba que não parei no tempo. Solange era muito culta, inteligente, me arrastava pro cinema, teatro, livraria, exposição. Temos um filho artista, sensível e que me ensina muito, teimando em me manter de olhos abertos pro futuro. Não sou mais o mesmo, graças a Deus, e, se fosse hoje, teria um imenso orgulho de vê-la como executiva, saindo cedo de casa e chegando no final do dia. Aliás, se fosse hoje, eu cozinharia pra nós. Sabia que aprendi a cozinhar? Aliás, aceita meu convite para um cineminha essa semana, com direito a um risoto de limão-siciliano? Prometo que você vai gostar!

Mercedes não é de choro, mas se emocionou.

Sérgio não era galã. Nunca foi. Mas tinha um corpo atlético e olhos que riam. Hoje perdeu cabelo e ganhou alguns quilos, mas sua essência estava ali. O que a encantava estava intacto. E o melhor: ele era real. Não seria preciso encarar montanhas de cerimônia e desconforto inicial para se tornarem íntimos. Eles já tinham uma história compartilhada, e nela existia intimidade e cumplicidade.

O que vem a seguir eu deixo para vocês imaginarem.

O padrinho dessa união? Uma rede social, somada a um pouco de sorte, algoritmo e/ou Deus, para os mais religiosos.

Afinal, graças a essa quase mágica digital, Sérgio reencontrou Mercedes e ganhou mais uma chance de felicidade.

Mercedes também.

O destino os uniu.

Os algoritmos também.

18

Eu, eu mesma e Bia

Essa história é especial porque é 100% real, e a narradora em primeira pessoa nunca esteve tão envolvida no enredo. Confesso que ela é a protagonista, vejam só!

Pois é, algumas histórias platônicas aconteceram comigo, e eu nem me dei conta do tamanho que elas tiveram e têm em minha vida. Também aconteceram ofensas, xingamentos (especialmente por conta das opiniões que externei), mas não me marcaram. Acho que a mágica do bloqueio faz com que só fiquemos com as coisas positivas. Tá aí um grande mérito da vida online: fazer desaparecer gente desagradável pra sempre.

Essas histórias de laços virtuais, mesmo que com alguns encontros presenciais, são primordialmente histórias de vidas que se cruzaram, interagiram e se interligaram online. E eu tô aqui pra dividir com vocês.

A primeira delas foi há mais de dez anos, quando ainda usávamos o Facebook pra tudo. Um rapaz de uns 25 anos começou a me seguir e me mandar mensagens falando de diferentes lugares comigo. Ele era do Centro-Oeste brasileiro e morava na Europa — na Espanha, mais precisamente.

Ele me adicionou, eu aceitei, e assim ele começou a comentar meus *posts* e fazer perguntas no Messenger.

Foram anos nos falando, e ele me acompanhando. Sempre curtindo, sempre comentando. Fomos ficando próximos, até que ele começou a me contar de sua vida pessoal: um filho, uma tia amada, o desejo de ser médico.

Um dia ele fez conexão no Rio e me ligou, insistindo muito pra me conhecer. Infelizmente o trabalho não me permitiu largar tudo pra ir vê-lo em seu dia de turista no Rio, e continuamos somente amigos virtuais.

Passamos para o Instagram e lá deixamos de nos falar tanto. A linguagem visual do Instagram acaba sendo a que prevalece.

De repente, em 2022 estoura a guerra na Ucrânia, e eu me dou conta de que ele está preso lá, tentando voltar para o Brasil. Fiquei genuinamente preocupada e querendo saber notícias. Um dia fizemos uma *live*. Foi quando eu relembrei meu breve tempo de jornalista "pauteira", e com isso conseguimos dar notícias dele a amigos e familiares brasileiros.

De repente, um dia, depois de me contar sobre seu último relacionamento e como terminou, ele me contou o quanto eu era importante pra ele, o quanto eu o moldei ideologicamente, o quanto ele se tornou menos machista graças ao que eu postava e escrevia. Ele via em mim uma referência feminina, e eu não fazia ideia. Nunca houve nenhuma abordagem de cunho amoroso ou sexual — tudo se desenrolou como uma genuína amizade.

Hoje eu planejo visitá-lo, desde que em terras seguras, de preferência quando estiver no Brasil, e consigo dimensionar o quanto dez anos de uma relação online podem construir uma fundação sólida para o que quer que construamos por cima. Hoje eu esqueço que não o conheço pessoalmente; posso jurar que já o conheço. E mais, tenho a certeza de que posso contar com ele pro que eu precisar, mesmo que nunca consiga estar com ele pessoalmente. Aprendi com ele que os laços formados na admiração e no apoio incondicional são os mais resistentes, tenham sido feitos de perto ou de longe. Nunca te vi, mas sempre estive ao seu lado, R.

A segunda história começou online, em 2013, e no Facebook também — o que me faz crer que no quesito "criar laços de verdade" o Facebook era excepcional e não deveria jamais perder esse lugar.

C. me viu num programa chamado Conta Corrente na GloboNews e foi me procurar na internet. Me achou no Facebook e me adicionou. Na época ainda não havia a opção de seguir somente, e eu acabava aceitando quem eu não conhecia pessoalmente, porque estava presente em diversas mídias e queria poder responder a quem viesse falar comigo. Assim, aceitei o C. sem prestar atenção e só reparei quem ele era numa postagem que fiz e que ele desandou a comentar pra me provocar. Parecia algo muito audacioso pra uma mulher dar sua opinião sobre política, economia e afins. Eu só me lembro que ele me chateou e vim a saber depois que ele só teve coragem de me chatear, porque havia bebido. De um jeito torto e antipático, ele se aproximou de mim, e começamos a conversar.

Em pouco tempo eu estaria indo passar uns dias em São Paulo, e ele, que morava por lá, deu um jeito de me encontrar. Me espreitou na portaria do prédio de um amigo, onde estava hospedada, e nem me deixou falar muito.

Foi um abraço apertado e um beijo de saudade do que nem havíamos vivido. Tal como viveu Neymar. Depois saí com meu amigo pra jantar e ele se foi.

Nós nos vimos novamente meses depois, quando ele esteve no Rio de Janeiro para o tão sonhado Rock in Rio. Eu não fui, mas o convidei para ficar hospedado na minha casa. Já éramos grandes amigos.

Lembro que o levei para conhecer a Pedra do Arpoador e que foi uma manhã marcante. Ele curtiu o Rock in Rio, e eu levei a minha vida normal. No dia que ele se foi, fui me despedir no quarto onde ele dormia, e tivemos uma doce despedida. Dias depois, eu receberia uma caixa de vinhos em agradecimento aos poucos dias de hospedagem em minha casa.

Havia um laço e era de afeto. E a fagulha que se acendeu pra ele, foi online.

Eu achava tudo novo — um divertido *game*.

Os anos se passaram, e nunca deixamos de nos falar. Ele noivou, foi fazer doutorado nos EUA, e eu sempre sabia de tudo. Depois entrei num relacionamento sério, e ele também acompanhou tudo. O carinho e o cuidado nos mantinham próximos. Não há uma semana em que pelo menos uma vez ele não passe no WhatsApp e pergunte como estou, se estou me alimentando bem e me cuidando. É quase impressionante, já que não tínhamos qualquer perspectiva de nos encontrar.

Veio a pandemia, tempo em que nos falamos bastante. Ele sempre levantando a minha autoestima a uma altura que talvez eu nunca tenha experimentado. Nem sempre eu correspondia. Mas ele não desistia.

Antes de escrever esse conto biográfico, resolvi perguntar o que eu sou pra ele hoje, já que há nove anos só nos falamos virtualmente.

"Você é minha musa loira agridoce. Fui alfabetizado na *vibe* da Coleção Vaga-lume, era fã daquele tipo de literatura que mandava você ir na página tal quando chegava em outra e depois voltar pra uma outra lá atrás.

Sinto minha vida assim, e você tá nela. E, se você sorri com os olhos ao se lembrar ou falar de mim, já valeu a audácia de te paquerar.

No dia em que sai da sua casa eu disse a você que tentássemos manter a energia que sempre tivemos dentro de nós porque, quando precisássemos, isso iria nos unir. Sempre."

Eu acho que eu sou só uma idealização dele que ele mantém no ambiente virtual. Ele diz que não. Que eu sou real e que ele espera a hora de nos reencontrarmos.

"Se depender de mim, sigo assim. Minhas experiências me levaram a um momento de achar muita coisa sem graça. Ando desencantando. Mas você me faz salivar até hoje. Do meu jeito, amo você."

Não sei vocês, mas não acho isso trivial, corriqueiro.

Acho impressionante mantermos uma relação sem vivência física, sem toque, sem dia a dia, mas com tanto bem-querer. Nem sei se mereço. Mas sei que a internet pode, sim, proporcionar coisas inimagináveis sem intenção explícita, sem aplicativo de paquera ou sedução com nudes. O afeto construído na internet pode transcender e ir além de tudo isso.

Não sei se reencontrarei C., espero que sim. Mas, caso isso não aconteça, sei que manteremos esse mesmo carinho até o fim.

A última história é, para mim, a mais fantástica de todas. Conheci H. em 2016, na fervura das Olimpíadas no Rio de Janeiro. Ele não é brasileiro e nem fala português. Nós nos conhecemos num e-mail sobre trabalho. Um e-mail bem formal, diga-se de passagem.

Pra minha surpresa, ele me convidou pra falar pelo WhatsApp, e eu sem nem pestanejar aceitei, imaginando que trataríamos de projetos incríveis juntos.

Não, não era isso. Ele queria me conhecer e, com muita formalidade, me convidou pra almoçar — ele estava no Rio de Janeiro.

Eu fui.

Achei tudo muito desajeitado. Por mais fluente que sejamos em outra língua, não é a nossa língua materna e isso sempre tira parte do conforto, pelo menos pra mim.

Acabamos o almoço, e cada um foi pro seu lado. Me despedi, como boa carioca, com dois beijinhos (mais uma coisa atrapalhada para a ocasião) e acho que o impactei — até hoje, só não tenho certeza se positivamente.

Continuamos nos falando pelo WhatsApp.

Viajei, e, por total coincidência, ele estava perto de mim. Tomamos um café da manhã juntos. Era tudo tão diferente. Ele não me tocou. Ele sorria e me olhava. E ria timidamente.

Encontros poucos e platônicos.

Dias depois eu estava em outra cidade e... lá estava ele por alguma razão profissional, segundo ele. Assim sendo, ele passou no meu hotel e me convidou para jantar. Agora conversamos mais — de costumes brasileiros a política internacional. Me despedi e voltei pro hotel. Dessa vez senti que ele me olhava com certo encantamento, puxava assuntos falados no WhatsApp e deixava uns *gaps* de silêncio desconcertantes para mim. Acreditei naquele momento que ele queria somente me olhar e me ouvir. E eu, tão cheia de atitudes sempre, não sabia muito o que deveria fazer com isso. Na dúvida, recuei e fui embora. Obviamente ele não podia estar mais próximo de mim do que o limite que ele mesmo impôs, e de certa maneira eu apreciei sua atitude.

Passaram-se alguns anos, e nós nunca perdemos o contato. Eu o acompanhava em suas viagens e ouvia suas histórias. Nos tornamos amigos.

Quando eu achava que não íamos mais nos falar, aparecia ele: "*Awake*?". Batíamos papo.

Ainda nos encontramos mais uma vez, antes da pandemia, em outra viagem que fiz, pra outro lugar. Dessa vez ele foi mais explícito e abriu um sorrisão quando me viu. Jantamos mais uma vez.

Ainda nos falamos, acompanhamos a vacinação um do outro, falamos de nossos países e do resto do mundo. Por mais que haja encontros rápidos e tímidos no mundo presencial, é no mundo online que fortalecemos o vínculo curioso que criamos. Um vínculo que rompe barreiras da língua, dos oceanos, das vidas de cada um e, sobretudo, das diferenças culturais.

Mais uma vez a internet possibilitando vivermos situações únicas e inesquecíveis.

E o melhor de tudo: não sabemos bem onde vai dar tudo isso.

Mas de uma coisa eu sei: o que quer que aconteça em qualquer das histórias, não será ruim, já que o início de tudo foi construído com tudo de mais afetivo e carinhoso que pode haver nesse mundo.

Virtualmente.

Por incrível que pareça.

Para pensar

Não ficção

0

Memórias de usuários exaustos no regime da Internet

Era com alegria, curiosidade e motivação que a esmagadora maioria de nós humanos descobria e se deliciava com a internet, especialmente quando chegaram as redes sociais. Entramos no tempo da velocidade máxima. Tempo de aprender e saber mais. Cada vez mais. Ô saudade dessa sensação de empoderamento!

Éramos felizes, excitados e apaixonados pelo que as tecnologias poderiam nos oferecer — cada vez mais coisas podiam ser feitas mais rapidamente e, com sorte, ao mesmo tempo. Éramos heróis de nosso próprio cotidiano. Superávamos nossas barreiras físicas e mentais. Aguentávamos horas clicando, fazendo *scrolling* e nos curvando diante de nossos aparelhos diversos.

Nascia uma nova versão de nós mesmos: os super-humanos multitarefas.

Conseguíamos fazer quase tudo com o celular na mão. Eu me lembro bem de que muitos levavam o celular até mesmo pro banheiro, na hora de seu cocô matinal. O ganho de tempo que tínhamos era impressionante!

Outros se acompanhavam pelo celular na insônia ou no transporte público. Não havia mais tempo ocioso. Qualquer minuto era aproveitado. E a cada minuto aprendíamos mais. Éramos hiperinformados.

Começamos a saber mais do que qualquer outra geração. Sabíamos de assuntos nunca antes discutidos ou lidos por nós.

Vivíamos cada rede social como se fosse a única. Começamos a usar nosso tempo para vender uma vida melhor do que a real naquele ambiente virtual. Fomos mais bonitos, mais em forma, mais sorridentes. Acreditávamos na nossa versão das redes, tivemos mais amigos e saídas para mostrar. Divulgamos nossas viagens e a decoração de nossa casa. Mostramos nosso corpo em fotos e vídeos. Mostramos nossos lindos bichos. Flertamos, namoramos, nos casamos, separamos e traímos na internet. Compramos mais do que devíamos, mas também aprendemos muito mais do que nos bancos da escola. Nascia e se oficializava o autodidatismo nas redes aliado ao aprendizado contínuo. Uma conquista e tanto para nós, humanos!

Construímos nossa imagem como queríamos.

Que saudade de quem eu fui nos posts do Instagram ou das frases criativas que postei no Twitter. Queria eu ter um museu interativo de mim mesma para lhes mostrar quem eu realmente fui. Só na internet eu era a minha versão verdadeira — a minha versão idealizada e realizada.

Eu me lembro da glória de nossa solidão sempre acompanhada da internet. Arrisco dizer que nem era solidão aquilo que sentíamos sozinhos com o nosso celular.

O celular era uma mistura de anjo da guarda, salvador da pátria e amigo de todas as horas. Perder celular era se sentir amputado, incompleto, semimorto. Juro.

Fomos até onde aguentamos.

Com o tempo, sem nos darmos conta, estávamos exauridos, cansados e com alterações psíquicas relevantes, além de distorções na nossa autoimagem e na nossa autoestima. Nem percebemos o quanto nos intoxicamos lentamente com a felicidade montada dos que nos cercavam no Instagram ou com a toxidade do excesso de sucesso no LinkedIn. Viciamo-nos no Twitter, enquanto achávamos que só nos informávamos e nos divertíamos. Você não imagina como nos neurotizaram os vídeos que aos poucos nos puseram no scrolling rotineiro do celular. Éramos mais que cansados, éramos mentalmente esgotados. Não víamos que precisaríamos sair daquele mundo magnético que nos puxava para dentro para voltar a pensar, criar de maneira livre, como um pássaro sobrevoando o mar aberto num horizonte livre.

Não tínhamos horizontes livres. Estávamos presos na ratoeira dos algoritmos. Nem sequer víamos a paisagem passar por nós: estávamos de cabeça baixa olhando para dentro da internet.

E foi chegando um ponto em que isso tudo nos levou à perda da visão de alcance. Tornamo-nos míopes. Quase cegos. Não vimos isso tudo chegar. Ficamos doentes. O ápice de nossa patologia foi durante uma pandemia — um vírus (letal para muitos) fez com que ficássemos trancafiados bastante tempo, esperando uma vacina que ajudou bastante, mas não resolveu como esperávamos. Com isso, tivemos mais medo e jogamos a vida de carne e osso pra dentro das telas.

Éramos dormentes e felizes, como se tivessem nos roubado a capacidade crítica. Uma lobotomização virtual e, inicialmente, voluntária.

A internet que tanto nos empoderou e mudou nossos paradigmas começou a nos enfraquecer e nos esgotar. Ficamos cansados com as demandas impostas pelo regime da internet.

Não era incomum vermos humanos dormindo fora de casa, às vezes na rua, caídos com o celular na mão. Achávamos tudo normal.

Não percebemos a doença chegando e tomando conta de nossos corpos.

Não percebemos a saúde mental descendo ralo abaixo.

Não percebemos os dedos ficando tortos de segurar o celular, nem as hérnias cervicais causadas por uma postura curva de total reverência às máquinas.

Ficamos todos exaustos sem saber o porquê. Tomamos vitaminas, suplementos, antidepressivos, tentamos nos dedicar a diferentes atividades físicas e alimentação cuidadosa — era a luta pela saúde que tentávamos obter por um lado, mas perdíamos por outro.

Um dia, um grupo seleto de humanos diferenciados por diferentes razões e com um olhar sensível e aguçado resolveu avisar a todos num megafone que as redes sociais iriam nos intoxicar e que deveríamos fugir enquanto era tempo. Sim, usaram um analógico megafone, pois, se avisassem dentro do regime da internet, certamente seriam barrados.

Poucos os ouviram.

Eu não os ouvi. Eu estava cega e surda.

Como as redes, e o Google, e todas as outras maravilhas do regime nos intoxicariam se elas nos ajudam tanto? Ninguém entendia.

A ajuda era um lobo em pele de cordeiro porque não estipulava limites pro corpo humano.

Ajuda que permitia nos cobrarmos por performances afetivas, pessoais e profissionais quase impossíveis de serem alcançadas.

Ajuda essa que nos deixou nos sentindo muitas vezes um grande bolo de merda, incapazes de agregar amigos e familiares, e de construir algo para a posteridade.

Ajuda que podou, patrulhou e amedrontou muitos.

Mas nos fez felizes e crentes de nossas vidas. Trouxe fé em tempos melhores para nós mesmos. Fez rir e distraiu os enfermos.

Ficamos exauridos. Muitos conseguiram escapar das armadilhas e regular seu uso da internet, driblando algoritmos e controles externos. Outros infelizmente cederam a tudo, matando uma importante parte de si. Mas viveram, mesmo amputados virtualmente. E agora muitos lutam em busca de um tratamento para a regeneração da parte morta.

Eu sofri estragos, mas consegui fugir a tempo.

Hoje moro numa casa no campo onde eu vivo no tamanho da paz, com a certeza dos limites do meu corpo, da minha mente e nada mais.

Eu, meu Kindle e alguns bate-papos de hora marcada, tempo contado em metaverso pra estimular meu cérebro, recuperando as perdas cognitivas e emocionais daquele saudoso e doído tempo vivendo imersa no regime da internet.

Planto amigos, *playlists* e pastas na nuvem com escritos de uma memória que eu não quero jamais esquecer — o tempo dormente e feliz-por-um-tempo das redes sociais.

1

Cibercondria ou... Tenho certeza de que tenho essa doença!

"Chegou minha tomografia. Abro ou não abro? Abri. O que isso quer dizer? Meu Deus, aqui no Google diz que calcificação pode ser câncer!"

"Meus pés estão dormentes. Isso é neuropatia periférica. Gente, conferi num *site*, é autoimune. Tô achando que tô com esclerose múltipla ou lúpus. Ou será ELA?"

"Essa enxaqueca arrasa comigo, vi um *influencer* falar que canabidiol cura enxaqueca. Vou experimentar. Ver quem vende. Será que precisa de receita? Quem vai me dar a receita?"

"Eu sei lá se vou tomar essa vacina. Li um tuíte de um jornalista dizendo que ela causa AVC. Foi feita MUITO rápido!"

"Menopausa com reposição ou sem? Cada profissional (ou não) que vejo no Instagram dá uma opinião diferente. Tô querendo usar testosterona também, mas ouvi um médico num *podcast* falando que é muito perigoso pra mulher. Não param de aparecer para mim vídeos sobre reposição hormonal. E eu não sei o que faço. Já ouvi três médicos."

"Minha mãe tá com tremor, li vários sintomas de Parkinson na internet. Acho que ela não tem Parkinson, não."

"Gente, eu sei que não é uma questão óssea. Não li em *blog* de fabricante de remédio, não. Li artigos científicos. É problema no tendão!"

"Tenho muita dor de cabeça, devo ter um tumor no cérebro. Já li sobre isso."

"É *burnout*. Certeza. Vi os sintomas no celular. Mas e se não for só isso? Por que meu médico não pediu mais exames? Pra diagnosticar com *burnout* e depressão, tem que eliminar as questões físicas. Tô insegura com esse médico."

"Tô querendo fazer um *check-up* neurológico. Vi num site superconfiável que os aneurismas são silenciosos. Quem procura acha e cura."

"Achei umas ervas no Instagram que reduzem o colesterol. Tô parando as estatinas, que fazem muito mal. Claro que, se você falar com seu médico, ele vai dizer que só estatina funciona pra baixar o LDL, mas eu vi depoimentos incríveis de gente que baixou o colesterol com ervas e suplementos naturais."

"Essa pinta tá esquisita. Acho que tem bordas irregulares. Pela foto do *site*, é melanoma. Preciso correr pra tirar."

"Acordei com um post do UOL falando de nova pesquisa que descobriu que limpar o nariz com o dedo aumenta o risco de Alzheimer. Gente, eu tiro muita meleca! Por outro lado, anti-inflamatório pode retardar a progressão do Alzheimer, mas é perigoso pro fígado, pros rins e pro coração. Eu não quero ter Alzheimer! Socorro!!"

Quem nunca?

Vivemos um abissal paradoxo: podemos nos informar e aprender tanto quanto um médico sobre determinado assunto se nos dedicarmos estudando não só em *blogs* comerciais, mas também (e principalmente) em artigos científicos.

Sim, podemos.

Não adianta negarem, fazerem pirraça, baterem o pé e protestarem contra os pacientes bem-informados da internet. Eles existem, entendem do assunto muitas vezes, e o melhor é juntá-los a nós se não podem com a gente.

Somos uma espécie de *final year medical student,* ou seja, quase médicos, quase formados, quase sábios como os médicos. Somos paramédicos de nós mesmos e socorristas das almas ansiosas para saber de que sofre o corpo.

É aqui que voltamos ao paradoxo: ler MUITO sobre efeitos colaterais, novos medicamentos, diagnósticos, pesquisas e histórias escabrosas da medicina podem nos tornar mais informados e sabidos, mas aumentam exponencialmente nossa ansiedade, nossos medos e, por que não?, nossa loucura.

Ser hipocondríaco analógico já não é fácil. A hipocondria é considerada uma doença mental que se manifesta através da preocupação excessiva com nossa saúde, sempre achando que temos algo grave ou diferente do diagnosticado. Hipocondria traz sofrimento, porque geralmente teimamos em antecipar sofrimentos que podem, talvez, nunca acontecer.

É bom sermos alertas e não demorarmos a ir atrás de sinais suspeitos em nosso organismo. Afinal, prevenção é realmente o melhor remédio.

Mas o que ganhamos sofrendo por antecipação? Chegamos a um lugar melhor do que os que não se preocupam? Adoecemos menos?

Não.

Mas vai convencer sua mente de que é inútil ser assim. Ela não ouve. Não quer saber. O medo de ficar doente é surdo, cego, irracional e teimosíssimo.

Hipocondria dói, machuca, maltrata a gente. Nós nos maltratamos.

A cibercondria ou hipocondria digital, que consiste na busca incessante por diagnósticos na internet a partir de qualquer tipo de sintoma, teoricamente pode nos ajudar, pois esclarece medos infundados e coloca o sintoma ou a angústia de um futuro quadro de saúde nos parâmetros reais de possibilidades, mas na maior parte dos casos ela cria diagnósticos sombrios, agrava o medo e a possível doença, e nos faz (ainda mais) doentes.

Um fato desolador: o hipocondríaco digital tira conclusões a partir de pesquisas online rápidas. Nem sempre ele faz uma pesquisa séria, aprofundada e fundamentada. Ele lê aqueles itens de sintomas no site e se autodiagnostica.

E sofre.

E tem medo.

O medo faz gastrite, faz pânico, faz síndrome do cólon irritável, faz insônia e desânimo. O diagnóstico precipitado, incompleto e quase imaginário nos mata um pouquinho.

O mais curioso é que muitos dos quase médicos informados e do bem acreditam ter uma doença, pesquisam incessantemente na internet dados que comprovem a sua teoria sem acreditar no médico que a descartou, desvalorizando sua opinião e escolhendo aquela que constroem na internet.

Estima-se que mais de 100 milhões de pessoas no mundo são cibercondríacas. No Reino Unido os hipocondríacos digitais já passaram de 50% da população.

Nós hipocondríacos (sim, me incluo nisso) estamos sofrendo de um transtorno e uma adicção também. A cibercondria vem sendo considerada um problema de saúde pública que pode afetar fortemente os cuidados com a saúde.

Devemos pensar em desenvolver programas de prevenção e condução desse problema.

Mas, como cibercondríaca que sou, preciso sair em defesa de minha adicção. As pesquisas na internet me tornaram mais conhecedora da medicina e do corpo humano, além de muitas vezes terem aliviado a minha ansiedade, no momento em que me informei melhor sobre um tópico específico. Mais que isso, acredito que, com as buscas sobre condições médicas na internet, além dos inúmeros profissionais com seus perfis e canais falando de saúde (que aparecem pra mim sem eu pedir), eu me cuido mais, sei o que é mais saudável e evito hábitos *junkies*.

O ideal é nos informarmos menos. Procurarmos menos por sintomas e tratamentos. Há quem defenda que essas informações disponíveis na internet sejam controladas para conter a obsessão por buscar informações médicas. Não acredito que isso fosse funcionar.

A cibercondria é, em minha humilde opinião, a ponta do *iceberg*. Somos hipocondríacos muito porque passamos as quatro estações do ano fazendo *check-up*, controlando taxas, nódulos, hormônios, endometriose. Vivemos em clínicas e hospitais fazendo exames. Sei que faz parte da evolução da medicina e que prevenir é o melhor remédio, mas haja calma pra tanta saúde.

Os loucos como eu se afetam com tanta prevenção. O hipocondríaco acha impossível, depois de tanto exame, não se achar nada relevante.

Encerro com um louco hipocondríaco incorrigível e admirável:

"O que diferencia minha histeria é que, ao aparecer o sintoma mais leve, digamos, lábios rachados, chego imediatamente à conclusão de que os lábios rachados indicam um tumor cerebral. Ou talvez câncer de pulmão. Uma vez, cheguei a pensar que fosse a vaca louca.

A questão é que tenho sempre certeza de que adoeci com algo que ameaça a vida. Pouco importa que poucas pessoas sejam encontradas mortas com lábios rachados. Cada pequena dor me leva a um consultório médico, precisando de garantias de que minha última alergia não exigirá um transplante de coração, ou de que diagnostiquei mal minha urticária e não é possível que um ser humano contraia a praga do olmo.

Hipocondríaco? Não. Sou um alarmista."

Woody Allen

2

A inteligência artificial e o futuro da Educação

A inteligência artificial vem, aos poucos, moldando o futuro da humanidade em todos os setores, desde a criação do metaverso e dos carros autônomos até a popularização de assistentes inteligentes, como Alexa ou Siri, e de *bots* diversos para nos atender.

Mas o que é inteligência artificial (IA)?

A inteligência artificial é um ramo da ciência da computação que se preocupa em construir máquinas inteligentes capazes de realizar tarefas que normalmente requerem inteligência humana — máquinas com inteligência artificial são capazes de imitar capacidades mentais. O desenvolvimento de sistemas inteligentes é possível pesquisando-se padrões do cérebro humano.

Parece um filme futurista de sci-fi, né? Mas já é realidade palpável.

Entre as diversas áreas onde a IA vai entrar e modificar a sua realidade, está a Educação.

E eu fico pensando: como? Será que vai modificar para melhor?

Bem, é inegável que a IA pode preencher lacunas de professores humanos e de materiais didáticos feitos por humanos — ela pode melhorar e corrigir possíveis erros ou defeitos. É inegável que a IA pode e vai tornar o ensino mais universal, rompendo as barreiras das diferentes línguas e das deficiências visuais e auditivas. A IA poderá criar oportunidades para crianças que necessitam de instrução num nível diferente ou numa disciplina que não é oferecida na sua escola atual, além de lhes oferecer a chance de interagir com mentes diferentes de todas as partes do mundo. O mundo que a IA pode descortinar para crianças dos mais diferentes cantos e classes sociais é mágico, sem dúvida.

É importante ressaltar que esse mundo em quase nada se assemelha à escola que conhecemos hoje, a qual, por sinal, tem muito o que fazer para se tornar mais aprazível e aconchegante a um sem-fim de alunos. A IA pode se tornar uma escola a domicílio, esvaziando parte do propósito do espaço compartilhado de aulas e atividades.

As crianças de daqui a pouco interagirão com robôs, ouvirão instruções e realizarão tarefas específicas usando gestos manuais, num processo de preparação para um tempo em que humanos e robôs coexistirão.

O que para mim é mais fascinante é saber que a IA criará tarefas personalizadas ou até mesmo perguntas específicas para cada aluno, personalizando o ensino e individualizando a aprendizagem. Há uma beleza nesse avanço, já que sabemos que cada um aprende de uma memória e em seu próprio ritmo. Friso que estamos falando em aprendizagem no sentido estrito, sem englobar as habilidades sociais que se desenvolvem em ambientes de coletividade, como a escola tradicional.

Como uma apaixonada por educação que sou, tendo a me empolgar muito com tais inovações. Mas não deixo de ter aquela sensação esquisita de que tudo isso pode dar certo só na nossa cabeça e ser uma baita utopia que talvez funcione para alguns poucos.

Pensar que podemos alcançar abordagens modernas de educação com os ambientes de aprendizagem inteligentes e baseados em jogos é empolgante. E é sensacional aprender por meio de jogos, assuntos interessantes e divertidos que seriam rejeitados pelos alunos se o formato fosse antigo, pouco dinâmico e passivo.

Imaginar que o método de aprendizagem imersivo e individualizado pode dar ao aluno maior motivação e controle sobre seus próprios processos de aprendizagem proporcionando experiências práticas que podem ser usadas todos os dias fora da escola é avassaladoramente bom.

Inserir os alunos em cenários imersivos nunca antes vistos, através da realidade virtual, é algo que não se pode desprezar. Como exemplo, aulas de biologia onde os alunos poderão operar o corpo de um animal sem correr o risco de machucá-lo, pois trata-se de uma réplica virtual daquele animal estudado.

Falando dos adolescentes em seus últimos dias de escola, já imaginaram que eles poderão visitar e ter acesso às melhores faculdades do mundo sem saírem de suas cidades?

Ainda há um aspecto bastante positivo na inserção da IA na educação: professores são poupados de algumas tarefas corriqueiras e repetitivas que serão feitas pela IA. Sendo assim, eles terão mais tempo para ajudar a desenvolver as habilidades de seus alunos, seu pensamento crítico e raciocínio lógico. O professor com mais tempo pode entender melhor as preferências de aprendizagens de seus alunos enquanto os mesmos podem ter *feedbacks* práticos da IA. Tudo parece funcionar como numa orquestra: em total sintonia.

Até aqui eu falei do mundo encantado de Alice.

Em 2035, aproximadamente, a IA poderá ter contribuído com quase 16 trilhões de dólares na economia global. Haja Alice para tanto sonho e tantos dígitos. E haja humanidades para tanta IA.

Mesmo em sonho, tudo se encaixa, aparentemente.

Até que começamos a simular vida real com os alunos, professores e escolas de hoje. Mais que isso, paramos de pensar em teoria e começamos a pensar a prática brasileira.

Quando as crianças e os adolescentes desse país poderão ter acesso a tudo isso? Comecemos a pousar na Terra com nossos pés no chão. Estamos falando de IA e futuro para o pequeno Brasil das crianças que têm acesso a tudo ou para o grande Brasil que muitas vezes nem a rede de esgoto faz jus?

Voltemos à fantasia de um mundo só e, principalmente, de um Brasil só.

Existe um claro antagonismo em diferentes aspectos de nossas vidas hoje: a IA *versus* a inteligência humana.

A atividade intelectual da IA inclui estudo, análise, lógica e observação. Tarefas, incluindo robótica, mecanismos de controle, visão computacional, agendamento e mineração de dados, estão sob a égide da inteligência artificial.

E a inteligência humana? As origens da inteligência e da conduta humanas remontam à combinação única de genética, educação e exposição do indivíduo a diversas situações e ambientes. E por inteiro depende da liberdade de moldar o seu ambiente através da aplicação de informações recentemente adquiridas.

"Raciocínio, aprendizado, memória, motivação, capacidade de se adaptar e de resolver problemas são partes distintas da inteligência, mas que trabalham harmoniosamente para a obtenção dos resultados", disse Nancy Segal, da Universidade de Minnesota.

Nesse momento, embora o objetivo da inteligência artificial seja construir e criar sistemas inteligentes, que sejam capazes de realizar trabalhos análogos aos realizados por humanos, é importante questionar se a IA é adequada por si só, especialmente quando falamos em ética. A maneira como a usaremos fará toda a diferença, inclusive na formação de caráter e de valores das nossas crianças.

A IA não é uma inimiga do professor nem da aprendizagem, e sim uma aliada no processo educacional, mas não é por isso que pode ser considerada uma solução integral e única para os desafios da aprendizagem.

Um exemplo clássico da IA participando dos novos desafios da educação é o da IA generativa ou, popularmente, o ChatGPT. Em tradução livre, ele é um transformador pré-treinado e generativo. Ele cria frases e textos completos em tempo real em mais de 90 idiomas e pode ser definido como um modelo de linguagem que toma como base a inteligência artificial e utiliza redes neurais e *machine learning* com foco em diálogos virtuais.

A tecnologia funciona na forma de um *chatbot, software* que consegue manter uma conversa humana em linguagem natural usada em *sites* e aplicativos). Ou seja, serve para responder a perguntas e pedidos de diversos níveis feitos por seus usuários. Também consegue realizar atividades criativas, como formular códigos de programação, letras de música, poesias, receitas e séries de exercícios físicos, entre outros. Se você não experimentou ainda, vai se espantar com tantas possibilidades em tão pouco tempo e de forma aparentemente tão completa.

Por isso, se o professor declarar guerra a essa ferramenta poderosa, eficiente e *sexy*, ele entrará numa batalha perdida de antemão. Esses *bots* vieram para ficar, e não adianta reclamar ou tentar resistir. Eles estão nos avisando que está na hora de a escola mudar.

O ChatGPT deve ser um aliado do professor, e seu uso em sala o ajudará a focar em outras áreas em que a IA não pode ajudar.

O uso da ferramenta não deve ser proibido, e sim incorporado ao cotidiano escolar. Para isso, será necessário que os professores também se adequem e que mudem o planejamento e os objetivos das tarefas. A inteligência artificial é um caminho de disrupção — ignorá-la não é uma opção.

Houve resistência ao *smartphone* no passado, e não adiantou proibir totalmente o seu uso ou ignorá-lo. Ele pode não estar presente em sala, o que eu, particularmente, tendo a achar uma boa ideia, mas é extensão da mão dos alunos e sempre puderam e ainda poderão ajudar nas demandas escolares.

A sociedade precisa entender a função das tecnologias: elas não vão substituir todo mundo, e sim servirão de apoio, como uma ferramenta de trabalho.

O ChatGPT e a inteligência artificial podem ser utilizadas pelos educadores para o desenvolvimento de competências socioemocionais, como o pensamento crítico, e para a análise do resultado final de um texto produzido (se ele satisfaz, se é verdadeiro e coerente). É preciso investir na leitura crítica e no repertório cultural, histórico e humano dos alunos, para que eles tenham melhor percepção para fazer competente seleção e curadoria de temas e projetos. Cada vez mais a educação básica precisará investir no desenvolvimento do pensamento crítico, na resiliência e na habilidade para resolução de problemas complexos.

As tecnologias e a IA permitem o consumo, a criação e o compartilhamento de conteúdos. Alunos podem ser avaliados por seus *podcasts*, vídeos, textos, infográficos e *posters*.

Helen Crompton, professora universitária de uma universidade em Norfolk (Virgínia, EUA), acredita que os *chatbots* tornarão as escolas melhores.

"Aceite a cola." Na visão de Crompton, se o ChatGPT facilita a cola numa avaliação, professores devem jogar a avaliação fora, e não o *chatbot*.

Nós precisamos mudar a maneira como medimos o que está sendo ensinado. E não precisamos de hoje, não. Faz tempo que essa mudança urge!

O ChatGPT não está matando as avaliações que temos hoje. Elas já estavam provavelmente mortas e viviam como zumbis nas escolas.

Mas, sem esse entendimento por parte dos professores e um espírito aberto à inovação, não conseguiremos acordar do sonho de Alice para viver uma transformação real na Educação.

Fica fácil entender que a IA não conseguiria jamais substituir um humano completamente.

Em diversas áreas de produção industrial, a IA hoje digitaliza e automatiza processos anteriormente manuais. Da mesma maneira, a utilização e a interpretação de dados também podem ser feitas sem intervenção humana.

Embora a IA automatize tarefas que eram humanamente executadas, ela vem criando novas oportunidades e campos de trabalho, como a engenharia digital. Com essa troca e substituição de cargos e tarefas, a robótica, a IA e a automação industrial cuidam de tarefas antes desempenhadas por humanos, enquanto estes terão mais tempo para se concentrar em processos criativos, soluções inovadoras e outras atividades intelectuais e criativas.

Parece o plano perfeito, certo?

Escolas equipadas e *high-tech*, alunos melhor preparados e professores com novos e importantes papéis.

Mas ainda vem a sensação de estarmos no mundo de Alice!

E a pergunta que fica: será que o professor está preparado pra querer isso? Será que ele desejou isso, sendo literalmente expelido de sua zona de conforto?

Quando paro para pensar melhor na Educação paradisíaca e eficaz com a qual me empolgo ao refletir sobre o futuro dela com a IA, vejo que há pontas soltas, peças que ainda não se encaixam e realidades que ainda não permitem esse amanhã.

A IA tende a aumentar as capacidades humanas na medida em que os pouparão de atividades mais repetitivas, sendo, portanto, uma valiosa ferramenta na escola, em termos gerais. Mas, como qualquer ferramenta, ela deve ser manuseada por alguém.

Quem?

Aquela única persona capaz de envolver alunos, de encantá-los com o que contam a eles e como contam: o PROFESSOR.

Chegamos ao maior desafio de nosso tempo: o futuro da Educação está diretamente ligado ao futuro do professor, e não o contrário disso, como se imagina.

Estamos no ponto de partida dessa jornada rumo à modernidade na Educação: a "tecnologização" do professor. E eu não falo de um processo de capacitação técnica somente: falo de algo maior que envolva, motive e seduza o professor. Existem professores que nascem professores, são dedicados, empolgados por natureza e muito criativos. Mas isso não quer dizer que quem não "nasceu professor" não possa se tornar competente e respeitado pelos alunos.

O importante mesmo é que todos na escola aceitem o novo e que estejam abertos a esse investimento em sua formação e capacitação. É a gestão do conhecimento nas escolas acontecendo junto com a chegada de tanta novidade.

A educação já não tem a ver apenas com ensinar coisas aos alunos, mas sim com o fato de ajudá-los a criar uma bússola precisa e as melhores ferramentas para navegarem com confiança num mundo complexo, volátil e incerto.

O sucesso na educação hoje tem a ver com identidade, valores, estímulo à curiosidade e mobilização de recursos cognitivos, sociais e emocionais para contribuir ativamente com a sociedade.

E precisamos que essa crença e visão sejam também dos professores e gestores escolares.

Não é fácil viver num tempo em que os desafios no mundo vão além do impacto da inteligência artificial e passam pelas alterações climáticas e tecnologias inovadoras, pela migração em massa e pela tributação global. Estamos dando cambalhotas fora da escola e não se pode deixar a escola de fora disso. Somos um caldeirão em ebulição e não podemos nos fechar na geladeira "fingindo que não é com a gente".

Afinal, é a Educação que molda o mundo em que vivemos; é ela que desenvolve talentos, habilidades e valores nos quais a sociedade acredite, formando coesão social e cidadãos ativos, além de trabalhadores competentes.

É importante encontrar formas de sustentar a inovação na educação e reafirmar que o investimento nessa área é um investimento no futuro da prosperidade e no bem-estar da sociedade.

As tecnologias digitais convidam as pessoas a pensarem nas formas de melhor integrarem e colaborarem, dando relevância às partes mais "humanas". Isso tem consequências profundas no propósito da educação. O conhecimento sobre a educação está se transformando no recurso mais valioso para a própria existência da educação. Na verdade, o crescimento da ciência e da investigação também reforça a capacidade transformadora dos sistemas educativos.

A educação em todos os seus estágios deve evoluir para ensinar às crianças as competências de que necessitam para terem sucesso num mundo em mudança. Muitos dos empregos nos quais os alunos de hoje trabalharão ainda nem existem. O LinkedIn prevê 150 milhões de novos empregos em tecnologia nos próximos cinco anos, e quase todas as funções que aparecem no relatório "Jobs on the Rise" do LinkedIn para 2022 já podem ser desempenhadas remotamente. Então, que tipos de habilidades serão essenciais para o sucesso? No seu documento "Escolas do Futuro", o Fórum Econômico Mundial delineou características fundamentais, que definirão a aprendizagem de alta qualidade no futuro.

Quais são as principais habilidades previstas?

1) Habilidades de cidadania global (incluindo consciência mais ampla sobre o mundo e sobre sustentabilidade).

2) Habilidades de inovação e criatividade (incluindo resolução de problemas e pensamento analítico).

3) Habilidades tecnológicas (incluindo ciência de dados e programação, que acredito que deveriam ser oferecidas como opção de linguagem-padrão).

4) Habilidades interpessoais (incluindo inteligência emocional, empatia, cooperação e consciência social).

As famosas *soft skills* estão presentes como habilidades do futuro. O que isso nos diz?

À medida que as máquinas forem capazes de automatizar cada vez mais tarefas no local de trabalho, as nossas competências humanas, sociais e emocionais se tornarão moeda forte nos locais de trabalho do futuro.

Eis o futuro da IA na Educação: preparar e colaborar com o professor, ensinar mais e melhor ao aluno, despertar pensamento crítico e criatividade no ambiente escolar, e ser ferramenta para trocas, cooperação e produção de conhecimento nas escolas.

E, claro, não há futuro sem ética. Não há ética que não inclua o papel fundamental do professor para mediar a relação de afeto entre o aluno e o que ele aprende.

3

As velhas novas microtraições

Para o que vem escrito abaixo fazer sentido, é preciso saber se você...

Tem ciúme da relação que o seu parceiro ou parceira tem com seus próprios celulares.

Acompanha de perto o que seu amado ou amada faz nas redes sociais.

Considera-se traído por conversas, risos e confidências, mesmo que não exista nada sexual concretamente.

Se para você os sentimentos acima existem e fazem sentido, você vai entender bem sobre o que escrevo nas próximas linhas.

É sobre microtraições — um dos muitos termos encontrados no dicionário do amor moderno, ou amor 4.0.

Há os que chamem de microtrapaças. Como acho esse termo muito forte, ficarei com microtraições mesmo.

Mas o que são elas exatamente?

Elas se referem a comportamentos que contêm envolvimento

romântico, atração física à distância ou algum tipo de emoção ligada a eles, mesmo que sem nenhuma intimidade ou contato de carne e osso.

As microtraições são fáceis de identificar: sabe quando você sente um incômodo com algumas atitudes triviais de seus parceiros, ao fuxicar as redes deles para ver o que estão fazendo? Eles fazem pequenas coisas, muitas vezes sutis, mas o suficiente para incomodar aquele cantinho do pensamento pelo resto do dia e até mesmo chacoalhar a confiança no outro ou na outra.

Os microtraidores são considerados emocional ou romanticamente infiéis, mesmo sem consumar nenhum ato sexual, nem sequer um beijo na boca ou uma carícia banal.

São muitos os exemplos do que se entende hoje como microtraição, e eu deixo aqui com cada leitor a tarefa de concordar com eles ou discordar. Há exemplos de microtraição que eu, sinceramente, tenho dúvidas se não são só o direito de uma pessoa exercer a sua individualidade e de ter privacidade em alguns momentos da vida.

1) Mandar mensagens privadas por redes sociais e não deixar que seu parceiro veja. As mensagens podem não ter nada de muito comprometedor, mas, se você não quer que seu parceiro ou parceira veja, é microtraição, sim.

2) Desenvolver uma conexão emocional mais profunda com alguém que não seja seu parceiro ou parceira, se abrindo, contando problemas íntimos e pessoais e buscando apoio é microtraição para o senso comum.

3) Dar curtidas e comentários frequentes num mesmo perfil insistentemente. É uma interação excessiva que sugere um interesse que vai além da simples amizade.

4) Ter amizades em segredo, sem contar para o seu parceiro ou parceira. Minitraição!

5) Flertar é a mais simbólica microtraição. Conversinha em privado nas redes ou no WhatsApp, com risos, piadinhas e brincadeiras animadas. Bingo!

6) Reclamar dos parceiros com outras pessoas é considerado microtraição.

7) Fantasiar ou sonhar acordado com alguém que não é seu parceiro: microtraição, acreditem.

8) Manter contato próximo com ex-namorados ou namoradas.

9) Mentir ou mesmo omitir sobre seu relacionamento nos meios online ou offline.

10) Começar a seguir e procurar ser amigo de pessoas que você ache atraentes.

11) Apagar diferentes mensagens em seu celular ou mesmo no seu computador.

12) "Stalkear " (perseguir, assediar online) pessoas atraentes.

Bem, esses exemplos predefinidos do que é microtraição na verdade não funcionam de forma igual para todos.

Há diferentes personalidades, opiniões e acordos que fazem parte de um relacionamento. O que uma pessoa considera microtraição pode não ser para outra pessoa. Confiança, comunicação e definição de limites claros numa relação são essenciais em qualquer relacionamento para navegar nessas áreas quase sempre cinzentas.

Para manter um relacionamento saudável, é importante exercer a liberdade e a confiança. A confiança aqui é a confiança no caráter, na lealdade e no princípio *master* de que o casal ficará junto porque se gosta, se ama e acha que vale a pena. Sabemos que na vida real e cotidiana as práticas de microtraição existem, são frequentes e geram muito ciúme e insegurança nos parceiros, sendo causa de divórcio e término de relacionamento.

Sei que ninguém aqui pediu minha opinião, mas, como eu sou sem noção às vezes, vou opinar mesmo assim.

Para mim, mandar mensagens privadas e não querer que seu parceiro veja tudo o que você escreve é um exercício de privacidade. Os parceiros que querem ver tudo no celular do outro querem, na verdade, controlar integralmente a vida do outro, o que também não é lá muito saudável.

Concordo que amizades profundas que podem tranquilamente virar romance incomodam, são perigosas e geram o pior dos ciúmes. Elas têm cumplicidade, e essa coisa de serem ombros amigos para contar problemas é a pior traição que tem. Mas não conseguimos controlar isso. Só temos duas opções, conviver com isso com maturidade e segurança ou optar por não conviver mais com isso. Querer que seu parceiro ou parceira corte essa relação não vai dar certo.

Há exemplos de microtraição que eu considero macrodeslealdade, isso sim. Criticar seu parceiro ou parceira com outro, especialmente se é com alguém por quem você tem *crush*, é uma absoluta falta de lealdade (eu acho!), bem como esconder que você é casado, noivo, namorado de alguém. É muito feio!

Flertar online, curtir *posts*, mandar emoji de foguinho na foto do *stories*, elogiar, seguir só porque a pessoa é atraente — tudo assanhamento virtual provocado pelo excesso de exposição visual a que fazemos jus nas redes.

Acredito que a microtraição seja um dos principais motivos para que os casais pensem tanto em relações mais abertas e "menos monogâmicas".

Se a microtraição não fere a monogamia do casal, não precisa então dar muita bola para ela. E, se fere, os casais devem buscar acordos, comunicação e flexibilização do que é traição, tornando aberta não a relação em si muitas vezes, mas o pensamento e o modo de olhar a vida a dois.

4

Inteligência artificial é inteligência mesmo?

Inteligência artificial: uma onda, um entusiasmo, uma ansiedade, um susto, um *hype*, um produto de *marketing*, uma mudança, uma evolução, sem dúvida.

Especialistas preveem a inteligência artificial como um fenômeno que ampliará a eficiência humana, mas também ameaçará autonomia e diferentes habilidades do homem. Eles consideram a possibilidade de os computadores se igualarem ou mesmo excederem a inteligência e as capacidades humanas em tarefas como tomada de decisões complexas, raciocínio e aprendizagem, análises sofisticadas e reconhecimento de padrões, acuidade visual, reconhecimento de fala e tradução de idiomas. Afirmaram que os sistemas "inteligentes" nas comunidades, nos veículos, nos edifícios e serviços públicos, nas explorações agrícolas e nos processos empresariais pouparão tempo, dinheiro e vidas, e oferecerão oportunidades para os indivíduos desfrutarem de um futuro mais personalizado.

O mais curioso: a maioria desses especialistas, dos menos aos mais otimistas, expressaram preocupações sobre o impacto em longo prazo que essas novas ferramentas terão nos elementos essenciais do ser humano. Muitos têm preocupações profundas, e outros tantos sugeriram caminhos para solucionar questões advindas dessa nova realidade.

Não há dúvidas de que a inteligência artificial já alcançou um excelente desempenho em muitas áreas e que ficará significativamente melhor até 2030. A questão é: serão a IA e outras novas tecnologias elementos de real mudança do mundo para melhor? Há os que acreditam que a IA é um poder capaz de tornar o mundo um lugar melhor, que é possível eliminar virtualmente, quase que por inteiro, a pobreza global (eu não paro de pensar como e quem gostaria de fazer isso mesmo!), que será possível reduzir as enfermidades de modo drástico e proporcionar uma melhor educação a quase todas as pessoas do planeta.

Bryan Johnson, fundador e CEO da Kernel, e um desenvolvedor de interfaces neurais avançadas, acredita que só através de mudança nos nossos sistemas econômicos poderemos ter um cenário futuro positivo. Segundo ele, é preciso priorizar a melhoria humana e reverter a tendência de considerar o ser humano gradativamente irrelevante face à IA. "Não me refiro apenas a empregos, e sim à verdadeira irrelevância existencial, que é o resultado final de não priorizar o bem-estar e a cognição humana."

E, já que começamos a tratar de vida real, deixando de lado o mundo de pureza e ingenuidade descrito por alguns especialistas (ou seria uma hipocrisia bem-maquiada?), lembremos que a inteligência artificial e o *machine learning* (ML, aprendizado da máquina) também podem ser usados para concentrar cada vez mais riqueza e poder, deixando para trás muitos excluídos, literalmente. A hora é de escolher caminhos e definir limites éticos e legais para o uso da IA e os avanços das pesquisas nessa área.

A tecnologia deveria corresponder aos nossos valores enquanto sociedade. Digo isso com aquele amargo no canto da boca de quem sabe que falo de utopia.

Mas, se insistimos em uma utopia palpável, ela pode um dia se tornar realidade. Precisamos apostar em mudanças na economia política e nos regimes de governança de dados para que a IA não crie maiores desigualdades econômicas, mais vigilância e interações pouco centradas no ser humano. Quando programamos ambientes, acabamos por programar nossas interações. Programamos a nós mesmos, nos tornando mais padronizados e vivendo interações sem ambiguidade e acaso.

E aí caímos na nossa própria armadilha: essa ambiguidade e complexidade são a essência do ser humano.

Há os que apostam que até 2030 a maioria das situações sociais será facilitada por *bots*: programas aparentemente inteligentes que interagem de forma semelhante à humana. Previsões não faltam: em casa, os pais contratarão *bots* qualificados para ajudar as crianças com os deveres de casa e participar das conversas no jantar. No trabalho, os *bots* realizarão reuniões. Um *bot* confidente será considerado essencial para o bem-estar psicológico, e recorreremos cada vez mais a esses companheiros para obter conselhos que vão desde o que vestir até com quem se casar. Nós seres humanos nos preocupamos profundamente (em nossa maioria — há sempre louváveis exceções) com a forma como os outros nos veem, e os outros cuja aprovação procuramos, serão cada vez mais artificiais.

Nesse momento, a diferença entre humanos e *bots* terá diminuído consideravelmente. Através da tela e da projeção, a voz, a aparência e os comportamentos dos *bots* serão indistinguíveis daqueles dos humanos, e mesmo os robôs físicos — embora obviamente não humanos —, serão tão convincentemente sinceros, que a nossa impressão deles como seres pensantes e sensíveis se manterá inabalável.

Segundo Judith Donath, autora do livro *The Social Machine, Designs for Living Online*, a nossa comunicação será fortemente aumentada:

os programas irão compor de forma assustadora muitas das nossas mensagens, e a nossa aparência online poderá ser determinada de forma computacional. A fala e o comportamento humanos brutos sem ajuda da IA parecerão desajeitados, lentos e pouco sofisticados. Os *bots*, que terão acesso a vastos tesouros de dados e saberão fazer a correta mineração de cada um de nós, ultrapassarão e muito os humanos na sua capacidade de atrair e persuadir seus pares. Capazes de imitar as emoções habilmente, eles nunca serão dominados pelos sentimentos: se deixarem escapar algo com raiva, será porque esse comportamento foi calculado para ser a maneira mais eficaz de promover quaisquer objetivos que eles tivessem "em mente".

Os companheiros artificialmente inteligentes cultivarão a impressão de que propósitos sociais semelhantes aos nossos os motivam — para serem admirados e apreciados, como um amigo querido, como um chefe respeitado ou até como um *crush*. Eles serão vendedores de bens e já são contratados por diferentes marcas para estimular o consumo, da mesma forma, políticos os contratarão para influenciar opiniões e votos.

A verdade inegável é que a IA será usada pelos humanos para todos os tipos de planos, inclusive e especialmente na busca por poder, que se traduzirá não só em posses materiais, mas também em controle do conhecimento.

Haverá abusos de poder que envolvem a IA, tal como haverá avanços na ciência e nos esforços humanitários que também envolvem a IA.

Infelizmente, haverá uma grande instabilidade, com cenários de alterações climáticas, e a IA sendo usada de forma prejudicial se pensarmos nas consequentes crises geopolíticas.

E a pergunta que não quer calar em mim é: qual o tamanho da tão proclamada inteligência artificial? Ela vai mesmo substituir a inteligência humana? Para onde nós humanos estamos caminhando? O que estamos fazendo de nós? A ganância emburrece? São muitas as dúvidas e angústias.

A verdadeira inteligência da inteligência artificial, vulgo IA, é a do humano que a criou. Se a IA é boa ou cruel, preconceituosa ou generosa, será um reflexo de seu criador.

Segundo o neurocientista Miguel Nicolelis, a IA é a tentativa de criar um futuro sem futuro, porque cria o futuro baseado no passado. Não há criação nova e original, pois o gigantesco banco de dados do que já passou vai ser compilado para criar livro, música e outras tantas expressões que podem ser incríveis, mas sem criatividade genuína. É um futuro que já teremos visto em algum lugar do passado.

Entre as minhas angústias, a principal é imaginar que nós humanos seremos tirados do "jogo" (a interpretação aqui é livre) e suplantados pela IA.

Não, isso não deve acontecer pelo simples fato de que inteligência artificial não é viva nem humana. Aliás, o termo inteligência artificial, utilizado nos anos 50 por um grupo de matemáticos e estatísticos que queria convencer o Pentágono a criar máquinas inteligentes, virou mais que tudo uma marca, um produto de *marketing* abraçado por todos, como num culto onde se acredita piamente que nós humanos seremos substituídos por IA.

A inteligência depende de um processamento analógico e não digital, e é própria de organismos vivos. Segundo Miguel Nicolelis, a explicação é simples: todos os cérebros de qualquer animal conseguem preencher tudo entre zero e um, e as máquinas não. Isso não é impressionante?

A IA é na verdade uma aplicação de métodos estatísticos (como as redes neurais artificiais) para fazer uma mineração de grandes bancos de dados e extrair correlações, projeções e estimativas de futuro, como se o futuro fosse reproduzir o passado. É pensar que o futuro pode ser estimado pelo passado. Será que é assim que funciona a vida?

A inteligência humana cria. Nenhum sistema digital cria, inova ou faz, por exemplo, uma poesia original. Ele imita, compila o que já foi produzido pela mente humana e gera relatórios estatísticos. Parece algo mágico, mas é busca, levantamento por número de aparições, é uma complexa mineração de dados.

Portanto, a IA não vai criar nada revolucionário.

Os textos do ChatGPT, por exemplo, são um grande plágio que mistura múltiplas ideias e textos que já existem e os compila. A arte da IA generativa está em extrair essa grande quantidade de dados de maneira complexa e organizada.

O ChatGPT é, para mim, a ponta do *iceberg* de uma mentalidade (que forma uma ideologia) cujo objetivo maior é a contínua substituição e desvalorização do trabalho humano.

A utopia do Big Tech é produzir lucros ilimitados com custo perto de zero.

O que importa agora é o embate que se vem travando sobre informação e conhecimento. A disputa maior é por eles.

O papel do ser humano no mundo está em xeque.

Segundo o professor Noam Chomsky, a IA não é inteligente e nem artificial. Inteligência é uma propriedade de organismos vivos, propriedade da matéria orgânica. Não se gera inteligência em laboratório, por meio de sistemas digitais. O nosso cérebro computa com massa neural — trata-se de um processo analógico.

Alan Turing, o verdadeiro pai da IA, descobriu que o processo de seleção natural que gera a inteligência não é computável. Trata-se de uma sequência de passos aleatórios, não sendo computável, por ser aleatório. Em 1950, Turing publicou um estudo que focava exclusivamente em inteligência artificial. Para ele, não era correto especular se as máquinas poderiam pensar, mas sim se elas poderiam se comportar como humanos. Para provar isso, ele criou um teste baseado em uma brincadeira comum em festas, chamada de "Jogo da Imitação", na qual uma pessoa finge ser a outra. Turing sugere então uma alternativa de perguntas envolvendo um computador e um homem. Quanto mais perguntas o computador respondesse sem que a outra pessoa desconfiasse se tratar de uma máquina, mais parecido com um humano ela seria. Desde então, esse teste ainda é usado para demonstrar a capacidade "humana" de máquinas e programas (chamada de inteligência artificial).

Fica claro que o desafio é o quanto a máquina consegue imitar o pensamento humano, e não propriamente pensar, pois isso é algo que requer outros elementos, não presentes na máquina.

Sejamos realistas: o cérebro humano não será jamais substituído por nenhuma máquina, mas pode ser profundamente influenciado pelos sistemas digitais em evolução. Portanto, o medo de ser substituído pela IA não é infundado, já que os seres humanos podem ficar submetidos às regras citadas pela IA. Afinal, quem dita e ditará as regras é quem programa os algoritmos da IA. No fundo, continuamos a viver uma disputa entre humanos num jogo de poder que pode, inclusive, atrapalhar as aplicações "do bem" e o uso benéfico da IA para oferecer uma vida melhor à sociedade, apresentando solução de sucessivos problemas com os quais convivemos.

Sob tais nuvens cinzentas que pairam sobre nosso futuro, há algo que me alivia quando penso nessa tão falada substituição da inteligência humana pela inteligência artificial: as *soft skills* não são computáveis.

O que são *soft skills*?

São as habilidades comportamentais e, portanto, aprendizados subjetivos e difíceis de serem analisados, como o pensamento crítico. As principais *soft skills* são: comunicação eficaz, liderança, resiliência, trabalho em equipe, criatividade, proatividade, empatia, ética e atitude positiva.

Saber que só nós humanos temos e teremos tais habilidades me deixa confortada. Por quê?

Porque as máquinas não são imparciais e não serão nunca. Ela terá as opiniões de quem as criou: preconceitos, estigmas, opiniões e prioridades um tanto humanas por trás dos algoritmos. Assim sendo, o sentimento que tenho ao pensar nos riscos da IA em mãos "suspeitas" é parecido com aquele que sentimos dentro do cinema, a cada aparição e ameaça do Coringa, do Duende Verde ou do Magneto. Se você acha que é drama meu, eu lhe digo: Oxalá você esteja certo! Nunca quis tanto estar exagerando ou mesmo delirando.

É possível que, numa visão romântica e cinematográfica, as *soft skills* salvem a humanidade. E não faz mal se nessa nova sociedade não tivermos mais campeões humanos de xadrez, por exemplo. Digo isso, porque entre outros exemplos o jogo de xadrez é algorítmico e, portanto, pode ser jogado pela IA com perfeição e rapidez maior que a humana. Assim, é provável que o mundo não tenha mais campeões humanos de xadrez.

A programação de uma máquina para ser jogadora de xadrez começou com Turing, mas não chegou até o fim. Depois disso, os programas foram se tornando mais avançados e, hoje, a IA, joga e vence grandes nomes no xadrez. Ainda assim, em 1996 Kasparov, campeão mundial de xadrez, venceu uma partida de xadrez contra o sistema inteligente Deep Blue da IBM, o que foi um grande feito, já que a IA, é inegável, tem uma rapidez que nós humanos jamais teremos. Kasparov venceu provavelmente pelas habilidades não computáveis que só ele tinha.

Eu sou uma entusiasta da inovação tecnológica e dos avanços na pesquisa científica. Se dissesse que não, estaria sendo cínica. Eu sou do tipo que fica babando a cada inovação, a cada aplicativo ou software inventado, a cada facilitador do nosso cotidiano, a cada cura descoberta.

Mas é preciso ser sensato, olhar a figura maior, usar a lógica e os erros do passado para aplicarmos soluções num futuro mais digno e inteligente. Um futuro realmente inteligente e sustentável.

O que está em jogo somos nós, seres humanos. Sem que haja gente vivendo com dignidade e poder de compra, não há consumidor, não há influenciador, não há público, não há aplausos nem vaias. Haverá um deserto no sentido metafórico e literal. Temos questões ambientais graves, questões sociais mais desafiadoras ainda, e não é a IA que resolverá esses problemas. Ela pode e deve ser uma aliada dos homens inteligentes e bem-intencionados.

Quem deve salvar o mundo é o homem, com todos os seus defeitos e toda a sua humanidade.

Lembrem-se de algo: nosso cérebro é dinâmico e plástico, e precisa ser requisitado para tarefas cotidianas e corriqueiras. Sem essas demandas, começaremos a perder a capacidade de criar e intuir, vivenciando declínio cognitivo contínuo. Aliás, já há registros disso hoje.

Não podemos delegar decisões a sistemas digitais. Eles devem ser aliados nas tomadas de decisões.

Não podemos ser simples e ingênuos (será mesmo?) evangelistas da tecnologia, acreditando que ela resolverá todos os problemas do século 21, porque isso não vai acontecer. Não é alarmismo nem pessimismo: é uma questão de visão, conhecimento e até de obviedade.

"A mente humana não é, como o ChatGPT e seus semelhantes, um mecanismo que usa estatísticas e faz uma correspondência de padrões, empanturrando-se de centenas de *terabytes* de dados e extrapolando a resposta mais provável numa conversa ou a resposta mais provável a uma questão científica", explica Chomsky. Ele continua: "Pelo contrário, a mente humana é um sistema surpreendentemente eficiente e até elegante, que opera com pequenas quantidades de informação; não procura inferir correlações brutas entre pontos de dados, mas criar explicações".

Para que se entenda o que os *chatbots* de IA atualmente disponíveis de fato fazem, vou tentar explicar da maneira mais simplificada possível: eles imitam a criatividade e a engenhosidade humanas, e fazem isso apenas com base na probabilidade estatística, ou seja, são capazes de destrinchar MUITAS informações, MUITOS dados, e escolher os que mais aparecem em seus resultados. O que eles falam ou escrevem não são resultado de um tipo mais profundo de conhecimento e compreensão, como os processos de pensamento humano. Eles estão "presos" em uma fase pré-humana da evolução cognitiva. Nós humanos somos limitados nos tipos de explicações que podemos elaborar racionalmente, mas os sistemas de aprendizagem automática (como os *chatbots*) podem aprender que a Terra é plana e que a Terra é redonda. Ainda segundo Chomsky, "eles negociam apenas com probabilidades que mudam com o tempo". Por isso serão sempre duvidosos.

Eu continuo otimista e acreditando na tecnologia e na IA como aliadas nas áreas médica, jurídica, administrativa, educacional, entre tantas outras. Mas temo pelo nosso futuro enquanto seres humanos e, sobretudo, pela nossa saúde mental. Temo pelo fim da verdade (o *deep fake* tornará a verdade possível somente com seus próprios olhos e nada mais), temo pelo fim do relacionamento amoroso como já foi um dia (sim, era mais simples) e temo pela falta de trabalho, pela fome de muitos de nós e pela nossa autodestruição, na linha evolutiva de Darwin.

Por outro lado, o novo sempre assustou e provocou temores. Evoluindo ou involuindo, estamos seguindo nosso percurso na linha do tempo e nos transformando (sempre vai haver lado bom e lado ruim, faz parte da própria ambiguidade da vida — o Yin e o Yang).

O que posso dizer? É preciso entendermos tudo sem ingenuidade.

É preciso ter muita informação.

É preciso estarmos atentos e fortes.

Não temos tempo de temer a nossa morte.

Sigamos inteligentes, se possível.

5

Pequeno Dicionário de Futuro para *Dummies*

Esta listagem não pretende ser completa e nem trazer tanta novidade assim. De qualquer forma, nunca sabemos tudo. Ouvimos termos "futuristas" o tempo todo, achamos que sabemos o que significam ou temos certeza de que não sabemos, mas escolhemos não perguntar o que querem dizer. E assim vamos seguindo, passando por um monte de palavras que nunca entendemos tão bem, nos sentindo meio *dummies* e tocando a vida com o que (achamos que) sabemos. Abaixo, alguns termos que, se não estavam tão bem entendidos, vão estar mais agora.

Algoritmo: é um conjunto de instruções, um passo a passo que explica como realizar uma tarefa. Essas etapas servem para resolver um problema ou chegar a um resultado. Os algoritmos são como receitas de comida: se as etapas estiverem claras, a comida fica como na receita. Se forem confusas, a comida dá errado. Quanto mais detalhadas as etapas, melhor o resultado.

API: é um conjunto de padrões e rotinas para acessar um sistema e/ou plataforma online. É feito para que outros criadores de *software* desenvolvam produtos associados ao negócio original.

O Google Maps é um dos grandes exemplos de API. Por meio de seu código original, muitos outros sites e aplicações utilizam os dados do Google Maps, adaptando-o da melhor forma para utilizar esse serviço.

Arduíno: é um tipo de prototipagem eletrônica. Ou seja, é uma plataforma de desenvolvimento de projetos, tanto de *hardware* quanto de *software*.

A placa é composta por um microcontrolador que contém circuitos de entrada e saída, e, depois de ser programada, pode ser usada de forma independente. Essa placa permite controlar robôs, computadores, equipamentos eletrônicos, entre outros tipos de projetos que envolvem programação e *hardware*.

Attachment: é simplesmente algo que anexamos, que enviamos como arquivo.

Backup: é uma maneira de garantir que o que você salvou em algum lugar tem um plano B e está guardado em outro também. Exemplo: você salva um arquivo de livro no seu computador, mas, pra garantir, salva também na nuvem. Você fez um *backup*.

Big data: é um conjunto de dados maior e mais complexo, especialmente de novas fontes. Esses conjuntos são tão volumosos, que o *software* tradicional de processamento de dados simplesmente não consegue gerenciá-los.

BI: é a sigla para Business Intelligence, que significa a coleta e transformação de dados "brutos" em informação clara e valiosa (lembrando que dados são o novo ouro do mercado). Ela cria relatórios e análises com rapidez e profundidade, gerando conclusões que ajudam muito na tomada de decisão.

Biometria: é o uso de características físicas ou biométricas, como a impressão digital, as leituras de retina ou o reconhecimento facial para identificar uma pessoa.

Blockchain: é um sistema de base de dados que funciona de maneira distribuída, alimentado por diversos computadores. Como se fosse um bloco de Lego, em que cada bloquinho tem um código para identificar o anterior (por isso o uso da palavra *chain*, cadeia). As informações inseridas no *blockchain* são imutáveis e verificadas por todos os computadores que têm dados (os bloquinhos) na mesma cadeia.

É uma espécie de Wikipedia: uma enciclopédia livre, aberta para colaborações de qualquer pessoa, que grava as alterações feitas no histórico da plataforma.

Branding: é o que fazemos para valorizar a marca de uma empresa, com o objetivo de torná-la mais desejada e positiva na mente de seus clientes e do público geral. O *branding* realiza ações relacionadas a propósito, valores, identidade e posicionamento da marca no mercado.

Bug: é um defeito, falha ou erro no código de um programa que provoca seu mau funcionamento.

BYOD: quando receber convite para um evento de tecnologia com essa sigla, saiba que você terá que levar seu próprio computador. BYOD quer dizer: "Bring your own device", ou seja, você deve levar para o evento seu próprio *notebook* ou *tablet*.

Memória cache: é uma parte do PC ou celular que atua como uma memória temporária para que o *chip* recupere rapidamente os dados, otimizando a performance dos *softwares*, já que o caminho até a informação é encurtado.

Chatbot: é um *software* que usa inteligência artificial para simular uma conversa com um usuário, em linguagem natural, por meio de aplicativos de mensagens, *websites*, aplicativos móveis ou até por telefone.

Cloud computing: chama-se computação na nuvem e é uma tecnologia que permite acesso remoto a *softwares*, armazenamento de arquivos e processamento de dados por meio da internet. Com esse recurso, é possível acessar dados importantes de qualquer computador, em qualquer lugar. Tudo o que você precisa fica armazenado na nuvem, sem a necessidade de instalar algum programa na sua máquina.

Cluster: é um conjunto de computadores interconectados, que atuam como se fossem um único sistema e trabalham juntos para realizar tarefas de forma mais eficiente e escalável.

Cookies: são arquivos de texto que um *site* envia ao navegador de um usuário, com dados sobre o seu perfil. O objetivo dos *cookies* é lembrar as informações da visita para facilitar o próximo acesso e melhorar sua navegação naquela página.

Crypto: criptomoedas são moedas digitais descentralizadas e criadas em uma rede *blockchain*, em sistemas de criptografia que protegem as transações e os dados do dono desse dinheiro digital. Diferentemente do real, do dólar e de outras moedas, elas só existem na internet. Ou seja, você sabe que elas são verdadeiras, mas não consegue pegá-las com as mãos — ou guardá-las na carteira. São descentralizadas, porque não existe um órgão ou governo responsável por controlar, intermediar e autorizar emissões de moedas, transferências e outras operações. Quem faz isso são os próprios usuários.

Cyberbullying: é a prática do *bullying* nos meios virtuais. Ou seja, agressão psicológica, intimidação, humilhação, exposição vexatória, perseguição, calúnia e difamação por meio de ambientes virtuais, como redes sociais, e-mail e aplicativos de mensagens.

Dashboard: é um painel de informações que contém métricas e indicadores-chave de performance e é monitorado por toda a equipe de uma empresa, servindo para acompanhar o desempenho dela.

Data mining: é um processo tecnológico para localizar padrões, conexões, correlações ou anomalias em uma grande quantidade de dados, permitindo encontrar problemas, hipóteses e oportunidades com mais facilidade.

Data mining quer dizer mineração de dados, um nome que faz analogia à atividade de extração de minerais no solo.

Ao explorar uma mina de cobre, por exemplo, o metal a ser encontrado está presente em quantidade pequena, se comparado com os demais tipos de rocha presentes no local. Ou seja, o cobre está escondido e precisa ser selecionado.

Da mesma forma, no *big data* informações úteis estão escondidas no meio de um mar de dados, e a mineração de dados serve para encontrá-las.

Dev: é um desenvolvedor, aquele cuja principal função é desenvolver soluções tecnológicas dentro de uma empresa.

ERP: é um *software* de gestão utilizado para administrar e integrar processos das diferentes áreas de um negócio. Exemplos de ERPs: TOTVS, Oracle, SAP, entre outros.

Full Stack: é aquele desenvolvedor completo, que entende de tudo um pouco e, por isso, é muito valorizado.

GPS: é a sigla em inglês para Global Positioning System, que quer dizer "sistema de posicionamento global". O GPS é um guia de posicionamento e localização de endereços e pontos específicos. Funciona através da captação de sinais de 24 satélites espalhados pela órbita terrestre que possuem informações sobre todas as -coordenadas geográficas da Terra.

Hacking: hackear é quando alguém acha e explora vulnerabilidades em um sistema de computador ou rede, geralmente para obter acesso não autorizado a dados pessoais ou organizacionais. *Hacking* nem sempre é uma atividade maliciosa, mas esse ato é visto de forma negativa por ser associada a cibercrimes.

Hard skills: são habilidades técnicas que se adquire por meio da vida acadêmica, sendo capaz de comprová-las ao mostrar certificados de conclusão de curso, diplomas, testes práticos, entre outros métodos. São aquelas competências listadas no currículo.

Hardware: é toda a parte física de um computador, todos os componentes palpáveis dele: placas, memória, processador, teclado, monitor, não se limitando apenas ao PC, mas se referindo também aos itens físicos que compõem celulares, *tablets*, *smart TVs*, entre outros aparelhos.

HTML: é uma linguagem de marcação utilizada para produção de páginas na *web* que permite a criação de documentos que podem ser lidos em praticamente qualquer tipo de computador e transmitidos pela internet.

Hub: é um local onde se reúnem diversas empresas de vários ramos de negócios com vários tipos de soluções. Então, quando uma empresa precisa de uma solução, ela recorre a esse *hub* para encontrar diferentes formas de sanar o problema. Um *hub* de inovações é voltado para fomentar novas ideias e inovações. É um ambiente favorável para trabalhar, pois os projetos têm maior facilidade para crescer, tanto pelo *networking*, ou pela facilidade maior potencial de atrair investidores.

Inteligência artificial: é um *software*, um dispositivo ou um sistema digital capazes de funcionar de uma maneira parecida com o pensamento humano, percebendo variáveis, tomando decisões e resolvendo problemas.

Intranet: é uma rede de computadores semelhante à *internet*, mas de uso exclusivo de uma determinada empresa, então só os computadores dela podem acessá-la. Essa tecnologia facilita a comunicação entre funcionários, tornando-a mais rápida e fácil.

IoT: sigla em inglês para "Internet das Coisas (IoT, em inglês) é um conjunto de objetos habilitados para internet que transferem dados e se comunicam entre si. Todos esses objetos têm identificadores exclusivos e podem variar desde dispositivos móveis até eletrodomésticos e carros. A IoT também pode incluir pessoas, animais ou outros objetos com sensores, monitores para prevenção de ataques cardíacos, coleiras que podem rastrear a localização e a saúde de um cão ou sensores em equipamentos agrícolas para detectar problemas na lavoura, por exemplo.

IP: o endereço IP, ou Protocolo de Internet, é o "CPF" do seu dispositivo, responsável por identificar a máquina em uma rede interna.

JAVA: é uma plataforma para o desenvolvimento de aplicações. A linguagem Java figura como a sexta mais utilizada por pessoas desenvolvedoras, correspondendo a 33% do total pesquisado.

Leak: é o vazamento de dados (sensitivos e/ou confidenciais) de uma empresa ou organização, trazendo consequências financeiras e legais, mas especialmente impactos na reputação da instituição. Pode acontecer por negligência de um funcionário, ameaça de alguém dentro da empresa ou ação de um hacker.

Machine Learning: é uma área da IA e da ciência da computação que se concentra no uso de dados e algoritmos para imitar a maneira como os humanos aprendem, melhorando gradualmente sua precisão. *Machine learning* e inteligência artificial não são a mesma coisa. Na verdade, a inteligência artificial é um conceito amplo que inclui o aprendizado de máquina como um dos seus recursos.

Metaverso: é um universo virtual que busca reproduzir a realidade usando tecnologias diversas, como realidade virtual e realidade aumentada. Nele, é possível criar um avatar, conversar com pessoas, jogar, comprar itens virtuais, entre outras possibilidades. As empresas, por sua vez, podem vender objetos digitais e fazer anúncios.

MVP: é a sigla de Minimum Viable Product, ou "Produto Minimamente Viável". Em linhas gerais, o MVP é o protótipo do produto/serviço de uma *startup*. Ou seja, é a primeira versão, que muito provavelmente terá falhas que se tornarão aprendizados.

NFT: é uma espécie de certificado digital, estabelecido via *blockchain*, que define originalidade e exclusividade a bens digitais. Sigla para Non-Fungible Token ("token não fungível"), os NFTs têm chamado a atenção após somas milionárias terem sido usadas para comprar esse tipo de ativo na internet. De uma forma simplificada, um NFT atrelado a um item digital qualquer — uma imagem, foto, vídeo, música, mensagem, jogo, postagem em rede social, etc. — faz esse item ser único no mundo.

Pixel: é a menor unidade de uma imagem digital, independentemente de sua fonte. Se você pegar uma foto e fizer uma aproximação (*zoom*), verá uma série de quadradinhos que a compõem. Cada um desses pontos luminosos é um *pixel*. São milhões ou milhares deles.

Reel: em inglês, significa "bobina", como aquela usada para reproduzir um filme no cinema. O nome *reel* (ou *reels*) se refere aos vídeos do Instagram.

ROI: é a sigla para Return Over Investment, ou "retorno sobre investimento". Calcula-se o ROI tirando o investimento inicial do ganho obtido. É um indicador usado para saber qual foi o resultado financeiro de um investimento realizado. Ele pode ser positivo ou negativo, indicando lucro ou prejuízo.

SAAS: quer dizer Software As A Service e é a oferta de *software* como serviço. São empresas que disponibilizam aplicações pela internet para a realização das mais variadas tarefas, de forma remota, seja pelo computador, seja por dispositivos móveis.

SEO: "otimização para motores de busca" ou Search Engine Optimization (origem da sigla em inglês) é o conjunto de ações para obter um melhor posicionamento nos resultados de busca no Google e ser achado com maior facilidade, por exemplo. As técnicas de SEO incluem escolher um título forte, fazer boas descrições para suas páginas, ter um *blog*, entre outras.

Soft skills: são habilidades comportamentais, ou seja, a maneira como um profissional lida com o outro e consigo mesmo em diferentes situações. As *soft skills*, diferentemente das *hard skills*, são habilidades subjetivas, mais difíceis de serem mensuradas.

Software: pode ser um programa no computador, um aplicativo no celular ou até mesmo o sistema operacional do dispositivo. Por exemplo, só se consegue enviar mensagens pelo celular por meio de um aplicativo que ofereça essa função, como o WhatsApp. Já em um computador, não é possível realizar qualquer tarefa sem antes instalar um sistema operacional, como o Windows.

Token: significa "ficha" ou "símbolo". Em tecnologia, trata-se de um dispositivo eletrônico e sistema gerador de senhas bastante utilizado por bancos. Um *token* serve para representar um bem de forma digital usando a tecnologia *blockchain*, sistema que registra as transações. Esse registro é público, permanente e incensurável. É chamado também de criptoativo.

Tokenização: é o processo de transformar ativos físicos, produtos financeiros tradicionais, serviços, benefícios, escrituras, identidades, comprovantes, certificados e documentos em geral, em ativos digitais (*tokens*) baseados em *blockchain*, facilitando a negociação entre pessoas e empresas, de forma otimizada e com menor custo e tempo. Tudo é feito por meio do registro do ativo em *blockchain*, a mesma tecnologia por trás do funcionamento do bitcoin e das demais criptomoedas.

VPN: é uma rede privada virtual que cria uma conexão segura entre a pessoa e a internet. Ela oferece uma camada extra de privacidade e anonimato, o que permite ocultar atividades na internet e também a localização para evitar rastreamento (principalmente em redes de WiFi públicas) e desbloquear plataformas de *streaming*, como Netflix, Disney+, entre outras.

É provável que você se lembre de algum termo que não está na lista acima. Se quiser contribuir, é fácil me achar e me enviar as palavras que enriqueceriam a lista!

6

Senhas trocadas: prova de quê, mesmo?

Eu e meu amor temos as senhas do celular um do outro como prova de amor e confiança.

Prova de quê, MESMO?

Confiança em QUEM?

Amar é deixar quem amamos viver sua privacidade de forma plena.

E isso implica que vivamos a nossa também.

Se você precisa da senha do outro, você não confia integralmente como deveria, e é provavelmente controlador(a)... ou controlado(a).

Só damos a senha aos maridos e às mulheres, aos namorados e às namoradas, porque queremos comprar a paz dos controlados. E compramos muitas vezes mais trabalho e dor de cabeça.

Quem nunca esqueceu uma conversa em algum aplicativo e foi descoberto e mal interpretado?

Quem nunca gastou tempo apagando conversas no celular só pra evitar mal-entendidos?

Quem nunca cedeu à tentação do discurso "eu não olho o celular dele(a),só tenho a senha caso precise mesmo" e mexeu no celular do(a) parceiro(a)?

Quem nunca mexeu no celular do(a) parceiro(a) em segredo e se aborreceu com algo que viu ou leu, mesmo que no fundo soubesse que não seria motivo para isso?

Ok, eu sou uma devota das exceções. Para tudo em que não acredito, acendo vela e rezo terço para as suas exceções. E, se você nunca fez nada mesmo, você é uma delas — vai entrar no meu santuário místico.

Mas eu falo aqui da regra. A regra *nonsense* de ter um casamento baseado no amor e na confiança, na liberdade e no respeito, e ter que trocar senhas de celular.

Não, esse gesto aparentemente grandioso é tão pequeno quanto nossos sentimentos mais mesquinhos e humanos.

Uma vez eu ouvi algo que jamais esqueci: "Todos nós temos uma caixa-preta. Faz parte da vida".

E não é que é isso mesmo? Amamos e nos relacionamos com pessoas que têm as próprias caixas-pretas.

Não é traição nem sacanagem, chama-se vida privada.

Discorde, mas reflita.

Isso me basta.

7

Desde que o mundo é mundo

Golpe, trapaça, desonestidade, ladroagem e picaretagem não foram inventadas na internet - eles sempre existiram na história das sociedades.

Pequenos e grandes, poderosos e medíocres, mas todos com um objetivo em comum: passar a perna em alguém para se beneficiar.

Quem nunca ouviu falar de Victor Lustig, o homem que vendeu a Torre Eiffel e aplicou um golpe no mafioso Al Capone? Ou Frank Abagnale, com suas identidades falsas, que inspirou o filme *Prenda-me Se For Capaz!*? Ou ainda o português Artur Virgílio Reis, que criou um banco com notas falsas e faturou alto até ser preso. Os golpes de todos os tipos sempre existiram nesse planeta de humanos de caráter defeituoso: charlatanismo na religião, na paranormalidade e na medicina. Quem não se lembra de Uri Geller, que entortava talheres? Nos EUA um pastor ficou famoso por descobrir o nome do paciente e sua doença com um toque de sua mão — mistério desvendado quando descobriram que sua mulher lhe passava as informações por um ponto eletrônico nele.

Foram muitos golpes, de todos os tipos, mas nada se compara aos números atuais de golpes e trapaças. Como tudo, a internet e as redes sociais amplificam o que é bom e o que é ruim. A internet tornou tudo tanto, que nos leva à exaustão. E, com relação aos golpes, não poderia ser diferente.

Em 2021, no Brasil, já foram mais de cento e cinquenta milhões de vítimas de *phishing* — um golpe virtual que engana as vítimas com sites e aplicativos falsos que se passam por empresas ou pessoas famosas a fim de obter os dados da vítima.

O *phishing* é um tipo de fraude eletrônica que visa adquirir dados pessoais de vários tipos: nome de usuário, senhas, números de cartões de crédito e conta bancária e outras informações de cadastro. Os golpistas desenvolvem peças de e-mail, SMS ou aplicativos, fazem sites falsificados e usam redes sociais, invadindo muitas vezes perfis de terceiros para disparar milhões de mensagens por dia. O tom da mensagem é sempre urgente.

O Internet Crime Report de 2021 do FBI é um estudo que mostra os cinco maiores crimes cibernéticos de 2021 em termos de prejuízo e aponta que eles são quatro vezes maiores do que o total de 2017.

1) BEC – Business E-Mail Compromise* – US$ 2.395.953.296

2) Investimentos fraudulentos – US$ 1.455.493.193

3) Golpe em romance/namoro – US$ 956.039.740

4) Vazamento/exposição de dados pessoais – US$ 517.021.289

5) Golpes em transações imobiliárias – US$ 350.328.166

6) Golpe do suporte técnico – US$ 347.657.432

Os dados são alarmantes também no Brasil!

Pesquisa mostra que entre 2018 e 2020 houve aumento de 200% em casos de tentativas de fraudes com informações pessoais de pessoas falecidas.

Com vendas não é diferente: houve um aumento expressivo de golpes na venda de carros pela internet.

O ano de 2021 chegou ao fim registrando 4,1 milhões de movimentações suspeitas no Brasil. De acordo com o Indicador de Tentativas de Fraude da Serasa Experian, esse número mostra um aumento de 16,8% em relação ao acumulado de 2020, quando o índice registrou 3,5 milhões de ataques. Os dados do ano passado ganham destaque por serem os mais expressivos de toda a série histórica, iniciada em 2011.

Além disso, o segmento de bancos e cartões foi o principal foco dos golpistas, marcando 2,3 milhões de tentativas de fraude, outro número recorde que representa um crescimento de 33,3% na comparação com o acumulado anual do ano anterior. Ainda no comparativo desse período, apenas os setores de serviços e telefonia tiveram baixas, com −3,8% e −44,0%, respectivamente.

Também tivemos um grande número de perfis de WhatsApp sendo clonados, com um total de quase 500 mil vítimas somente em um mês. Analisando a incidência de tal crime por estados, temos São Paulo em primeiro lugar, com 84 mil vítimas, Rio de Janeiro em segundo lugar, com 49 mil, e Minas Gerais com a medalha de bronze, com 33 mil vítimas impactadas.

Não nos esqueçamos dos golpes que se utilizam da ingenuidade ou fragilidade emocional da vítima, nos quais o golpista se passa por pretendente ou mesmo por pessoa apaixonada, para extorquir.

Em 2021, a Interpol já havia emitido um alerta para 194 países-membros da agência de vigilância mundial, incluindo o Brasil, sobre o aumento de golpes por aplicativos de relacionamentos. De lá para cá, a percepção de advogados, policiais e especialistas em segurança pública é que esse tipo de artimanha criminal só aumenta, ainda que não haja estatísticas específicas para essa modalidade de estelionato.

Com a pandemia, as pessoas tiveram necessariamente que se manter isoladas para evitar a contaminação, e a paquera migrou para meios virtuais. O grande perigo é que os golpistas se camuflam em outras personalidades, forjam características e imagens que não existem.

O Pix também facilitou bastante a ação dos golpistas no Brasil. Através de *links* em SMS, e-mails falsos, falsas centrais de atendimento, clonagem de WhatsApp e golpe do *bug* (nesse caso, os criminosos espalham que o pix tá "bugado" e que é possível ganhar o dobro do valor transferido, o que me faz pensar se ladrão que rouba ladrão não tem cem anos de perdão...).

São tantos os golpes dados com a ajuda do telefone e da internet, que seria impossível listar todos aqui (e nem é esse o objetivo desse texto!).

O importante mesmo é entender que o ser humano não deve corrigir esse defeito de fabricação, ou seja, sempre haverá golpe, estelionato, charlatanismo e desonestidade. Sobretudo, é importante entender como nos protegermos desses ataques de todos os lados e de todas as maneiras, num mundo onde não há a privacidade de dados necessários nos tornando mais expostos ainda a tudo.

Eis algumas dicas básicas para fugirmos dos golpes que tantos de nós já caímos ou podemos cair ainda.

1) Sempre desconfie de ofertas muito vantajosas e de produtos que prometem milagres. Não existe almoço de graça. "Aí tem."

2) Não se esqueça de sempre conferir se o endereço no navegador é o oficial da empresa, além de verificar se não há complementos ou se ele se altera. Confira se é domínio ou subdomínio da empresa. Porque na maioria dos golpes, se você fizer isso, você não cai. Em geral você vai ver um 404 Error na sua frente, a luz vermelha antigolpe fundamental!

3) Prefira sempre digitar o endereço no navegador e evite clicar em *links* externos, seja para site de compras, seja para redes sociais, entre outros.

4) Ao clicar em *links* de e-mails, sempre verifique o remetente antes, para ter certeza de que foi enviado pelo endereço oficial da empresa. O domínio da empresa tem que aparecer no e-mail.

5) Acesse suas redes sociais somente pelo aplicativo oficial instalado no seu *smartphone* ou ao digitar o endereço da plataforma diretamente no navegador. Jamais acesse *links* externos. Aí mora o perigo.

6) As instituições financeiras não pedem senhas nem atualizações cadastrais via mensagens ou e-mail. Por isso, é preciso ficar atento aos comunicados. Caso algum deles solicite esses dados por meio dessas modalidades, não faça nada. Entre em contato com seu banco.

7) Caso você faça uma compra em uma loja virtual que nunca tenha comprado antes e por meio de boleto bancário, fique atento ao nome do cedente e ao número do CNPJ. Os sites confiáveis não costumam enviar boletos em que o cedente seja uma pessoa física.

8) Google sempre ajuda. Confira quaisquer nomes e números de CNPJ ou CPF — por exemplo, no site Reclame Aqui e no JusBrasil (este último mostra os processos nos quais a empresa ou indivíduo é parte).

Enfim, vivemos tempos em que é preciso ficar alerta o tempo inteiro durante a navegação online. E o grande paradoxo é que a própria internet e suas redes sociais nos dispersam, o que pode baixar a nossa guarda e nos fazer escorregar e cair num golpe.

Por isso, acredito que o melhor conselho e a grande sabedoria é compartilhar! Não fazermos sozinhos nada diferente do habitual. Chamemos amigos de verdade, familiares, filhos, gerente de banco, terapeuta, seja lá quem for, para conferir junto com a gente a proposta inusitada (e suspeita), reduzindo a probabilidade de cairmos numa emboscada.

(*) BEC é um tipo de *phishing* em que o público-alvo são funcionários de companhias de qualquer setor, e envolve duas práticas criminosas muito comuns: a engenharia social ou o *malware*.

8

Dicas para viver a dois com o celular

A vida a dois (vida a três?) é viável na companhia do inseparável celular? Como torná-la possível?

1) Governe e regule suas relações no mundo líquido das redes sociais

A briga mais comum relacionada à mídia social é quanto tempo os parceiros passam no Instagram, no Facebook, no Twitter e no TikTok, fora o WhatsApp, de onde não conseguem desgrudar. Já ouvi histórias de casais que planejaram uma noite romântica que se transformou em nada além de conversas sobre curtidas no Instagram, favoritos do Twitter e visualizações em *reels*.

O comportamento se estende até o quarto: há histórias em consultórios psicanalíticos de discretos *check-ins* no celular, no meio do coito.

Um cigarro e um abraço depois do sexo foram rapidamente substituídos (ainda bem que o cigarro foi mesmo, cá entre nós!) por uma olhadinha nas mídias sociais. Homens e mulheres deixam o brilho de suas telas ofuscar a luz de momentos tão íntimos e delicados, como fazer sexo por paixão, amor, tesão ou hábito. Não dá para fazer *ménage* com o celular!

Existe uma palavra muito importante nos dias de hoje, quando o assunto é relacionamento: PRIORIZAÇÃO. Não é sobre controlar, sufocar e nem de abrir mão de sua liberdade completamente. É sobre colocar seu parceiro ou parceira em primeiro plano. É sobre dedicar tempo a ele ou a ela sem o celular por perto. É sobre essa pessoa ser a sua primeira opção naquele momento. Sem celular, sem televisão: um se dedicando ao outro.

Quanto mais tempo livre das redes sociais, melhor. Acredite-me.

Se você riu achando uma balela o que eu disse, é porque ainda não sacou o quanto o excesso pode arruinar a vida afetiva de alguém.

Acabe com o celular durante as refeições, olhe nos olhos e converse.

Muitas vezes nos relacionamentos, uma pessoa é mais reservada que a outra, quando se trata de publicar seu cotidiano nas redes, uma diferença que pode levar a brigas e mal-entendidos.

Conversas honestas se tornam necessárias. Quais são os limites de mídia social do outro? Pergunte ao seu parceiro o que ele faz e não se sente à vontade para compartilhar nas diferentes redes.

Uma regra fácil de seguir: pergunte ao seu parceiro antes de compartilhar qualquer coisa associada ao relacionamento.

Se você estiver preso no modo de compartilhamento excessivo, é muito bom lembrar que o volume de fotos de seu relacionamento que você publica no Instagram, por exemplo, não é indicativo do sucesso ou da intensidade desse relacionamento. Mesmo neste período de uso intenso das mídias sociais, casais muito sólidos, fortes e felizes muitas vezes optam por não se expor nas redes.

No mundo dito real (sim, digo isso, porque já há os que dizem que não há um limite claro sobre o que é real e o que é virtual) os limites que devemos respeitar quando estamos em um relacionamento são óbvios. Mas a mídia social pode confundir essas linhas, o que pode levar as pessoas a fazer ou dizer coisas online que não fariam na vida real. Comentar "uau" ou "que bonita" na última foto na praia do seu ou da sua ex no Instagram pode parecer mais inócuo do que dizer o mesmo pessoalmente, mas ler algo assim pode fazer mal ao seu parceiro.

Use os limites do mundo real como seu guia digital. Imagine que seu comportamento nas mídias sociais está acontecendo presencialmente, com seu parceiro ao seu lado. Você faria aquele comentário ou mandaria aquela mensagem se ele estivesse assistindo? Se você não faria isso no mundo de carne e osso, não faça online.

2) Não vos deixeis cair em tentação

A mídia social também facilita a verificação do comportamento do seu parceiro. Você não precisa mais usar casaco, bigode falso e óculos escuros para rastreá-lo pela cidade. Alguns podem simplesmente pegar o celular do parceiro quando o mesmo estiver no banho. E há muito para encontrar também: por algum motivo, a maioria de nós acha que nossa atividade online é privada, mas é surpreendentemente fácil encontrar um tesouro de informações.

Algumas pessoas insistem em trocar senhas de telefone antes de entrar em um relacionamento sério ou se recusam a namorar alguém que não compartilhe suas senhas como "prova" de sua fidelidade. É fácil se sentir no direito de ver os e-mails, textos e mensagens diretas do seu parceiro, supondo que você deveria poder fazer isso se ele não tiver nada a esconder. Por mais tentador que seja, bisbilhotar nunca é uma boa ideia, no mundo real ou no online.

Se você sente essa necessidade, então há uma conversa maior que você precisa ter sobre o que ambos consideram normal, o quanto devem agir com lealdade e o quanto de liberdade podem/devem ter no relacionamento.

Um casal pode considerar simplesmente não seguir um ao outro nas mídias sociais. Há quem faça isso. A plataforma de mídia social preferida de um é o Twitter e do outro é o Instagram. Eles propositalmente não seguem um ao outro. Eles confiam um no outro para não fazer nada inapropriado e gostam de sentir que não estão "sendo verificados" um pelo outro. É um bom lembrete de que suas vidas nas mídias sociais não precisam convergir da mesma maneira que suas vidas reais. Um pouco de distância é sempre saudável, no mundo real e online.

3) Dê ao seu parceiro o benefício da dúvida

Mesmo que você tropece inocentemente em atividades aparentemente suspeitas, tente lembrar que o tom e a intenção são muito mais difíceis de avaliar online.

A maioria de nós é rápida em tirar conclusões precipitadas com uma quantidade limitada de informações. Isso é o que eu chamo de "síndrome de *storytelling*" — quando você tira conclusões para decifrar o que está acontecendo sem conhecimento prévio de nada. A síndrome de contar histórias geralmente aumenta e, antes de perceber isso, você já está convencido de que está sendo traído por causa de um comentário deixado no *post* de alguém.

Antes de fazer suposições, pergunte ao seu parceiro sobre a intenção dele. Por exemplo: "Ei, eu vi que agora você segue aquela garota com quem você me disse que ficou antes de nos conhecermos. Por quê? Vocês se encontraram?".

4) Mencione logo o que é desconfortável

Mesmo com as melhores intenções, você e seu parceiro provavelmente vão se machucar com alguns de seus comportamentos online. É melhor mencionar esses episódios rapidamente e no caso a caso. Trate-os diretamente, antes que um padrão se desenvolva ou antes que sentimentos ruins tenham a chance de minar a boa energia do seu relacionamento.

É fundamental dedicar um tempo para descobrir por que você está chateada. O que a gente sente nos oferece informações valiosas. Basta que permitamos que isso aconteça.

Já pensou o quão melhor é deixar seu parceiro saber qual é o verdadeiro problema que incomoda você e em que você precisa dele? Por exemplo, você pode dizer: "Você mantém as fotos com seu ex, e eu acho isso ruim. Fica parecendo que você ainda gosta dele. Por que você não deleta as fotos?".

É frustrante reconhecer o profundo impacto que a mídia social pode ter sobre nós e sobre os nossos relacionamentos. Não deveria, poderia não ser assim, mas no final das contas quase sempre é.

Como nossas vidas seriam diferentes sem as redes sociais? Quando nossos celulares costumam ser a primeira e a última coisa que vemos todos os dias, é comum nos perguntarmos como as mídias sociais afetam todas as partes de nossas vidas, incluindo nossos relacionamentos. Embora as redes sociais tenham seus benefícios — e não são poucos! —, nossas vidas online podem afetar nossas realidades offline. O tempo que um parceiro fica na internet pode mudar a dinâmica do relacionamento.

Os laços românticos podem começar pelas redes sociais, mas também podem ser prejudicados por elas. Seja uma curtida em uma foto ou uma pessoa conversando com outras, é bem fácil ficar com ciúmes das experiências online do outro. Há quem sinta que está competindo pela atenção do parceiro, em uma guerra contra o smartphone dele. O tempo que dedicamos às nossas telas pode mudar a forma como consideramos e priorizamos nossos parceiros na vida real.

5) Considere o tempo que você passa online

O tempo que passamos nas mídias sociais pode afetar nossa capacidade de nos comunicarmos com aqueles de quem gostamos. Investir em relacionamentos online pode prejudicar nossos relacionamentos offline. Existe uma inteligência social para se construir relações. Quando ela não é usada apropriadamente e uma inversão na priorização de pessoas e relações se torna o novo normal, construir relacionamentos fortes e profundos levará mais tempo e será mais difícil de se manter.

Muitos prestam mais atenção aos seus celulares do que àqueles com quem passam tempo. Fica quase impossível iniciar ou aprofundar relacionamentos quando as mídias sociais estão em primeiro lugar, tirando nosso tempo e desviando nossa atenção.

Como então mantemos nossos relacionamentos fortes na era da internet?

6) Seja extremamente cuidadoso nos estágios iniciais do relacionamento

Embora o uso excessivo das mídias sociais em qualquer estágio de um relacionamento possa ter efeitos negativos, nos estágios iniciais é ainda pior.

No início de um relacionamento, procuramos conhecer a outra pessoa melhor: ouvimos seus gostos e desgostos, história, dinâmica familiar, sonhos e medos. Passamos horas conversando e descobrindo um ao outro. A construção do relacionamento tem novidades e surpresas. Por tudo isso, é fundamental que os celulares estejam fora de vista durante a conversa, a fim de garantir foco total um no outro.

Os casais devem ficar atentos ao perigo das mensagens serem mal interpretadas por meio de texto, especialmente quando ainda estão se conhecendo. As mensagens de texto entre si devem ser positivas e factuais. Não se deve permitir que piadas ou sarcasmo se infiltrem, pois eles nem sempre são bem recebidos e vão abrindo pequenas fendas na relação.

7) Pense duas vezes antes de comentar e postar

Embora a conexão de um casal por meio de piadas ou postagens na internet possa fortalecer a relação, o conteúdo postado por seu parceiro(a) também pode se tornar uma preocupação. Eles postaram algo do qual você discorda ou compartilham um lado diferente de sua personalidade online? Antes de confrontá-los, pense em como seria a conversa pessoalmente — talvez seja melhor esperar até vê-los de novo, para trazer à tona algo com que você se sinta desconfortável.

Não responda a um *post* ou comente por emoção. Dedique um tempo para processar o que você leu ou viu, e permita-se tempo para refletir sobre seus pensamentos antes de comentar por impulso.

Da mesma forma, embora você possa se sentir tentado a compartilhar todos os aspectos de sua vida no Instagram, no Facebook ou no Twitter, lembre-se de que seu parceiro pode não sentir a mesma vontade. Se é algo que você não compartilharia muito com vizinhos, colegas e conhecidos na vida real, provavelmente também não deveria estar nas suas redes. Mantenha suas conversas pessoais. Não há necessidade de tornar sua vida privada pública. Eu sei que isso se tornou o novo normal, mas nem por isso devemos deixar de pensar e questionar.

Parece um detalhe somente, mas é preciso estar atento às crenças e aos valores de outras pessoas. Lembre-se de quem você gosta, de quem lhe importa antes de compartilhar seus pensamentos sobre política ou religião ou mesmo antes de postar algo provocativo ou controverso. Tenha em mente quem é seu público, por menor que seja. Vale a pena criar tensão com sua família, amigos ou colegas de trabalho?

8) Exercite viver offline

As redes sociais podem ser emocionantes, divertidas e uma ótima maneira de relaxar (bem como acompanhar amigos de perto e de longe), mas há que se criar tempo offline para as relações de carne e osso. Essa falta de espaço para algo privado que não envolva um celular ou um computador entre duas pessoas (e com ele, centenas de conexões humanas) aniquila relações afetivas com enorme potencial de saúde e longevidade.

O importante é buscar um equilíbrio saudável entre os dois lados da tela. Quando a diversão online combina perfeitamente com seus relacionamentos na vida real, você descobrirá que ótimas novas experiências podem advir de ambos juntos. Desconfio que as palavras-chave disso tudo são: dosagem, privacidade, felicidade juntos.

É impossível ser feliz sozinho sem meu celular. Será que é?

9

O lado oculto do LinkedIn

Quem não conhece o LinkedIn?

Você pode até não ter um perfil lá, mas com certeza já ouviu falar dessa rede social profissional, a maior do mundo. O objetivo dela é conectar profissionais e trabalhos no mundo inteiro, já que é internacional.

O LinkedIn foi criado por quatro colegas em uma sala de estar em 2002: eles convidaram 350 de seus contatos para testar a rede em 2003 e, ao final do primeiro mês, já eram 4.500 usuários que utilizavam o LinkedIn para trocar conhecimentos, novidades e oportunidades do mercado de trabalho. Curiosamente, nem todos eram americanos.

O crescimento rápido e a ideia inovadora do site atraíram investidores externos e, em um ano de existência, já eram mais de um milhão de usuários.

O LinkedIn sempre esteve por dentro das novidades do mercado, atualizando-se com frequência.

Hoje em dia é quase um bilhão de pessoas nessa rede. No Brasil, mais de 50 milhões de pessoas a usam, ficando o nosso país atrás apenas dos Estados Unidos e Índia, ou seja, somos o terceiro país com maior número de usuários cadastrados no Linkedin no mundo.

Agora que você já se situou nos números do LinkedIn no Brasil, vamos a algumas curiosidades sobre a rede?

1) Os brasileiros são o segundo povo no mundo que mais mistura contatos pessoais e profissionais nas redes sociais.

2) De acordo com pesquisas, 31,3% não contratariam alguém que não possui perfil no LinkedIn.

3) A influência do LinkedIn no mundo profissional é tal, que em alguns setores ou você está lá, ou você não existe.

4) Essa rede conta com aproximadamente 800 milhões de membros. Por semana, cerca de 40 milhões de pessoas acessam o site em busca de uma vaga de trabalho. A rede recebe 81 candidaturas de emprego a cada segundo, chegando a aproximadamente 210 milhões por mês.

5) O LinkedIn é mais velho que o Facebook, tornando-se, portanto, a rede social mais velha.

6) Em dezembro de 2016, a Microsoft adquiriu a rede para gerir os recursos dela.

Agora vamos rir (ou chorar!) com uns *tweets* sobre LinkedIn?

1) Normalizem o descanso, a vida não é um LinkedIn.

2) No Instagram todo mundo é feliz, no Twitter todos são deprimidos e no LinkedIn todos são profissionais inspiracionais e de sucesso!

3) Quando leio no LinkedIn: "Hoje encerro mais um ciclo...", logo penso: "Xiii, se f*deu, foi demitida".

4) O jovem não fica desempregado, ele termina um ciclo. Mano, essa geração LinkedIn tem que acabar!

5) Quem trabalha de verdade não tem tempo pra contar história no LinkedIn, só digo isso, kkk.

6) Então, o problema do LinkedIn pra mim é o excesso de *storytelling*, ok , ok, histórias motivam, mas não precisa forçar motivacional pra tudo,

sabe? É um: "Fui na padaria comprar pão" que no LinkedIn vira: "Naquele dia meu mundo mudaria, a ida até a padaria" não...... tipo, porra, para de texto!

7) Se eu entrar no LinkedIn e vir um *coach* metendo: "O que podemos aprender com Raíssa e o skate", eu não consigo garantir paz.

8) Pior que o *coach,* é o cara que tira lição e aprendizado de tudo no LinkedIn: "Comi uma coxinha hoje e me peguei pensando, qual o lado certo pra comer?". Então refleti e pensei: "Não há certo, apenas pontos de vista, e levei isso pro meu trabalho, olhe meu artigo no Medium".

9) O mundo mágico do LinkedIn: "Pisei na poça d'água, e um vendedor de cachorro-quente veio me ajudar a limpar meu tênis, hoje ele é diretor de vendas na minha empresa".

10) LinkedIn é a rede mais tóxica da internet, onde as pessoas maquiam um mundo de exploração, depressão e *burnout,* para parecerem bem-sucedidas.

11) Qual rede social é mais tóxica? O LinkedIn, onde todos são felizes em seus empregos perfeitos e encerram ciclos nas empresas perfeitas OU o Instagram, onde todos são felizes com seus corpos perfeitos e seus relacionamentos perfeitos?

12) Exibicionismo corporativo, sim. Mas não são as redes sociais vitrines para exibicionismos variados? A única diferença é que no LinkedIn não tem muito espaço pra GIF de gatinho.

13) O fantástico mundo da imaginação do LinkedIn, em que todos os recrutadores dão *feedback* pra candidatos, todas as empresas pagam salários compatíveis com a senioridade da vaga e todas as empresas dão oportunidade pra jovens dedicados, mas sem experiência no mercado.

Com todas as críticas e brincadeiras, tá todo mundo lá no LinkedIn. E, se brasileiro é o povo que mais mistura rede profissional com pessoal, daqui a pouco (eu até desconfio de que já estão) darão *match* no LinkedIn e convidarão alguém no Tinder para um processo seletivo da empresa.

Ah, o brasileiro...

10

Para sair bem na foto

O que você vai ler a seguir não é conto, história verídica, crônica ou artigo. É uma campanha humilde. Uma campanha em prol de um grupo específico de homens: os heterossexuais, especialmente os das gerações X e os *boomers*.

Uma campanha necessária (e talvez solitária, pois gosto não se discute) pela melhor aparência desses cavalheiros, especialmente quando fotografam para seus perfis em aplicativos de paquera!

As melhores fotos nos perfis dos héteros no Tinder (em especial os coroas)!

- Ué, você deve estar falando aí: "Como você sabe que são héteros? Não tá sendo preconceituosa, não?".

Como eu sei? Querida, um homem *gay* se veste muito bem e sabe posar para fotos como ninguém. Eles são um luxo só. Lindos, elegantes e com perfis irretocáveis nas redes. Por isso é fácil saber que os montes de fotos toscas que vemos nos Tinders da vida são de homens héteros.

"Mas e se muita mulher gostar do que você tá aí pichando?" Aí a campanha será solitária e sem adesões. Estou preparada.

Para ajudar no sucesso da campanha, vou enumerar dicas do que não podemos mais ver no perfil de um pretendente heterossexual, especialmente aqueles na idade, digamos, madura.

1) Não poste foto bebendo cerveja.

2) Futebol é vida, mas evite fotos com camisas de time.

3- Não poste pratão de comida para conquistar ninguém. Nem foto comendo.

4) Penteie o cabelo.

5) Você não precisa se autoafirmar numa *bike*, numa trilha ou numa cachoeira. Não exagere nessas fotos. Depois você conta sobre seu espírito esportista e aventureiro (e sua boa forma) pras pretendentes.

6) Não use foto do Brad Pitt ou do Tom Cruise no lugar da sua, isso pega mal.

7) Não ponha foto com o braço da sua mulher cortado e aparecendo no canto da foto. É de arrepiar.

8) Evite foto com crachá, vai por mim.

9) Menos é mais. Repita como um mantra.

10) Tente não fazer o mesmo sorriso forçado em todas as fotos. Não é *sexy*. Tente mesmo!

11) Meu Deus do Céu, não se chame de *casado* no perfil. Pra que avisar?

12) Evite camisetas tipo regata. Esse é o melhor conselho que poderiam receber.

13) Evite fotos olhando para baixo. O ângulo é ruim, e você fica, em geral, mais feio.

14) Não escreva piadinhas infames e sem graça na descrição do seu perfil.

15) Não precisa colocar foto de oxímetro com boa saturação no seu perfil, apesar de ser uma ótima notícia.

16) Não se esconda. Mostre-se inteiro no seu melhor ângulo.

E, pra fechar o roteiro desta campanha, temos dicas para melhorar e muito a atratividade do perfil desses homens.

A) *Selfie* é bom, mas ter outra pessoa que tire algumas de suas fotos é preciso. Faça pose, finja até ser mais feliz do que é. Funciona!

B) Poucos textos de apresentação, pois as chances de errar falando muito são maiores. Fora que às vezes fica parecendo letra de sertanejo universitário e pagode. Clichê devia ser legal, mas não me faz tão bem...

C) Fotos bem tiradas e espontâneas fazem toda a diferença. Riso franco e registros fotográficos de você em ação. Mesmo que a espontaneidade seja *fake*. Melhor que não ter nenhuma.

D) Fotos elegantes, *please*. Deixem os seminudes escancarados pra depois que der *match*. No privado. Quer mostrar o corpo, mostra, sim, mas de um jeito sutil e chique.

E) Fotos em casa, na rua, nos lugares que você frequenta. Foto de viagem é legal também (desde que não pareça exibicionismo).

F) Se há questões importantes que tornam você compatível com algumas mulheres e incompatíveis com outras, deixe isso claro! Não há problema. Questões de filhos (se quer ou não ter), questões de ideologia, questões de cuidados da pandemia. Enfim, poupe o seu tempo e o delas.

Essa é a campanha.

Leve-se a sério e não coloque fotos de qualquer jeito no seu perfil de aplicativos de paquera. Lembre-se de que os aplicativos nada mais são do que vitrines e gôndolas.

Não me leve a sério. Jamais considere nada do que escrevi se você se sente bem e agrada desse jeito.

Como disse, há um risco de essa campanha ter uma só adesão.

11

Curiosidades da vida online

Ei, você aí que vive a vida online como ela é hoje. Sabia que...

1) Com a regulamentação da internet no Brasil, houve um enorme aumento de usuários ativos, o que antes era privilégio de uma parcela pequena da população, devido ao alto custo de aquisição. Em palavras mais simples, isso permitiu o acesso à internet aos mais pobres e menos privilegiados.

2) Privacidade já teve como definição o direito a ficar em paz e sozinho, e não está associada apenas à função de esconder alguma informação. Ou seja, privacidade é o direito de escolher não expor alguns fatos sobre sua vida. É diferente de mentir ou de omitir o que precisa ser mostrado. Fique ligado para não sair escondendo tudo e dizendo que está exercendo o direito de privacidade. Isso é caô (mentira contada com o intuito de enganar).

3) Em 2022, a União Europeia, em uma de suas reuniões chamada de Diretiva da Privacidade, abordou a questão do direito à privacidade

eletrônica, em virtude do dinamismo das redes sociais e pressupondo que esses espaços de compartilhamento precisavam de delimitações jurídicas. Isso significa que ela decidiu penalizar quem desrespeitasse a privacidade do outro na internet.

4) Foram criadas normas que regulamentam e estabelecem princípios sobre segurança e privacidade na rede. O Marco Civil da Internet (Lei nº 12.965/2014) e a Lei Geral de Proteção de Dados Pessoais (LGPD), como é chamada a Lei nº 13.709/2018, são as duas principais!

Sabe o que elas dizem? Que seus dados só podem ser guardados e usados com a sua autorização ou em caso de investigação criminal.

Sabe quando você clica sem pensar muito e autoriza o uso de seus dados? É disso que estamos falando aqui!

5) Além das duas leis, é importante ressaltar que a Constituição Federal determina que "são invioláveis a intimidade, a vida privada, a honra e a imagem das pessoas, assegurado o direito à indenização pelo dano material ou moral decorrente de sua violação".

A lei máxima do Brasil diz que você tem direito a ter a sua vida privada e manter só para você o que julgar oportuno.

Quer saber mais agora? Eis algumas curiosidades:

6) O Brasil conta com mais de 150 milhões de usuários, 70,3% de sua população. O Sudeste aparece como a região com a maior taxa: cerca de 78% dos usuários utilizam redes sociais. Em relação ao tempo gasto na internet com trabalho e lazer, o Brasil toma o segundo lugar da Colômbia, com média de dez horas e oito minutos conectado. A grande verdade é que nossas vidas se passam na internet!

7) Os brasileiros usam a internet por mais de dez horas por dia. Se dormimos pelo menos seis horas diariamente, no mínimo metade de nosso tempo é vivido online.

8) Passamos mais de três horas por dia em redes sociais, e 61% da nossa população está conectada a elas.

9) O YouTube é a plataforma de vídeos mais usada no país. Aliás, alguém aqui ainda vê televisão aberta regularmente?

10) 6 bilhões é o total de horas de vídeo assistidas por mês no YouTube, ou seja, quase uma hora para cada pessoa do planeta.

11) As mulheres são maioria no Facebook, Instagram e TikTok. Aliás, o TikTok é usado por dois milhões a mais de mulheres do que homens nos EUA.

12) Existem seis influenciadores com mais de 50 milhões de seguidores no TikTok: Charlie D'Amelio, Addison Rae, Zach King, Spencer X, Loren Gray e Bella Poarch.

13) É difícil quantificar o total de mensagens *spam* que são enviadas por dia no mundo, mas existem boas estimativas. O estudo elaborado pela Microsoft e pelo Google também fala de uma massa de *spams* beirando a casa dos 94 bilhões de mensagens por dia.

Quer que eu explique do meu jeito?

Isso é a esquizofrenia da comunicação. Todo mundo querendo vender tudo para todo mundo (porque, em resumo, é isso que se quer) e enviando mensagens periódicas para quem eles não conhecem, tentando convencer de algo — em geral, uma decisão de compra.

14) Existe um hospital na China para tratar exclusivamente os viciados em internet, aqueles que não desgrudam do celular para nada ou que entram em pânico quando a bateria acaba ou quando não há conexão disponível.

15) Todos os dias em diversos servidores de todo o mundo, trinta mil sites de empresas e organizações são invadidos por *hackers*.

16) Pesquisas informam que entre 8% e 38% da população do mundo está viciada em internet. Mas só? Me parece mais... ou será que muitas conseguem beber, ops, usar socialmente apenas?

17) Ah, a Estônia... país que distribui internet gratuitamente, pois isso é oficialmente um direito do cidadão.

18) Usuários de redes sociais como Facebook e Twitter passarão 10% de suas vidas nas redes, segundo a London City Girl Magazine.

19) Um terço dos casais casados recentemente no mundo conheceram-se online, de acordo com informações da Forbes.

20) O primeiro casal a se conhecer online no mundo completou vinte anos de relacionamento em 2015.

21) A China é o país com o maior número de internautas, seguida de Índia, China, Japão e Brasil, de acordo com o Internet Live Stats.

22) Em 2014, um estudo na Inglaterra revelou que os gigantes das redes sociais foram citados em um terço dos casos de separação e divórcio. Será diferente no Brasil?

23) Bill Gates, um dos fundadores da Microsoft, prevê que daqui a dois ou três anos a maioria das reuniões virtuais vai acontecer no metaverso — o mundo virtual com avatares, considerada uma das grandes apostas de grandes empresas de tecnologia.

24) Cientistas listaram os países com os maiores índices de vícios em *smartphones*. O Brasil ocupa o quarto lugar do *ranking*. Já um estudo divulgado pela Digital Turbine mostra que 20% dos brasileiros não ficam mais de trinta minutos longe do celular.

Poderia deixar aqui uma interminável lista de curiosidades e fatos pouco conhecidos sobre a vida na internet.

Importante mesmo é ter o entendimento de que a vida é única, sem a divisão clara e reta do virtual e presencial. A vida acontece enquanto gastamos nossos *megabytes*.

Nua e crua, como ela é.

Online.

12

Matemática humana

Vocês podem não acreditar, mas eu adorava matemática! Colegas, professores e familiares por vezes apostavam que eu estudaria algo como engenharia ou ciência da computação.

Erraram feio.

Matemática é para acalmar meu espírito, equilibrar minhas emoções, mas nunca para me satisfazer complementarmente em termos profissionais. Seus desafios têm um limite, e no campo das palavras os desafios são ilimitados e até mesmo imponderáveis. E, para ser sincera, eu adoro conviver com essa possibilidade. Por isso, disse não à matemática quando passei no vestibular!

Dessa facilidade em matemática, guardei alguns conceitos aritmeticamente precisos, que, se pensarmos com jeitinho, podem ser bem aplicados às nossas pouco precisas emoções. Um deles é o da divisibilidade. Aprendi que números primos não se dividem e que há sempre um máximo divisor comum. Aprendi sobre números naturais, inteiros, racionais, decimais, reais. Quantos deles!

Lendo a vida da gente com as lentes lógico-matemáticas, vejo que somos inteiros ou, ao menos, tentamos ser um só, com defeitos e qualidades, pontos altos e baixos, mas uma pessoa somente.

Uma pessoa ímpar.

Uma mente única tentando arrumar os pensamentos, desejos, emoções e medos. Tentamos ser inteiros, naturais, como os números.

Pois é, mas sabe o que descobri? É que, ao contrário do que possa parecer, somos divisíveis e nada primos. Nossa divisibilidade é tão natural e fisiológica, que não deveria causar espanto ou repulsa. Mas causa.

Somos julgados porque nos sentimos divididos na escolha da profissão, porque gostamos de dois pratos no cardápio, porque queremos dois candidatos, dois vestidos ou até duas cores de esmalte. Tudo nos divide em dois, três, quatro ou mais!

Raramente somos números primos, solidamente indivisíveis! Essa é a verdade!

Somos divisíveis e divididos quando se trata de relacionamentos e amores. Sabemos o que queremos? Podemos saber, até.

Mas sabemos o que desejamos?

Em tempos de zapear, arrastar e digitar freneticamente em telas multifacetadas, sinto que há quem se divida em muitas células, no sentido figurado. São muitas as opções, as ideias e as divisões. Elas se multiplicam nas redes. Quantos serviços semelhantes nos oferecem! Quantas lojas virtuais de roupas e sapatos! Quantos serviços diferentes! Quantos lugares para conhecermos! Quantas viagens à nossa espera! Quanta gente interessante para interagir. É tudo muito. Aliás, os números são infinitos mesmo. Não me causa espanto sermos seres que se dividem em tantos.

E, assim como nos dividimos em relação à bolsa que vamos comprar ou ao curso que vamos escolher fazer, podemos nos dividir quando se trata de amor.

E não há crime ou culpa (e muito menos castigo!) em se sentir dividido entre duas ou mais pessoas. Gostar de uma para uma coisa e de outra para outra. Gostar de conversar com uma e beijar outra, desejar ter filhos com uma e querer fazer cafuné em outra. Nem todos se sentem assim, mas quem se sente faz parte da legião de seres humanos normais. Bem humanos mesmo.

E não deve haver julgamentos. Somos divididos em nosso estilo de vida. Queremos calmaria, mas temos vontade de agitação. Queremos solteirice, e olhamos comprido para um namoro de cumplicidade. Queremos trabalhar muito, e desejamos o ócio. Queremos mudar a cor de cabelo e voltar à que tínhamos. Queremos encontrar (ou até mesmo beijar) diferentes pessoas.

Sim. Podemos querer e amar mais de uma coisa, lugar ou pessoa. Muitos lutam contra essa natureza divisível, por desejar ser inteiro de caráter e ética. Mas lembremo-nos de que o número inteiro nem sempre é primo, ele pode ser divisível. Muito divisível.

E eu agradeço à minha querida aritmética por aplacar minhas culpas e me fazer, através de seus conceitos, uma pessoa mais leve e feliz, com todas as divisões que aparecem e desaparecem (às vezes só em meu pensamento) na dança numérica da vida.

13

O mundo encantado da instantaneidade

"Mandei o e-mail há três horas e nada. O que será que houve? Claro que viu. Será que não vai responder? Será que se incomodou com alguma coisa?"

Sim, aparentemente se trata de um pensamento psicótico-paranoico, pois é coisa de maluco enviar uma mensagem a alguém e pensar que pode haver algum problema só porque não teve retorno em poucas horas depois!

Hoje, estamos todos mais ou menos assim. E quem, ao ter lido isso, disser ou pensar: "Eu não sou assim!", tem os meus sinceros parabéns.

Todo o aparato tecnológico é pensado para economizarmos tempo (e teoricamente nos sobrar tempo pra outras coisas), mas o que menos temos hoje é tempo. E paciência.

Como, segundo Tolstói, tempo e paciência são eternos beligerantes, vivemos em guerra espiritual (o que às vezes pode mesmo detonar uma guerra material!).

Hoje, sabemos se as mensagens escritas que mandamos foram lidas ou não. Se são lidas e não respondidas, o pensamento torto começa a funcionar. "Leu e não respondeu. Babaca. Ou será que fiz alguma coisa e não sei?". Ou ainda: "Podia responder qualquer coisa. Mal-educado!". Sim, atualmente as pessoas têm seus movimentos tão expostos, são tão cobradas, que acabam sendo mesmo mal-educadas. É muito canal, muita informação, muita resposta para dar, acaba não dando! E, se você quiser ser polida e dar respostas instantâneas o tempo todo, suas tarefas vão ficando de lado e para trás. É um beco quase sem saída. Se você recebe um texto e lê, chega a pensar: "Ferrou. Agora tá lido, vou ter que responder". Não tenho certeza se esses novos aparatos e costumes revelam caráter (ou falta dele) ou se somente expõem mais uma faceta do ser humano que sempre existiu: nem sempre somos transparentes como poderíamos ou deveríamos ser.

Um clássico dessa patologia digital é o aplicativo de mensagens instantâneas mais popular do Brasil: o WhatsApp.

Fazem-se grupos por lá, fala-se ao mesmo tempo e de diferentes assuntos. Perdemo-nos muitas vezes nos diferentes grupos. Discutimos, brigamos, saímos do grupo, voltamos, gravamos áudios de cabeça quente e nos arrependemos. Aceleramos os áudios — quer coisa mais doente?

Mas o mais grave no WhatsApp é que ele permite que as pessoas ajam como não agiriam no mundo presencial. Ao menos, não agiriam tão naturalmente como agem. No mundo presencial, se alguém lhe dá bom-dia, você não passa direto sem devolver o cumprimento.

Mas no WhatsApp, sim.

No mundo presencial, se alguém lhe contar um caso ou novidade, você reage; mesmo que negativamente, você reage. Você responde algo.

Mas no WhatsApp, não.

Se está num grupo de qualquer tipo e resolve sair do grupo ou sai da sala, você avisa, se despede.

No WhatsApp, nem sempre.

A instantaneidade da comunicação sofre efeito rebote no WhatsApp. É tudo tão rápido e instantâneo, que se permite "deixar pra depois" a resposta que poderia ser dada imediatamente. E muitas nunca são dadas. Quantos "vácuos" nas comunicações acontecem no WhatsApp. E quantos mal-entendidos, traições e deslealdades com encaminhamentos não autorizados e conversas inapropriadas.

Perdemos os parâmetros e referências da cordialidade e gentileza. Eu diria que perdemos a educação que tínhamos no tempo em que estamos no WhatsApp (ou será em qualquer ambiente?). E, claro, perdemos a paciência. Se visualizou a mensagem no WhatsApp e nada respondeu, quem enviou a mensagem julga, conclui (muitas vezes errado), toma decisões baseadas na ausência de resposta e se chateia. Ou seja, a comunicação no WhatsApp ajuda, mas também pode atrapalhar um bocado.

A falta de paciência não se revela só nas mensagens digitais. Ninguém quer mais esperar nada. A ideia de instantaneidade não vem de hoje: vide os restaurantes *fast food* e a câmera Polaroid. Outras são incrivelmente atuais. Fatos e fotos devem ser postados na hora. Fotografou, postou. Se não postar logo, como vamos marcar o lugar onde estamos no momento da foto? A demora pra postar só acontece quando é preciso editar, colocar filtros e legendas. No mais, é tudo pra já é, com direito a voltar mais tarde como #tbt.

E quando o 4G não funciona e nem há rede WiFi disponível? Haja paciência... e saúde mental! Hoje sofremos de nomofobia, o medo de ficar sem celular, ou seja, sem internet, e também sofremos de FOMO (Fear of Missing Out), que é o medo de estar perdendo algo, de estar fora das redes sociais. Patologias novas para tecnologias que não existiam antes.

Para completar o quadro e provocar ainda mais impaciência no mundo do instantâneo, tem o trânsito. Longos engarrafamentos, trânsito que não anda. E a gente lá, parado, tentando ganhar tempo, possivelmente falando no celular com fone de ouvido ou Bluetooth. É sempre um teste de paciência, ou somos nós que não sabemos mais esperar por nada?

Fico imaginando o reflexo dessa instantaneidade compulsória em campos da vida onde não deveria haver pressa. Será que as preliminares estão com os dias contados? O Viagra vai passar a ser remédio contra a perda de tempo? Terá o gozo de hora marcada, com contagem regressiva?

Kant afirmou que a paciência é a fortaleza do débil, e a impaciência, a debilidade do forte. Como boa seguidora da ética kantiana, proponho que nós (que nos tornamos fortes pelo que pensamos e refletimos) tentemos exercer nossa paciência nas mais diversas áreas do cotidiano, a fim de evitarmos a debilidade generalizada vislumbrada por ele.

14

Onze coisas para elevar sua autoestima

Hoje mais do que nunca vivemos como se estivéssemos em uma vitrine. E nos sentimos à mostra com certa constância. E estamos à mostra, porque entramos na onda. A onda da estética pop da perfeição que supervaloriza a imagem, e contribui para nossas inseguranças e um sentimento de certo desdém pela nossa imagem nua e crua.

Além disso, a cultura Nike de alcançar o sucesso como única saída para a felicidade (*just do it!*) faz com que a gente, a qualquer sinal de fracasso, mesmice ou cotidiano burocrático, se sinta um excluído sociocultural.

Mas isso é só um sentimento de exclusão, porque de fato estamos inseridos nessa sociedade superficial e vaidosa, queiramos ou não. Portanto, faz-se necessário nos blindarmos um pouco, a fim de mantermos nossa autoestima em níveis sustentáveis. Para tal, seguem algumas sugestões.

1) Faça o que você ama fazer em algum momento do dia

A probabilidade de você ser e se sentir incrível fazendo o que gosta é maior do que fazendo o que não gosta tanto! E nada melhor do que fazer algo bem para se sentir "o cara". Você manda bem fazendo o que curte fazer e em algum momento vai acabar se destacando e sendo reconhecido por isso. Pronto! Sua autoestima terá subido alguns degraus na escalada da vida.

2) Vista-se bem

Não falo de estilo, preço ou qualidade do tecido. Falo de você se sentir atraente e bacana. Você no estilo que o faz se sentir melhor que todos os outros à sua volta. Não tenha medo do julgamento alheio. Entenda algo de uma vez por todas: sempre o julgarão, de uma forma ou de outra. A diferença é que, se você caprichar num visual que lhe agrade, esses julgamentos não farão muita diferença: você estará feliz e confiante. De verdade.

3) Olhe para todos os lados

Nossa tendência é achar que há muitos por aí melhores que a gente: mais felizes, mais ricos, mais magros, mais bonitos ou mais poderosos. Olhamos sempre "pra cima". As redes sociais, em especial o Instagram, não ajudam muito. Ali, todos estão melhores que a gente, e nós nos sentimos pequeninos com nossas vidas e rotinas sem cor.

Tenha a certeza de duas coisas: primeiro, as pessoas "acima" de você podem não estar melhores como parecem no cômputo geral, você nem tem ideia: pode ser só filtro e ângulo da foto, por exemplo. Segundo, há muita gente pior que nós e se sentindo feliz e motivada, o que deve ser um motivador a fim de que aprendamos a exercitar nosso cérebro para ser feliz com pouco. Então, olhemos tudo e não nos deixemos abater pela felicidade alheia, real ou fabricada.

4) Ache razões para se amar

Todo esse papo de que temos que amar a nós mesmos antes de amar qualquer outra pessoa sempre me irritou. Não conseguia entender como alguém podia conseguir se amar mais do que ao outro (principalmente quando rejeitada pela outra pessoa)! Toda vez que alguém me consolava dizendo "você tem que se amar mais e em primeiro lugar", eu me odiava mais! Mas hoje consigo entender melhor o que "o mundo" quer nos dizer com isso: a gente tem que aprender a ser protagonista — uma verdadeira estrela. Investir no que nos faz nos sentirmos fodas e nos deixam transitoriamente metidos. Isso é se amar. Experimente.

5) Mexa-se

Atividade física é o mais eficaz remédio contra autoestima baixa e desânimo. Seja indo à academia, seja dançando, nadando, correndo na orla ou caminhando no parque, o exercício faz bem a todos os tipos físicos. E nesse ponto as redes sociais ajudam, quando nos inundam de fotos, *hashtags* e produtos *fitness*. Um estímulo a mais. E se conquistar algo pelo seu esforço e disciplina, vencendo a sua maratona interior, compartilhe. Você merece ostentar tal conquista.

6) Afaste-se do que não é bom

Amigos negativos que nos põem pra baixo? Afaste-se gentilmente. Especialmente no mundo virtual, não nos ajuda nem acrescenta em nada estarmos cercados de pessoas que ignorem, critiquem, deem indiretas e realcem nossas fraquezas. Amigos? Só os que nos levantam e nos fazem acreditar que somos tão bons quanto realmente somos. Amigos que nos apoiam online e offline.

7) Faça uma *memorabilia* de conquistas

Nós somos humanos o bastante para focar mais as nossas derrotas e os nossos pontos fracos do que as coisas positivas que já conquistamos. Mas sempre é tempo de mudar e passar a enxergar de um jeito diferente. Concentre-se no que deu certo e no que ainda pode dar. Colecione seus sucessos. Faça uma lista mental deles e relembre-os sempre que possível. Uma *memorabilia* de conquistas é uma arma contra nossa baixa autoestima. Se tais conquistas tiverem sido registradas nas redes, reposte-as.

8) Trate-se bem

Cuide do cabelo, da pele e do corpo. Durma bem. Não se cobre tanto. Massagens. Praia. Maquiagem. Coma bem. Coma menos. Acessórios, depilação, implante, tudo que te faz bem por dentro e por fora.

Fuja da rotina e busque ao menos uma razão diária para gargalhar. Ria bastante. A cada boa risada que damos, subimos um degrau na nossa autoestima.

9) Desafie-se

A vida sem perspectiva pode ser bem chata e acabar derrubando qualquer um. Toda perspectiva vale. Portanto, imponha-se e aceite desafios, mesmo que a princípio eles o deixem em pânico. Desafios e metas, pequenos que sejam, nos fazem lutar para alcançá-los, e depois nos sentirmos quase super-heróis.

10) Ande e aja como se você não fosse você

Ande na rua de maneira diferente: seja mais determinado, mude a postura, imagine que você é outra pessoa. Apesar de parecer estranho, isso lhe fará incrivelmente bem! Ande com fone no ouvido, ouça um bom rock'n'roll ou um samba de raiz.

Experimente ficar sem companhia pra fazer coisas que antes você não imaginava fazer sozinho(a), como jantar fora, ir ao cinema ou tomar um vinho em casa, ao som de boa música. Você vai acabar descobrindo que ser você não é tão ruim assim e que você é uma ótima companhia pra qualquer um.

11) Faça um perfil no TikTok, reduza drasticamente o seu senso de ridículo

Grave, use filtros engraçados, faça vídeo de bichinhos, cante, tente uma dancinha, mesmo que fique desajeitada. Não espere *likes* nem seguidores, só brinque com o que te diverte.

Experimente.

E depois volte para me dizer se funcionou.

15

Compulsão

Em algum grau, todos que me leem são ou estão maravilhados e muito provavelmente viciados em alguma rede social.

Como saber se e o quão viciados estamos?

Lendo, ouvindo relatos e fuxicando os perfis e comportamentos alheios, relacionei abaixo fatos que vão nos ajudar em nosso processo de conscientização do problema e autoconhecimento.

1) Começar a manhã com o celular. Se você acaba de abrir os olhos e já pega o seu celular (alguns põem os óculos antes) para checar suas redes, você pode sofrer desse vício. Mesmo que a princípio seja somente de um hábito matinal, é um sinal de alerta importante. É até engraçado (cômico se não fosse trágico) olhar o WhatsApp pela manhã, ver que o Fulano abriu às quatro da manhã, pensar que ele ficou na balada até essa hora ou que ele passou mal no meio da madrugada e, finalmente, descobrir que ele acordou pra ir ao banheiro e checou o aplicativo.

2) Você não sai de casa sem levar bateria extra e/ou cabo para carregar seu celular, mesmo que saiba que não vai demorar. Vai que, né?

3) Postar! Postar! Compartilhar! Compartilhar! Todo o dia, toda a hora. Você não consegue evitar: pode não ter a intenção quando abre alguma rede social, mas, quando vê, já está postando. Até porque, fazendo isso, você tem mais motivos para entrar toda hora nas redes e checar *feedback* (curtidas, comentários, mensagens privadas). Mas isso tudo provavelmente toma um tempo considerável do seu dia, e você nem percebe (ou percebe e finge que não). Isso tudo tem nome e se chama vício. Somos uma sociedade viciada em redes sociais e devemos buscar ajuda coletivamente, se conseguirmos acordar para o tamanho do buraco em que nos metemos.

4) A conexão com os amigos é somente pelas redes sociais? Se for, fique atento. Sabemos que as plataformas digitais nos ajudaram muito a minimizar o isolamento e a solidão na pandemia, mas não se entregue a isso, lute por interações ao vivo, voz ao telefone e encontros, mesmo com restrições (sanitárias ou financeiras). Se as amizades estão majoritariamente sendo regadas nas redes, você está viciado.

5) Acompanhar a vida das pessoas nas redes quando acha que está com tempo. Acompanhar tudo (*stories* e publicações) de algumas ou muitas pessoas, curtindo, comentando ou simplesmente se deixando aparecer nos *views* dos *stories* dos outros, é um claro sinal de que você não consegue mais largar as redes sociais. Tá grudado no celular e dificilmente desgruda!

6) Nomofobia (*no mobile!*). Você fica desesperado se seu celular "morrer", ou seja, se ele ficar sem bateria e você não tiver como carregá-lo imediatamente? Sabemos que é desagradável e que a falta do celular pode até nos deixar em apuros, mas pânico, medo extremo, fobia são um indício forte de que você é dependente das redes sociais também e não tem medo de só ficar sem bateria do celular pra chamar um Uber ou ligar pros bombeiros.

7) Quando você fica offline no metrô ou em alguma sala de espera ou durante um voo, você continua agarrado ao celular, procurando o que fazer (de joguinhos a visita a fotos da galeria, podendo simplesmente

repassar *posts* já vistos no Twitter)? A cabeça abaixada em direção ao celular é uma baita bandeira de que o vício tá aí.

8) Relaxar é olhar redes sociais. Você está cansado de trabalhar, pega o celular e fica passeando pelas redes como forma de recreação. A mesma coisa se você levar o celular para o banheiro ou ficar com ele na mão no restaurante ou numa palestra. Não tem jeito, é adicção. E nem percebemos!

9) Quando tem a sensação de que não sabe de tudo e que tem muita coisa pra ler e se informar, você pode ser um viciado em redes sociais. Conheço uma pessoa que vive checando o Twitter, atrás de acidentes, temporais, escândalos com políticos e celebridades, e ao mesmo tempo tem sempre a sensação de que está perdendo algo. Uma ansiedade digital e, claro, um vício.

10) Tem necessidade de compartilhar um *trending topic* antes dos demais ou de criar uma postagem que viralize, ficando ansioso por isso antes, durante e depois? Nossa, é caso grave. Desliga disso! Para que viralizar? Quer ter popularidade? Não se esqueça de que em tempos líquidos o *timing* é acelerado e a memória curta. Ninguém vai lembrar disso depois de um tempo. Se quer ter seguidores fiéis e engajados, crie conteúdo sem se preocupar com curtidas e visualizações. Se for bom, o reconhecimento virá no tempo que tiver que vir.

11) Você não atende muitas ligações, não aparece nos compromissos sociais muito frequentemente, não responde tão rápido o WhatsApp, mas nas redes sociais é superfácil se comunicar com você? Toma vergonha, rapá! E isso lá é jeito de se apresentar ao mundo? A vida pode ser mais legal ao vivo, a cores e presencialmente. Lute contra esse vício, ele pode arranhar e muito a sua imagem e o seu conteúdo também!

12) Trajetos de viagens e movimento da rua passam despercebidos por você porque você passa a maior parte do passeio, a pé ou de carro, com a cara no celular. Jura que é assim? Faça um detox para sobreviver. Você está perdendo a vida de carne e osso à sua volta, e, quando se der conta, já foi. O pior é que você acha bom ser assim, não alcança o que eu estou dizendo e vai continuar preferindo aproveitar seu tempo de

caminhada (arriscando tropeçar ou ser atropelado olhando pro celular) ou passeios motorizados com a cara enfiada na telinha, o que me dá mais certeza do seu problema.

13) Médico, RPG, fisioterapia, gelo, anti-inflamatório e até licença médica. Má postura, dor, lesão por esforço repetitivo (LER) no antebraço ou no dedo da mão. Suas doenças vão além dessas: é preciso tratar a cabeça, e, por que não?, a alma.

14) Pornografia, uma adicção antiga, parceira fiel de muitos até hoje. Não é mais preciso adquirir filme pornô — quanto mais caseiros e orgânicos, melhor, certo? Esse vício é demasiado perigoso. Se todos afetam a saúde mental, este a afeta ainda mais profundamente. Já existem aplicativos para bloquear o uso de sites e contas de pornografia. Se esse é o seu vício, vou falar um pouco mais sério com você: reconheça, conscientize-se e procure ajuda.

15) Se você já está deixando de almoçar, jantar, tomar banho, estudar ou sair para ficar jogando online e isso vem se arrastando por meses, você está doente, e sua doença já é prevista no catálogo internacional de doenças, o CID. Deixe que te ajudem. É fundamental!

16) Se você tem a sensação de que o celular vibrou ou fez algum barulho e ele na verdade tá quietinho em silêncio, você está doente, e isso já tem nome: síndrome do toque fantasma, nome dado por um especialista do Departamento de Psicologia da Universidade da Califórnia.

17) Se sua coluna está com problemas, especificamente na cervical, você já está com problemas na sua relação com a internet. O ato de inclinar a cabeça para mexer no celular coloca uma carga muito além da suportada pelo nosso pescoço. Nossa coluna cervical aguenta no máximo seis quilos e, dependendo do posicionamento do pescoço para interagir com dispositivos eletrônicos, é aplicada uma carga equivalente a 27 quilos. Mudança já!

18) Insônia? Fica até tarde mexendo no celular? Trate-se. Precisamos dormir e, além da agitação de ficar acompanhando as redes já

deitado na cama, a própria luz emitida pelo celular diminui a produção de melatonina, responsável pelo sono.

19) Imagino que filtros de aplicativos como Instagram tenham surgido para descontrair e aumentar as interações digitais. Mas com o tempo eles foram sendo desenvolvidos para eliminar imperfeições, então, mais do que somente um vício de fazer arte com filtros, há um problema muito sério chamado de dismorfia. Muitos jovens nem conseguem mais se olhar no espelho por conta disso. Há uma busca pela beleza prometida pelos filtros que pode levar a distúrbios alimentares, crises de ansiedade e depressão.

20) O acesso à informação foi gigantescamente ampliado com o advento da internet. Busca-se informação sobre tudo, incluindo saúde e doença: sintomas, diagnósticos, exames, tratamentos, medicamentos, entre outros. Isso é somente negativo? Claro que não! Informar-se é muito bom! Vivemos a era da informação. O problema é que a hiperinformação atinge diretamente o processo de validação dos dados, a disseminação de *fake news* e o cotidiano das pessoas. Quando falamos em cotidiano, falamos em saúde mental também. Hiperinformar-se gera ansiedade, transtornos obsessivos e até mesmo crises de pânico. É bom maneirar e aceitar que aprender é bom, ter tudo ao alcance dos dedos para nos inteirarmos sobre tudo o que desejamos é melhor ainda, mas é urgente e necessário relaxar e parar de buscar tudo o que pensamos ou de que duvidamos, caso contrário estaremos sendo prejudiciais à nossa saúde. E isso tudo vicia também! Já existe aplicativo no celular que ensina a analisar seus exames laboratoriais. Concorda que isso pode ter um efeito colateral sério que vai muito além dos possíveis resultados de exames laboratoriais?

Esses itens têm um tom pessimista, e eu me desculpo por isso. É que eu acho, de verdade, que o lado bom de cada um dos aspectos mencionados nós já conhecemos. E, como não existe almoço grátis, acho que é importante entendermos o preço de nossos vícios.

A palavra de ordem deve ser dosagem, pois o que vicia e entorpece cobra um preço alto depois.

16

A angústia de Maria

Ela quer entender, precisa saber o porquê das coisas. Desde pequena ela é assim.

A vida hoje a aflige.

Ou melhor, viver a aflige.

— Professor, qual é o preço de se viver uma vida digital plena?

— Pagamos com nossa privacidade. E abrimos mão dela voluntariamente.

— Não há mais privacidade absoluta? O que fazemos será sempre registrado e sabido por alguém?

— Em geral, sim. O sigilo total é cada vez mais raro e difícil de se obter. No futuro, acredito que sigilo será conseguido com muito dinheiro. Ao mesmo tempo nós, indivíduos e cidadãos, somos conectados e interligados com o mundo inteiro. São muitas possibilidades e diferentes interações, e pode ser que ninguém nunca saiba de tudo o que nos acontece no universo digital. Temos um mundo em que nossa privacidade e nossos segredos, com sorte, podem ser preservados pra sempre. Como acontece na vida offline, guardam-se segredos, mas, hoje, manter um segredo bem guardado é desafio maior, pois temos mais mídias pra nelas escorregarmos e soltar o tal segredo. Temos menos privacidade em geral. Nossos celulares sabem tudo o que fazemos e por onde andamos, rs.

— Sim, como sempre foi, nunca saberemos tudo sobre a vida online ou offline de alguém. Contamos o quanto queremos, guardamos pra nós o que não queremos também. Como sempre, certo? O problema é que hoje estamos hiperconectados e criamos um mundo paralelo, compartilhado ou solitariamente, em segredo.

— São muitas fontes, muitas pessoas diferentes, muita informação e muitas plataformas de mensagens. Temos uma vida social muito mais intensa do que tínhamos e ainda temos no mundo offline. Se não formos hackeados ou se de alguma forma nossos arquivos não vazarem, o que escrevemos, fotografamos, filmamos ou salvamos é só de nosso conhecimento e de mais ninguém. Mentir ficou mais fácil, né, professor?

— Eu diria que esse é o nosso grande paradoxo. Ao mesmo tempo que temos nossos mistérios no celular, nas contas de e-mail e aplicativos de mensagens privadas, somos mais expostos hoje: tudo é fotografado, registrado. Nossos dados não são mais nossos: são de muitos. Somos rastreados 24 horas por dia, e de alguma forma nossos nomes, documentos, nossa localização e nossas postagens aparecem em qualquer pesquisa banal que se faça. Eu diria que mentir ficou mais difícil, apesar de parecer o contrário. As chances de o que fazemos privadamente ser publicizado está na razão direta das inúmeras possibilidades de interações em diferentes mídias.

— Então mentir hoje é um ato de astúcia e de extremo cuidado.

— Concordo. Mentir hoje, ou mesmo omitir, no mundo digital pelo menos, não é para amadores, Maria. Ao mesmo tempo que não é possível controlar a vida virtual de alguém, seus segredos não são segredos absolutos, já que há sempre quem acessa tudo o que escrevemos ou fazemos nas redes, quem nos tem nas mãos. Sempre haverá segredo bem guardado e mentira de sucesso, mas que se tornou mais desafiador, isso ninguém pode negar. E eu nem falo de *hackers*, falo de algoritmos e de registros por celular (tudo se grava, se filma).

— Professor, qual é o valor mais importante em sociedade, diante desse cenário?

— Confiança e lealdade, Maria. Cada vez mais precisamos de palavras leais, de caráter e de honestidade para lidarmos com essa nova realidade digital. Hoje deturpamos um fato ou opinião com facilidade, descontextualizamos, viralizamos inverdades, mudamos vozes e alteramos fisionomias digitalmente.

"Criamos meta-humanos. Há quem diga que a sociedade já não consegue separar o real e o virtual por completo.

"Se não exercitarmos a lealdade e a honestidade, a verdade vai desaparecer. Ou se transformar. Seremos uma sociedade esquizofrênica, em busca de separar a realidade da ilusão, o joio do trigo, a verdade da mentira. Enlouqueceremos. Nem sei se posso falar no futuro ou se já deveria usar a conjugação no presente."

As caras enfiadas no celular, a maneira como entregamos nossa vida privada de bandeja, as vidas paralelas no mundo digital. Os segredos, sigilos e vazamentos. Tudo intriga Maria.

O corpo dos humanos vem sofrendo com tanta tecnologia: os dedos, a coluna, os olhos, o cérebro. Estamos nós em processo de mutação? "Onde vamos parar?", o pensamento dela insiste em repetir.

Há uma percepção, ainda que para poucos, de que todos os meios de comunicação, interação e diversão são prisões. Nós pensamos e nos vemos livres, mas não o somos. Com cada vez menos anonimatos, somos cada vez mais escravos de uma cultura de rendição: entregamos nossos dados, nossa localização, nossos gostos e nossos interesses. Fornecemos todos os dados sobre nossas vidas, para sermos devidamente manipulados. A manipulação que sofremos é sutil e inteligente: não percebemos e com isso acreditamos em ideias espontâneas, inspiração e coincidência.

Os aparelhos nos ouvem e nos leem, e há quem acredite em Deus e em milagres quando aparece no visor do celular o nome daquele remédio que você precisava e não conhecia ou a oferta de um serviço que você pensou em procurar. Não é sobrenatural, e sim 100% artificial.

Vivemos um grande show de Truman. Somos uma espécie de fantoche lobotomizado que em breve viverá no modo holograma. Ou melhor, no metaverso.

"Será que, para ser realmente livre, é melhor ser uma pessoa analógica? Deixar as redes sociais e desligar o celular o máximo que se puder?"

Maria vive a angústia de presenciar a Quarta Revolução Industrial. Ela vive a consciência amarga do *big data*, a fluidez da criptomoeda e a proteção invisível e arriscada do *blockchain*.

Maria e muitos de nós vivemos o *burnout* do excesso de futuro. A estafa da conectividade, a náusea da hiperinformação. Nunca precisamos tanto de tratamentos *desacelerativos* e desconectantes, além das drogas mais sofisticadas prescritas por médicos.

Maria compreendeu o tamanho que a confiança precisa ter para carregar ou ser carregada pelo século 21.

Nunca precisamos tanto de caráter. A bússola dos melhores valores deve estar no bolso sempre. É preciso confiar no fio reto da lealdade que se puxa do emaranhado de mensagens, ações e comunicações diversas na internet. Ou seja, no mundo.

A angústia de Maria é coletiva.

O que será de nós neste exato planeta? O que é de nosso presente nesse lugar do tempo?

Que nossas mãos, dadas, encarem o futuro.

"Não serei o poeta de um mundo caduco. Também não cantarei o mundo futuro. Estou preso à vida e olho meus companheiros. Estão taciturnos, mas nutrem grandes esperanças. Entre eles, considero a enorme realidade. O presente é tão grande, não nos afastemos. Não nos afastemos muito, vamos de mãos dadas."[1]

Eis o pensamento de Maria insistindo na poesia.

Pronto.

Cansou-se de tanto perguntar, aquietou-se e adormeceu antes de terminar a tarefa pedida pelo seu professor.

Ah, um poema pra salvar-nos do que desconhecemos...

[1] Trecho do poema Mãos dadas, de Carlos Drummond de Andrade, publicado na obra "Sentimento do mundo".

17

Crush online

Você tem *crush* nas redes sociais?

Se for secreto, não precisa responder ou me contar, mas, pelo que percebo por aí, todo mundo (homens e mulheres) tem um *crushezinho* nas redes (pelo menos um) para chamar de seu.

Falo de alguém pra admirar, pra acompanhar fotos novas, para ver seus *reels* no Instagram ou vídeos no TikTok. E, no melhor cenário, puxar papo e ser correspondido no *chat* privado, criando um vínculo maior com o crush.

O *crush* é platônico e de natureza poligâmica: quase ninguém tem somente um *crush* nas redes. Essa paixonite remota nada mais é do que o já conhecido amor platônico na versão 4.0.

O amor platônico online que existe desde a invenção das redes sociais, aumentou muito no auge da pandemia, durante *lockdowns* e *home offices*. Era tempo de mais trancado e mergulhado na internet, então os amores, mesmo que passageiros e à distância, foram pipocando.

Amor platônico é, na verdade, qualquer tipo de relação de afeto idealizada, na qual não há a devida realização de uma relação romântica e amorosa, por diferentes motivos, como naquele caso já batido de amizade entre duas pessoas em que pelo menos uma deseja outro tipo de relação.

Ou seja, é uma relação não sexual de cunho utópico e oposta ao amor romântico ou carnal.

Amor platônico também pode ser um amor impossível, difícil ou não correspondido. Muitas vezes, uma pessoa tem um amor ou paixão platônica e nunca tenta sair desse formato de relação por medo de se machucar ou de verificar que as suas fantasias e expectativas não correspondem à realidade. Na internet, o amor se mantém platônico muitas vezes por desejo de seus sujeitos: quem cultiva o *crush* nem sempre quer saber de levá-lo para a vida real.

Para o filósofo grego Platão, o amor é algo essencialmente puro e desprovido de paixões, ao passo que as paixões são essencialmente cegas, materiais, efêmeras e falsas. O amor seria então um agente de transformação e ordenação do mundo.

O conceito de amor platônico também se relaciona com o mundo das ideias, criado por Platão. Tudo o que existe no mundo das ideias é perfeito e eterno, já o que habita a vida real é uma cópia imperfeita desse mundo das ideias exatamente porque é dotado de humanidades.

Portanto, amor platônico ou qualquer coisa platônica se refere a algo que seja perfeito, eterno e imutável, mas que só existe em ideia. Pelo menos por um certo período de tempo, muitas vezes indeterminado, e sem qualquer expectativa de se sair do estágio platônico.

Não é diferente quando esse amor acontece na internet. Ele é perfeito na imaginação de quem sente. Ele não deve sair do patamar etéreo e idealizado, porque muitas vezes a pessoa que cultiva um *crush* nem quer que isso vire relação "de verdade".

Eu conheço mais de um caso de gente que cisma com a outra na internet, gama por fotos, vídeos e opiniões, mas na hora de passar pra vida carnal e real pula fora — por medo, por comodismo ou por desejo de manter o *crush* no pedestal criado por redes como o Instagram.

Pra que tornar o nosso *crush* imperfeito por causa de vida real? Continuemos acompanhando postagens, curtindo tudo, mandando *emojis* ou *stickers* privados e até conversando e se declarando, mas sempre no mundo perfeito das redes sociais. Aquele mundo sorridente e iluminado onde nada sai errado ou é feio.

Por que eu estou trazendo o amor platônico para as nossas vidas online? Porque é fácil se encantar nas redes, onde todo mundo posa pras fotos em seu melhor ângulo, usando filtros, gravando vídeos com o seu melhor lado (ninguém se mostra irritado, impaciente ou acordando descabelado e de mau humor). O *crush* é sempre incrível e tá sempre vendendo a imagem que a nossa carência quer comprar. Não importa se à vista ou parcelado.

Por tudo isso e um pouco mais, poucos querem sair do nível platônico de paixão desenvolvido na internet.

Ninguém quer transformar aquela relação distante, virtual, linda e perfeita em um relacionamento próximo e cheio de defeitos e limitações.

Os *crushes* alegram a alma, mantêm viva a privacidade de pensamento e desejo de cada um e não são (não deveriam ser, pelo menos) considerados traição. Pelo menos, não no sentido clássico e tradicional da palavra.

Muitas vezes seu *crush* é comprometido, e você o aprecia em silêncio por uma questão de *timing*. Quem sabe a pessoa se separa e presta atenção em você? Quem sabe o seu destino se esbarra quando o *crush* platônico nas redes é cada vez mais comum e em alguns casos até migra pro mundo real de carne e osso, e dá certo! Mesmo descobrindo o mundo da convivência e dos defeitos, ele conduz ao amor realizado.

Para quem não quer ou não pode sair do nível platônico de admiração e tesão (às vezes moram do outro lado do planeta, por exemplo), meu conselho é sincero:

Se relacionamentos utópicos e perfeitos o preencherem ou se valer a pena esperar pelo amor remoto até que ele seja livre e desimpedido para trazê-lo ao mundo real, siga em frente e cultive o seu *crush* organicamente.

Não esmoreça.

Acho que mais do que quererem amores leves e distantes, muitos se alimentam de *crushes* virtuais simplesmente como um inofensivo respiro ou como um recreio na atarefada escola que é o nosso cotidiano.

Alerto que é preciso ficar ligado, porque há uma linha tênue entre um *crush* do bem e um *stalker* dodói. Nunca nos esqueçamos de que, muitas vezes, o que parecia um fã inocente pode ser um *stalker* até perigoso. Olhos vivos, todas e todos. A brincadeira do *crush* não prejudica ninguém concretamente (pode prejudicar alguns relacionamentos quando um dos dois descobre que há um *crush* platônico entre eles), mas, se passa a ser algo patológico, já deixou de ser brincadeira há muito tempo e pode não acabar bem.

Portanto, cuidado com a quantidade de tempo dedicado ao *crush*, para que não se torne uma cisma ou obsessão. Saúde pra tudo, por favor.

Quanto aos *crushes*, aposte na sua sorte: ela nunca falha em apontar o caminho futuro desse amor, seja ele platônico, concretizado, decepcionante, seja ele (quando a sorte é generosa o bastante) surpreendentemente bom, provando que valeu a pena alimentá-lo no mundo virtual.

18

Solitário, eu?

Smartphones têm a pior reputação possível quando se trata de comportamento humano. E pagam o pato de quase tudo.

Eles vêm nos fazendo deslizar o dedo na tela compulsivamente, como zumbis!

Ou ficamos com medo de estarmos perdendo algo, ou estamos ansiosos e deprimidos!

São eles os vilões de nossa saúde mental! E física.

São?

Embora tudo isso não deixe de ser verdade, as atividades praticadas nos apps, bem como os encontros virtuais, podem realmente ajudar a nos tornarmos menos solitários e mais sociais (lembrando que o virtual e o real já não se separam tão bem, por isso basta sermos sociais digitalmente para sermos considerados seres sociáveis).

É senso comum que um aplicativo de *smartphone* não funciona tão bem quanto um encontro presencial, mas não há como negar o efeito positivo das atividades feitas através do celular, sejam elas ao vivo, com outras pessoas ou solitárias, através de um aplicativo.

Desde sessões de meditação, *yoga, mindfulness*, alongamento, dança, línguas estrangeiras ou jogos de inteligência, tudo acompanha e ajuda a gente a desenvolver habilidades sociais, socioemocionais e cognitivas, além das motoras.

Não importa se é um adolescente introvertido (e talvez mais solitário, por isso) ou uma mulher sozinha na terceira idade: ambos podem ser prazerosamente acompanhados de seus *smartphones*.

"Ah, mas os celulares estão deixando as pessoas cada vez mais sozinhas porque há uma falsa impressão de que elas têm companhia quando estão conectadas. E não têm."

Não têm?

Quem disse que elas não estariam sozinhas do mesmo jeito sem seus celulares? Como afirmar que elas seriam festeiras e rueiras, com um milhão de amigos as rodeando, se não fosse o malvado celular?

E mais: quem disse que é falsa a impressão de estar acompanhado pelo celular e pelo que se passa nele?

O celular pode ser um grande companheiro para as noites inabitadas em casa, para um barzinho cheio quando estamos desacompanhados, para uma longa viagem de ônibus ou para os intervalos de trabalho remoto (ou presencial).

Definitivamente, o celular não merece o lugar de vilão absoluto no qual muitos o colocam. Deixo vocês com Zygmunt Bauman e suas observações sempre instigantes.

A solidão por trás da porta fechada de um quarto com um telefone celular à mão pode parecer uma condição menos arriscada e mais segura do que compartilhar o terreno doméstico comum.

Por isso, longe do que aparenta ser (abusivo, tóxico e opressor), o meu melhor amigo é o meu celular. Para todas as horas.

19

Menos é mais

"Como são admiráveis as pessoas que nós não conhecemos bem", já diria o genial Millôr Fernandes.

Como é bom ficar sem os pormenores, pular os detalhes, evitar os sons, ruídos e gritarias!

Como eu não preciso saber do dia a dia de pessoas famosas ou do diário de bordo de pessoas em viagem!

Como as pessoas que mal conhecemos têm uma aura de superioridade e elegância! Já repararam? Como é saudável não conhecer nas redes a casa, as roupas e os hábitos das pessoas em detalhes!

Hoje é assim. Sem pedir ou querer, basta deslizar o dedo na tela para conhecermos a intimidade de pessoas que adoraríamos conhecer menos.

E isso cansa.

Dá um certo enjoo, nada grave.

Eu costumo dizer que tenho um time de futebol imaginário e

privado (conto para pouquíssimos sobre ele) com titulares e reservas. São pessoas que canso de ver na internet e que assim entram para esse meu time.

Mas, assim como entram, podem sair. Minha escalação tem variações às vezes diárias.

Meu time tem famosos e anônimos. Parentes e desconhecidos. Gente culta e popular.

Tento me analisar, porque às vezes saio um pouco de mim e, quando vejo, me coloquei no meu próprio time e muitas vezes como camisa 10. Um choque de realismo, autoanálise e lucidez. Vejam a loucura!

Quais são os critérios rigorosos desse time mental em que escalo a minha própria pessoa de vez em quando, como se tivesse tomado enjoo de me olhar no espelho ou de ouvir minha própria voz?

Depois de pensar se eu não tava sendo a chata mor (e concluído que mor não, mas chata, sim), entendi que os exageros do ego são como aquele aquecimento em campo para ser escalado como titular pelo técnico — no caso, eu.

É muita vaidade, muita postagem, muitos exageros e muita intimidade. O ego manda, e os dedos postadores obedecem.

Eu me canso até da primeira pessoa do singular (eis a maior das ironias gramaticais que já fiz).

Eu me canso das narrativas em torno do próprio umbigo.

Canso das viagens.

Canso do *frisson* de querer ser famoso e estar com famosos.

Canso dos excessos.

Canso da boniteza em excesso.

Canso de rotinas domésticas em demasia.

Canso de paixão demasiada.

Canso de filtros e, mesmo assim, acho ótima a sensação que eles provocam em mim.

Canso de babaquice exacerbada em *tweets* e *stories*.

Tudo isso cansa minha beleza.

Mas por que não canso de piada? Por que não canso de misturas de estilos (um pouco de cada)? Por que não canso de depoimentos? Nem de criatividade? Muito menos canso de informação?

Porque são *posts* mais factuais, mais espontâneos, talvez mais orgânicos (se bem que organicidade não é o forte das redes sociais em geral) e menos ególatras. Estes últimos me cansam em demasia e não é um cansaço julgador ou consciente. É como ficar cansada de tanto escrever e continuar escrevendo até a mão gritar de dor. É isso: cansamos do que vemos, porque não decidimos parar de ver quando começamos a cansar.

Agora, preciso confessar que tem gente que nunca foi escalada para o meu time.

E é gente que posta bastante e que tem muitos seguidores, mas não cansa ninguém. Pelo menos não a chata que vos "fala".

Quer um só exemplo? Cora Rónai, grande contadora de casos e jornalista. E claro que não é porque comecei falando de Millôr aqui (ela não precisaria dele para ser lembrada!).

Eu sigo, leio, curto, comento e dou risada. Cora nunca nem foi cogitada para ser gandula numa partida do meu time de futebol.

Sério, essa tá fora de escalação.

Cora tem ego na medida certa. Cora interage sem elitismo ou vaidade em excesso. Cora faz *storytelling*. E é pros outros, e não pra ela se gabar. Cora usa as redes em boas doses — sem exageros.

Provavelmente é esse o segredo.

Se eu não conhecesse ninguém tão bem quanto as redes me impõem, as pessoas seriam todas admiráveis e provavelmente eu estaria sem time para jogar a próxima partida. Conhecer cansa.

Por menos detalhes, menos *posts*, menos *selfie*, menos tudo.

Menos é mais.

20

Cancelamento pós-moderno

O famoso cancelamento 4.0 nos meios digitais nada mais é do que aquela vizinhança que se junta na praça com o tio radical ou com a tia fofoqueira e falsa moralista, pra malhar o judas — no caso, um vizinho que derrapou em alguma coisa que disse ou fez.

A essência do ser humano é a mesma. Só que hoje, dependendo do vizinho cagão, em vez de vinte pessoas falando mal dele, temos alguns estádios como o Maracanã, cheios de vizinhos impiedosos virando a cara e maldizendo o sujeito.

Cancelamento é rejeição, e rejeitar é uma das mais perfeitas perversões da condição humana.

É a nova fogueira em praça pública do século 21. Sorte que, apesar de a praça ser muito mais lotada hoje, a fogueira não arde nem queima tão fácil.

Basta desligar os aparelhos e sair dessa vida de metaverso, algoritmos e impiedade.

21

Não há almoço grátis

Quando a esmola é demais, o santo desconfia.

Deveríamos todos pensar em tão sábio ditado quando acreditamos que a internet e suas redes sociais seriam incríveis pra nós sem cobrarem seu preço. Existe um preço, e para muitos ele é caro.

Vários pesquisadores e especialistas compararam a internet ao vício em drogas ou álcool — muito devido à incapacidade das pessoas de ficarem longe de seus aparelhos e conexões.

A ascensão das plataformas de mídia social, como Facebook, Instagram, Twitter, LinkedIn e outros canais, apenas fortaleceu o domínio da internet como principal influenciadora hoje.

E é exatamente pelo tamanho que as mídias sociais ocupam na vida da maioria de nós que a enorme influência se dá nas escolhas, opiniões e atividades diárias.

A maioria das pessoas passa várias horas por dia navegando na internet ou olhando seus sites de mídia social favoritos, o que confere a essas redes um poder especialmente perigoso na sociedade.

Uma pesquisa da Michigan State University (MSU) mostra uma conexão entre o uso de mídia social e as opções de vida maléficas para si próprios.

"Cerca de um terço dos humanos no planeta estão usando as mídias sociais, e algumas dessas pessoas estão usando as plataformas inadequada e excessivamente", disse Dar Meshi, principal autor e professor assistente da MSU.

Como ainda não havia um olhar para o comportamento no que se refere a usuários obsessivos de redes sociais, os pesquisadores de Michigan então começaram a traçar um possível paralelo entre esse perfil de usuários e usuários de drogas. A correlação do uso de drogas com a utilização problemática da internet já está sendo testada.

"Com tantas pessoas ao redor do mundo usando as mídias sociais, é fundamental entendermos seu uso", disse Meshi. "Acredito que a mídia social traz enormes benefícios para os indivíduos, mas também há um lado sombrio, quando as pessoas não conseguem ficar longe de seus celulares ou computadores. Precisamos entender melhor esse impulso para que possamos determinar se o uso excessivo de mídia social deve ser considerado um vício".

Ainda não há certeza absoluta de que as redes sociais causem dependência, mas os cientistas vêm buscando tratamentos capazes de proporcionar uma saída de certos ciclos de desejo, recompensa e crises de abstinência, que aprisionam dezenas de milhões de pessoas e incluem os *smartphones*.

A verdade é que, no Brasil e no mundo, as pessoas passam cada vez mais tempo online sem ter a real ideia de quanto tempo realmente se dedicam à internet. Um levantamento da empresa NordVPN, feito em 2022 sobre os hábitos digitais dos brasileiros, apresentou dados surpreendentes: de acordo com suas projeções, os internautas passam mais de quarenta e um anos na internet, o que equivale a 54% do tempo de vida médio da população.

De acordo com os dados da pesquisa, os brasileiros passam, por semana, uma média de quatro dias inteiros totalmente conectados. Isso seria o equivalente a 197 dias por ano. E, levando em consideração que a expectativa de vida no país é de 75,9 anos, esses dados resultariam em um total de 41 anos, 3 meses e 13 dias, ou seja, 54% do tempo de vida. Ou seja, brasileiros passam mais da metade de suas vidas na internet.

Tem noção do que isso representa em nossas vidas, em nossos corpos — incluindo cérebro, coluna, olhos, mãos, articulações em geral?

Nosso corpo ainda não é preparado para tal estilo de vida, que abrange assistir a vídeos em *streaming*, fazer compras online, ouvir música e *podcasts*, e frequentar aplicativos de relacionamento.

Os problemas que enfrentamos e enfrentaremos vêm chegando junto com essa nova realidade: o uso demasiado de internet.

Os primeiros estudos a apontarem as consequências disso datam de apenas vinte anos atrás.

O que se sabe é que o ambiente virtual pode estimular as áreas de recompensa do cérebro e que a abstinência de internet provoca sintomas iguais aos da privação de drogas.

O desafio é tratar isso de modo que os usuários (e o nome usado é o mesmo para a internet e para as drogas) possam usar a internet de modo saudável, produtivo e moderado. De que forma conseguir isso é a grande questão.

Muitas celebridades estão se abstendo de algumas redes ou cancelando seus perfis monetizados e valiosos em troca de saúde mental e paz. Ou buscando algo diferente, com menos pressão.

Talvez estejamos vivendo o início do esgotamento das redes sociais.

Um exemplo, entre tantos, é o do ator Tom Holland, o Homem-Aranha, que suspendeu suas contas de Twitter e Instagram para cuidar da saúde mental, pois se via preso numa espiral em suas redes.

Pode ser que, quando você leia este artigo, ele já tenha reaberto sua conta e esteja feliz de novo, mas o fato é que cada vez mais contas com milhões de seguidores estão parando, e isso é sinal de alguma coisa.

Que todos os sinais de alerta sejam acesos, para que nos reste lucidez e força, e para que possamos dosar melhor o uso das redes e manter nossa saúde.

22

Um parque de diversões chamado redes sociais

Quem nunca deu aquela paradinha dispersiva no trabalho para checar o Twitter? Ou passou o dedo na tela do celular quando acordou pra ver o Instagram? Ou ainda se distraiu com o TikTok no ônibus, no metrô ou na sala de espera do médico?

Digam o que quiserem das redes sociais, mas não há nada mais relaxante do que parar num meme e ficar rindo meia hora, ficar presa numa piada sem conseguir parar de rir ou assistir a um vídeo engraçado, além de se atualizar de todas as besteiras, traições, chás-revelações, procedimentos estéticos, dietas, separações, intimidades, gatinhos, cachorrinhos e toda a sorte de superficialidade que puder preencher a angústia cotidiana que tantos de nós temos.

Sabemos que a dose é fundamental quando se trata de internet e de redes sociais. Ao ver, já estamos literal e patologicamente viciados em aplicativos e perfis que corroem o nosso tempo de trabalho, de estudo e mesmo de lazer offline. É preciso autocontrole e autolimitação de tempo passando o dedo na tela do celular (o famoso *scrolling*). Conseguimos? Nem sempre. É prejudicial às nossas vidas? Sem dúvida.

Vamos voltar lá pro início pra eu dizer que o mal nós já sabemos qual é, mas o bem que esses momentos nos fazem às vezes são esquecidos na hora de pesar os prós e os contras de usar redes sociais.

Quem nunca esteve num momento de tensão e ansiedade e conseguiu relaxar rindo de piadas, memes, edições e dublagens?

Quem nunca se pegou rindo sozinho ao ver comentários de um *post* polêmico?

Quem não se sente acarinhado vendo *posts* de gatinhos e cãezinhos?

Quem nunca buscou *hashtags* engraçadas pra se divertir?

As redes sociais muitas vezes são nosso refúgio, nosso momento de relaxar e assistir a verdadeiros espetáculos de humor gratuitos (sabemos que na internet nada é realmente de graça, mas...).

Com todos os defeitos e adicções, com todos aqueles do contra que as desprezam (ou fingem desprezar), elas são parques de diversões, respiros no estresse, momentos de humor e prazer.

E, se lhe fazem bem, use-as.

Mas com moderação.

23

As redes sociais, a não monogamia e as relações emocionadas

Redes sociais se tornaram, entre outras coisas, campo minado para as relações amorosas.

Há ciúme, controle, microtraição, desconfiança e infelicidade em muitas relações, por conta dos perfis dos parceiros em redes sociais.

Eu não me canso de dizer que as redes sociais mudaram para sempre algo delicado e importante na vida das pessoas: elas hoje têm, ao alcance do dedo, um carrossel de fotos e vídeos de pessoas que podem atraí-las não só pela aparência, mas também pelo que dizem e como dizem. Elas podem atrair pela voz, pelos trejeitos e até mesmo pelos filtros que usam.

Paulatinamente, o usuário das redes sociais começa a se entender (ou a se confundir) como alguém que tem mais de um interesse, como alguém *que* pode ter vários *crushes* e gostar de várias pessoas. Afinal, se você assume uma relação amorosa estável com alguém, olha quanta gente você vai deixar passar? Não dá pra perder as oportunidades!

O ser humano sempre lidou com a infidelidade desde os tempos da Roma Antiga, e agora, diferentemente, ele lida com a possibilidade de oficializar desejos, mesmo que virtuais, sem precisar mentir ou esconder.

A busca por relações mais éticas faz com quem alguns grupos de pessoas defendam relações não monogâmicas, tirando de debaixo do tapete o que todos nós sabemos que vem acontecendo: vontades, esporádicas ou não, de se relacionar em níveis diferentes com outras pessoas, estando num relacionamento sério.

É esquisito? Sim. Causa-nos estranheza? Muita. Mas não se pode negar que é uma busca por mais ética e honestidade nos relacionamentos amorosos.

Funciona? Para alguns, sim.

Por quanto tempo? Há depoimentos diversos: algumas relações são duradouras e outras não.

Nunca vivi uma relação não monogâmica, mas posso imaginar que seja uma tentativa de ser mais honesto, de tirar um peso das costas e ser mais feliz. Mas não acredito que a relação aberta, não monogâmica traga menos sofrimento. Onde há amor e afeto pode apostar que vai haver êxtase, mas também sofrimento.

É inegável que a tentativa de abertura nas relações (não necessariamente sexuais, no sentido estrito) tenta conversar melhor com os novos tempos, tempos de vida virtual ativa. Porque é igualmente inegável que vida virtual é vida real, daquelas que provocam desentendimento, ciúme, insegurança e, por que não?, certo desespero dos parceiros.

Estamos tentando nos adaptar à vida nova que nós humanos criamos. Estamos tentando lidar com valores velhos em vivências novas. Busca-se acertar quando se questiona a monogamia tradicional.

Eu não sei se o que funciona mais para uma relação amorosa ser leve saudável e feliz é que ambos saiam das redes sociais, que tenham redes sociais compartilhadas com zero privacidade ou que abram a relação para o modo não monogâmico.

Não sei tampouco quais seriam as regras de uma relação não monogâmica de sucesso. Até onde o outro vai saber o que fizemos ou com quem estivemos?

No meio de tanta gente encantada, deslumbrada e desfocada em relação às redes sociais, há os que vagam virtualmente em busca de um par, querendo acertar na pegada e no acordo do casal.

Tudo isso junto e misturado vai deixando todo mundo mais inerte, mais descuidado e superficial, não há dúvida. As ofertas são maiores que as demandas, o que provoca pensamentos legítimos de pra onde estão indo os relacionamentos. E assim nascem os desejos de relacionamentos alternativos à monogamia convencional.

A equação fechou? Não.

No meio disso tudo, começamos a ouvir falar num termo nada novo na prática: a dos casais emocionados.

Quem são eles? Como vivem? De que se alimentam?

Recentemente começou a haver uma exaltação aos casais emocionados, aqueles que vivem sob fortes emoções e que agem por impulso.

Os casais emocionados, hétero ou homossexuais, são aqueles que começam a se relacionar e muito rapidamente "grudam", indo logo morar juntos, no melhor estilo monogâmico.

Até porque a paixão só cabe na monogamia, sejamos sinceros. Ninguém que se apaixona quer saber de outra pessoa que não seja o objeto de sua paixão. E se sente assim até que a paixão acabe. Só quando a paixão se transforma em outra coisa igualmente bela, os casais passam a prestar atenção no carrossel virtual de gentes e a considerar algum tipo de abertura na relação.

Ou passam a trair.

Ou a "microtrair".

Ou encerram e começam tudo de novo com outra pessoa.

É a vida sendo vida como sempre foi. Só que de roupa nova e novas indagações.

Monogâmico, aberto, semiaberto, emocionado ou racional, que o amor e a ética vençam sempre.

24

Sem resposta, sem retorno, sem educação

Em "Crimes e Pecados", filme de 1989 dirigido pelo genial Woody Allen, a personagem Clifford Stern que ele próprio interpretava, diz em uma livre tradução.

"O show business é um cão comendo o outro. É pior que isso. É um cão comendo o outro sem retornar a ligação de outro cão."

Ele previu algo que só pioraria com o passar do tempo.

Trata-se da nova epidemia de costumes da sociedade contemporânea: não há nenhum constrangimento e nem preocupação em não responder mensagens ou retornar ligações.

As pessoas visualizam sua mensagem (muitas vezes tiram o azul dos ticks o que não impede você de checar se elas viram sua mensagem!) e simplesmente não respondem nunca mais.

"Na hora estava ocupado, deixei pra depois e esqueci".

"Não vi."

"Me perdi aqui."

"Sua mensagem foi lá pra baixo."

Quem nunca leu isso?

Gostaria de ter a certeza de que ninguém nunca tenha deixado alguém quase pra sempre sem resposta, mas tô morrendo de medo de perguntar.

Fato é que, se eu, Bia Willcox, procuro ser flexível em muitos comportamentos e atitudes, sou radical quando se trata de educação, atenção, gentileza e empatia até.

Acho inadmissível deixar pessoas sem respostas.

O fenômeno epidêmico que rouba a educação de pessoas, até então, razoavelmente educadas passa por uma espécie de *laissez-faire* — um cenário horrendo mas naturalizado pela sociedade onde pessoas se comunicam em vão, falam sozinhas, esperam o "olá" de volta que nunca chega.

"Eu não faço por mal, você está sendo radical, Bia."

Quisera eu estar. Ignorar e-mails, mensagens instantâneas, ligações é sim ruim e pode provocar ansiedade, frustração e tristeza para os que aguardam o seu retorno.

Há dois memes que li e que põem a tampa nesse assunto sem mais blá blá blá.

"Você não está muito ocupado para me responder, eu é que não sou tão importante pra você."

"Não confie em quem leva horas pra te responder uma mensagem, mas quando vocês saem juntos, essa mesma pessoa checa o celular a todo o minuto."

Em 1989, Woody Allen previu o mundo cão — aquele em que falamos sozinhos sem garantias de interlocução ou educação.

Um relato

A boa nova

Eu estava numa pista de dança cheia e alegre. Eu estava vazia e nada animada. Mas não estava infeliz.

O fato de muitas vezes não conseguirmos sincronizar com a maioria à nossa volta não nos faz piores nem adoecidos. Estamos diferentes, tão somente. E eu, sem risos ou flertes, segui ali, no canto da pista de dança, observando as gentes.

Eu adoro observar as pessoas. Há quem diga que uma de minhas melhores habilidades é "ler gente". E fiquei eu ali, em posição estratégica, vendo a banda passar, ops, tocar.

Vi repetidamente as mesmas pessoas.

Vi casais com outros casais — todos juntos. Mulheres rindo entre si e muitos homens no celular. Não eram poucos. Vi alguns digitando no celular durante um bom tempo da festa de sábado à noite. Mas as mulheres deles não pareciam se importar — conversavam animadamente com as amigas.

Vi homens bebendo e rindo, amigas dançando genuinamente alegres e casais entediados esperando dar a hora de ir pra casa.

E de repente, ali, numa mistura de ode às amizades, tédio profundo, brindes e risadas fraternais, surge um casal dançando como se não houvesse mais ninguém por perto.

Não pude deixar de acompanhá-los. Apesar de ninguém ali ter olhos de enxergar, esse casal era diferente de todos os outros.

Dançaram Frank Sinatra, deram um *show* nas danças românticas e boas risadas em músicas alegres, que provavelmente os remetiam a outros tempos de suas vidas. Esse casal estava se curtindo sem precisar de mais ninguém, dançaram *rock* como adolescentes e nem paravam para beber.

Sabe o que reparei? Eles não mexiam no celular, como todos os outros. Eles riam do outro, riam juntos. Eles conservaram a capacidade de divertirem um ao outro.

Não importa o que fazem em suas redes sociais. Vida, para eles, era ali, aquele momento.

O que vi era mais que paixão ou *crush*. Na verdade, eles não eram tão moços e pareciam ter muita intimidade e cumplicidade. Eles pareciam ser um casal há anos.

Mais que paixão ou sedução, eu vi amor genuíno, os dois se completando ao som de Lulu Santos e AC/DC.

E, depois de tanto falar da vida online e de seus atropelos, fecho este ciclo de histórias com a minha impressão de canto de pista de dança. Eu não conheço o casal que observei e não sei se eles têm a senha do celular um do outro ou se são ciumentos, controladores, indiferentes ou frios no dia a dia.

É possível ser feliz a dois sem sofrer, sem controlar. Parceria e encantamento superam o vício das redes sociais.

E o mais importante de tudo: dá pra ser feliz sem filmar, fotografar ou dar uma olhada nas notificações do celular tão amiúde. Brilho nos olhos, sorriso rasgado e celular na bolsa ou no bolso.

A felicidade existe, senhoras e senhores. E ela tá na capacidade de viver também offline.

Posfácio

Eu leio Bia Willcox como se ela mesma lesse seus textos pra mim. Sua voz firme, seus olhos que encaram, seu riso largo, tudo aqui do meu lado. Bia nunca se negou a contar uma história, sempre gostou de se informar e passar adiante suas sacadas seja com humor, indignação ou ironia, essa sempre foi a Bia. Ela rima atualidade e contexto, pensamento e imaginação e segue sabendo que rir de si mesma é também uma atitude em direção à inteligência e à propria saúde. É natural pra ela ser atual, tentar compreender os passos do mundo mesmo e principalmente, os seus descompassos. Bia vai lá buscá-los para tentar destrinchá-los ou conviver com eles, aprendendo com o novo e o diferente, com coragem e determinação. Se embrenha em destrinchar ao máximo os relacionamentos que tantas vezes só fazem sentido mesmo para quem os vive e, ao vivê-los, se descobre em situações dentro das quais sequer imaginou poder estar. Bia observa e se propõe a aproximar sua lente, nos levando junto com ela, a narradora que, enquanto narra, também se pergunta. O que acabamos de ler não me deixa mentir. Nosso laço saguíneo de primas-irmãs não me isenta de opinar, pelo contrário, mais responsabilidade me dá ao tentar falar sobre ela, sem o aval de sermos família. Por isso mesmo, ao final de seu livro, constato que a leitora que sou termina satisfeita e cheia de questões boas, (eu não disse "fáceis"!), o que é um belo sinal, e a prima orgulhosa vai mandar correndo uma mensagem:
Bia, terminei, parabéns!

(Zélia Duncan)

85 77

A vida online como ela é
vai além deste livro.

Fique por dentro!